崩岭规则

高旭帆 著

四川文艺出版社

目录

八公 / 001

古磨 / 010

分肉 / 021

霜降 / 031

崩岭规则 / 046

贡布拉冰川的七彩神光 / 056

古老的谋杀 / 083

三月的阳光 / 163

难堪的岁月 / 213

围攻古碉 / 281

八公

八公终于倒下了。

八公是在犁枷担地时倒下的。那时,秃钝的铧尖被纵横交错的芭茅根缠住了。那条老牛就拼命往前拽,挣得眼球暴突,血丝密布,像一座倾斜的尾架,倘无肩上的枷担绊住,定会轰然倒地。犁铧像生了根,纹丝不动。老牛悲哀地跪下双膝,眼泪汪汪望着八公。八公就去扶牛,一使劲,身体里什么清脆地响了一声,眼前迸出一片灿烂的金星,八公就缓缓地倒下了。像电影里的慢镜头。其时,太阳刚刚跃出山口。

老牛见八公倒在一旁,梗着脖子挣出一声长哞。挣得太猛,心噗地破裂,一股腥热的鲜血从口中喷涌而出,在阳光下织出一道彩虹,壮丽无比。

据说,当时方圆几里地的人们都听见了那声悲愤深长的牛哞。

八公的长孙庆儿跑拢时,八公手里还紧攥着牛绳,掰不开，只好一刀割了。剩一截在八公手里。庆儿抱起八公往家跑。八公偎在庆儿宽阔的胸脯上，像个吮饱了奶水的婴孩，目光散淡而平和。满脸的皱纹像河湾里的水纹一般舒展开来。

王先生赶来一号脉，长叹一声："准备后事吧……"

于是，八公被放置在那张祖传的梨木雕花大椅子上，静等着落气那一刻。身后点亮一盏如豆的清油灯，好让八公在跨入阴间的一刹那间不至于迷了路。脚下踩着一个盛满五谷的斗，到那边去还得过日子呀。

外面院子里，一二十个八公衍下来的子孙红着眼圈，静静听着庆儿的铺排：谁去四乡八堡亲友处报丧，谁去请阴阳先生开路，谁打纸钱谁包符纸，谁去按猪办席……八公已满九十，方圆百十里第一个高寿的老人，是喜丧。儿孙们脸上显不出多少悲哀，反倒有一种如释重负的轻松。人老了没意思，口水挂在胸前，屙尿打湿脚背，连肉也咬不动，还不如早些到那边去享福。况且十年前八公就让人们受过一场虚惊。

那回，八公满口的牙齿一夜间掉光了。八公瘪着嘴像个娃崽似的呜呜哭，拒绝吃任何东西乃至喝一口水，在床上躺了一个多月，眼见只有出气没有进气了。娃们就把棺材抬到院里，准备好寿衣，一来冲邪，二来等八公一落气就鸣铳报丧。

但八公幽幽地总还有一口气。

那一阵，堡子里天天敲锣，夜夜开会。人们蠢蠢不安，犹如牵进林子里的撵山狗一般。也顾不上八公，顿顿照例送去一碗热饭再把凉的端走,再顺便看看八公闭眼不曾。一天夜里,全家开会回来,正议论田土的事,忽然院子里传来一声苍劲洪亮的牛哞,把黑暗撕开一道缝。众人悚然静默。半晌,庆儿爹叹口气:"是老牛哩。遭孽哟……"庆儿便吩咐女人:"去给它丢捆草。"

这时,八公眼里聚起了光,清晰地喊一声:"庆儿,你来……"

庆儿赶紧过去伏在八公枕边。八公说:

"庆儿,我想喝口酸菜汤……"

过了一个月,八公居然又摇摇晃晃走出门晒太阳了。只是瘦得像风干的萝卜。以前挺直的腰也弓了,走起来老像是在地上寻东西。嘴里成天咿咿唔唔、自言自语,又听不明说个啥,儿孙们都有些怵。只有庆儿不怕,结婚前庆儿一直和八公一个被窝,天天给八公暖脚。

但庆儿担忧的是八公连性情也变了。家里诸事不问,谁也不理,成天就牵着那头老牛和娃崽们一起到南坡去放牧。那牛也是牛族里的八公,为堡子里拉了一辈子犁铧,繁衍了一大群子孙。后来老了,却怜惜它,不忍吃它的肉,就让它自由自在地闲逛,等死。有时,经常使牛的汉子偷偷从女人鸡窝里摸出几个鸡蛋,摊在掌心里喂它。老牛便汪起眼泪,喉咙里呜呜地响。汉子便掉开脸,凶恶地骂一句粗话……老牛日见消瘦,庞大的身躯只剩一张薄得透亮的皮蒙在骨架上,像窗棂上糊的纸,让人担心随时会被尖锐的骨头戳破。只有那对粗壮的角还能让人忆起它往日的余威。每到黄昏,老牛总要站在堡子后面的山脊上引颈长哞。在它身后,夕阳正渐渐融入庄严的大山，瑰丽的晚霞柔和了它浑身的锐骨，使它有如一座苍黑的石雕。每每这时，八公便倚在院门口，和老牛隔沟相望，老泪纵横。

奇怪的是，自从八公牵着老牛去南坡放牧后，老牛的毛色日见光亮，松弛的皮下也开始鼓胀起筋肉，每日的长哞也愈见苍劲激越。村人们见了一人一牛蹒跚着去南坡，总要感慨一番：

——呔，这两个，不知谁放谁呢。

——牛是他兄弟，你看，他两个说话呢。

——唉，这老汉，磨命……

听到这些话，家人脸上就挂不住，但又不敢言语。庆儿的爹满六十了，在八公面前还像个听话的娃崽，低眉垂眼。只有庆儿敢说他，也全仗着庆儿第一个让八公见到了曾孙。如今，五岁的龙儿又代替了庆儿，每夜为八公暖脚。

庆儿这个三十大几的汉子，虽然已是十孔石灰窑的主，手里管着几十号人的饭碗，连乡长也怯他三分，可对八公说话还捏着把汗：

"爷呀，你也是何苦？想吃啥穿啥你言语一声嘛，就是龙肝凤脑我也能给你弄来！"

八公不吭声，手里握把缺了齿的木梳，一下一下在老牛背上刮，那毛浅得梳齿都盖不住。"爷，明天我叫拉石灰的车带你进城去，伍聋子的烧腊店又开张了。"

八公像没听见，眼皮也不抬抬，细心地抠去老牛身上一块泥痂。

"爷！"庆儿高了嗓门，"你老这样，知道的说你疼牛，不知道的还说我们……"

"庆儿，"八公慢慢转过身子，凝视着牛高马大的孙子，说，"给爷拿根绳来……"

"干啥哩？爷。"

"我吊死在你眼前。"

庆儿骇得一阵风似的跑了。

从此，再无人敢提及此事，以致后来八公干出更荒唐的事时，家人们也只好摇摇头，苦笑一声：人老了真没意思。

庆儿往油灯里添了几次油，八公还未落气。稳稳靠在椅背上，眼睛定定地盯着对门的山林，目光都散了，可胸脯还在微微起伏。手里扔紧攥着那半截牛绳。庆儿几次想抽去那根牛绳，换上一根象征打狗棒的柳条，好对付去阴间路上的狗，可一动八公就受惊似一悸，攥得更紧，眼里又聚起了光，喉咙里发出一阵呼噜呼噜的响声。庆儿只好作罢。

院子里扯起了灵棚，八个精壮后生喊着号子捧出了八公的柏木大棺。棺材厚重雄实，泛着青森森的光泽。上了年纪的人瞥一眼就赶快把脸别过，心事重重地吧烟。后生们却不知深浅，掀开盖子睡进去比长短，逗得媳妇女子们嗤嗤地笑。几个别处请来的阴阳先生和响器师傅，由庆儿的老爹陪着，款款地吸烟、喝茶，养精蓄锐。只等发丧铳响，他们就要各司其职，各显神通，让死者享受人间最后一丝暖意。

庆儿进进出出，焦灼不安。他惦着他的石灰窑。怕他不在，那些烧窑的偷懒做手脚，又怕其他窑主趁机抢生意。这几年的人，人情上淡泊，钱上却看得重。但他又不敢离开，他是长孙，要举幡当孝男。只要一发丧，见人就磕头。孝子的头当狗头,他那贤惠的女人早已在他裤子膝头处缝上了一层厚厚的棉花。

第三天早上,八公还有一口气,细细的,幽幽的,游丝一般。眼睛仍执拗地望着坡上黑沉沉的山林。

院子里的人们开始交头接耳,窃窃私语。几个老女人把庆儿喊过去,神色肃然地吩咐一番,庆儿不住地点头。末了,庆儿把阴阳先生请到厢房里。

"先生,我爷他这是……"

阴阳先生高深莫测地捋着稀疏的胡须,颔首不语。

庆儿赶紧往先生手里塞卷钞票:"先生,有啥你尽管说,莫让我爷受罪了。"

阴阳先生沉吟半晌,问:"子女都在跟前?"

"在。没一个在外头。"

"老人家钱财上还有没有交割不清的?"

"没有。我爷从不欠人一根针,别人也别想从他手里借一分钱。"

"你再仔细想想,老人家还有啥不丢心的事?"

庆儿想痛了头也想不出爷爷不丢心啥。他看着静靠在椅子上的八公,眼睛溜过那截紧攥在手里的牛绳,心里不由怦然一动:该不是惦着那头老牛吧……于是,他赶紧吩咐几个后生去南坡把老牛弄回来。唉,爷呀……磨了一辈子,连汽车都没坐过一回,到死还攥着牛绳……庆儿望着八公青筋毕露的手,心里涌动着愤怒和酸楚……

八公开始饲弄老牛的第二年,刚响过惊蛰雷,八公就往腰上扎着草绳:"庆儿,把爷用的那副犁铧给我扛到南坡去。"

"干啥呀,爷?"庆儿惊异地看着八公。

"你不用管。"

"我今天要去送石灰呢。"庆儿扬扬手里的拖拉机手柄。

"你走,我自己扛去。"八公挥挥手。

"你……"庆儿见八公弯得像虾一样的腰,又好气又好笑,但脸上一丝也不敢露,赶紧丢下手柄去扛犁。

太阳染红山梁时,八公牵着老牛出了院门。人蹒跚,牛也蹒跚。田坎上缓缓移动着两个衰老的黑影。一群去南坡放牛的娃崽骑在牛背上,冲八公喊:

"八公公,骑牛呀!"

八公像没听见,依然缓缓地蹒跚。出了村口,哆哆嗦嗦从怀里摸出一包庆儿给他买的饼干,摊在手心里喂牛。老牛呼呼地喘着气,艰难地伸出磨得光滑如玉的舌头。

"八公公,给我们吃点嘛。"娃们倒骑在牛背上,馋得咕咕地吞口水。

八公头也不抬,拉开裤裆就撒尿。尿水断断续续,如断线的珠子,湿了半边裤腿。

那头老牛就站在一旁静静地等他……

下午,庆儿刚进村,双全就拦住他:"你爷咋的啦,把我家的荒坡犁了……又不敢挡他老人家。"

庆儿愣了一刻,苦笑道:"人老了就这样,颠颠懵懵的,我也不敢说他。这样吧,把我家的林子地换给你吧。"

"那不太亏你们了?"

"唉,权当尽一回孝心吧。"

那年,八公磨磨蹭蹭,居然也犁出了一块黑油油的地,弯弯的,像副巨大的枷担。却又不种什么,让它荒着长草。春天犁一次,秋天犁一次。犁了荒,荒了犁……谁也弄不懂他要干啥,又不敢问。有一回庆儿没事,笑着说:"爷,今天我帮你犁地去。"八公却死死攥住牛绳,惊恐万状地看着他。直到庆儿连声说不去不去,八公才牵着牛蹒跚出院子。去年八公还背着家人叫王石匠凿了两块界碑,王石匠找庆儿要工钱才知道。凿好后也不知他把碑弄到哪去了。据说八公把碑埋在了犁出的地里。是龙儿说的。可是龙儿才五岁,说话天一句地一句的,能信?再说,那么沉的石碑他又是咋弄上南山的呢?

唉,这老汉……人们摇头。

半晌,抬牛的汉子们空着手回来了。一脸惊骇,喘着粗气。

"咋的?"庆儿问。

"日怪得狠!"双全抓起一碗凉茶咕咕地灌下去……

他们爬上南坡,却不见牛影。正疑惑,见那边地里隆起一堆新鲜的土,跑过去一看,都惊呆了——

那头老牛倒在坑底,眼球漠然地盯着蓝天,粗壮的角齐崭崭断下来,茬口往外涌着乌黑浓稠的血……

——咦,日怪,难道是牛自己掘的坑?

——咋不,生生把一对角撬断了。

——它为啥要掘坑呢?

——你问我,我问谁去?

——唉，这牛，义牛呀……

这时，龙儿从堂屋里出来，手里悠晃着半截牛绳。

庆儿脸刷地变了："龙儿！你……"

"祖祖给我的。"龙儿笑得露出一对虎牙。

庆儿一趟奔进去。顷刻，传来一声悲恸的喊叫："爷爷呀……"

砰——咚——报丧的铳响了。

一院子人齐刷刷跪下来，炸开一片喧嚣的哭声……

古磨

堡子东去里许，一泓闪亮的溪水从两山间奔涌而出。溪边悄然卧一磨房。

这磨房历史很是久远。旁边，一扇不知哪个朝代留下来的千斤石磨，竟被从磨眼中长出的一棵树拱到了天上！山风一吹，微微摇晃。山民称之为"戳天屄"，形象而不雅。几个插队的知青看了，慨叹不已，抚之良久，赐名：石磨钻天，还拍了照片，被州报在四版角落登出，让山民们兴奋了许久。

一槽活水欢欢抢进沟渠，激撞着爬满青苔的大木轮，木轮便咿咿呀呀，推了石磨霍罗霍罗地转，这霍罗霍罗的声音在这终日白云悠悠的山村传得极远……倘一日无那声音，沟里放羊的，坡上薅草的，地里使牛的都支棱了耳朵寻，连门口晒太阳的老人也突然睁开昏花的眼，怔忡不已……

看磨佬是个慈眉善眼的中年汉子，姓蔡，名字不详。因其会编竹箩，村人便称他蔡箩箩，简呼箩箩。

箩箩是过粮食关时进山的。据说来时瘦得像鬼，只有一把篾刀，满堡子央人编箩。不要工钱，只求饱肚。队长先雇他编箩，吃饭时，他觑得盆里碗口大的洋芋，眼就绿了。一气吃了二十多个，噎得流泪。队长怕他撑死，忙叫他缓吃。说洋芋多哩，不稀罕。队长女人看得心酸，就出去讲。一堡子女人都流泪，都煮了洋芋请他编箩。

给堡子里每家人编完箩，箩箩像个人了，也不想走了，"山里人情重"，他说。恰好守磨房的跛子死了，队长就叫他去看磨房。

箩箩看磨房众人放心。磨房进出都是粮食，堡子里只有刘杨二姓，哪一姓去守都不合适，箩箩又是孤人，一人饱了全家不饥。少了儿女的牵挂，纵他海吃，能吃多少去？

箩箩果不负众望，把个磨房整治得干干净净，井井有条。箩箩又不恋色，这点极重要，推磨的都是女人，又多在夜里（白天舍不得那几分工），倘遇上个歪缠汉子，不知要闹出多少尴尬之事。可这箩箩，却从不在女人面前涎皮搭脸。高兴时，顶多哼两句戏文。

一夜，堡子里出名的风骚女人杨花花去磨面，用刨花水抿了头，还偏插一朵颤巍巍的野花。在箩箩面前挨挨擦擦，嗲声嗲气：

"箩箩，来帮我摇箩，手酸了哩。"

箩箩便跳过去一老一实地摇箩。

"箩箩，来帮我装面。"

箩箩赶紧丢了箩又去牵口袋……

"箩箩，这磨子的上扇叫啥呢？"

"公扇。"

011

"下扇呢？"

"母扇。"

"你说，"花花乜了眼，两腮喷火，"为啥这上扇不忙下扇忙呢？"

箩箩歪头想想，倏地红了脸，讷讷地："大妹子，簸簸里有日下摘的酸梅，醒瞌睡呢。"

"你呀，"花花恨声道，"没起色的货！"

这事传出，男人们很是了然，彻底放了心，过去自己女人推夜磨，总睡不踏实，不时地舍了瞌睡去窥探。如今可以呼呼睡到天亮。于是，有人觊觎看磨这差事时，便有汉子跳将出来："箩箩还要哪样？人勤快，又把细，他看磨是全堡子的福气哩！"

"清队"搞得轰轰烈烈的时候，公社武装部的边部长曾对箩箩的来历有所怀疑，队长便拍着胸膛大包大揽："箩箩么，苦人一个干人一条，莫问题的。"又把他吞洋芋哽出泪水的事说一遍。说："大侄儿，你想想，不是苦人能像这般么？"

之后，箩箩做事更巴结，脸上终日陪着笑。除了把磨房的家什整治得样样应手，就坐在"石磨钻天"下剖竹，剥篾，指头上整日翻卷着亮绿亮绿的柔篾片⋯⋯

媳妇女子来推磨，娇声道："箩箩，编个针线筐子。"

箩箩只笑，也不爽应，走时却递过一只精巧的竹筐，盖上还编出一对交颈呢喃的鸳鸯，活真真的。媳妇女子嘴上不迭地赞叹，心下却想："这箩箩年轻时怕也是个撩人的货呢。"

放牛看羊的娃娃们把牛羊打上坡,也爱来磨房玩耍,脱得精赤赤地在沟渠里戏水。还不时喷着响鼻:"箩箩,编个蟋蟀笼子!"

箩箩急喊:"先人,闸口去不得,水紧。"

娃们偏不听,一猛子扎下去,把个白生生的屁股交给他……

太阳落坡时,娃们都能得到一个小巧的蟋蟀笼子,外搭两个烤得黄焦焦的洋芋。

箩箩讨了一堡子人的欢喜。就连每月来为队上磨饲料的富农女人荞花,他也一视同仁。

荞花自愧身份不入流,不敢向箩箩吆三喝四,讨这讨那,只埋了头做。使箩也轻手轻脚,怕弄出点响动。

箩箩见她上料吃力,挣黄了脸,便丢下篾刀跳过来帮她摇箩、装面……

走时,箩箩也拿出个青篾背篼:

"大妹子,拿回去打猪草。"

"哟!大哥,可不敢……"荞花惊得手直往身后缩。

"咋?我用棕编的系,不勒肩哩。"

"大哥,我……"

"拿着,又不值个钱,出在手上的活嘛。"

荞花眼圈红了,解放前一年,她老子吃大烟吃垮了家务,连她一起抵给了富农刘双发,解放后不久,刘双发连惊带吓蹬了腿,她就顶了富农这帽子。开初几年,她还思谋寻个主,可是都被这顶帽子吓退了。以后几年,她又不明不白生了几个崽。堡子里的男人都不认账,她也就死了这心,把自己当了男人撑持起家，独自拖这几个野种，和男人们一样上山伐木，下地使牛，只不吸烟喝酒罢了。

笋笋这番举动，猛让她忆起自己还是个该人疼的女人哩！就搂紧了那散发出幽幽苦香的青篾背箅，簌簌地流泪……

笋笋慌得不知所措，手在襟上不住地擦：

"哭哪样，哭哪样哟……"

那以后，荞花每月就盼磨猪饲料这一天。倒不是有什么非分之想，而是在这一天里，她又能成为一个有人疼的女人，把笋笋当了膀子，靠上去歇息歇息，吐吐心中的委屈。

正午时分，风不吹，云不动。那扇钻入半空的古磨如同一个头戴草帽的汉子，执拗地顶着毒毒的日头，沉默而倔强。

笋笋随着磨子霍罗霍罗的节奏微眯了眼，往磨眼中添着料。快打瞌睡了，就沙着嗓子哼两句戏文：一把手拉官人……断桥上坐。

荞花坐在树荫下替笋笋补衣裳。阳光透过密匝匝的树叶，斑驳在水面，沟渠里就流金淌银似的一片灿烂。树上有只蝉儿在欢鸣：瞿——瞿——荞花看着看着竟呆了。缀了针线怔忡一阵，突兀一声："唉，虫儿还快活，人皮难披呢……"

那边断了戏文，沉默一阵，缓缓回一句：

"好死不如赖活嘛……"

"嫁给死鬼爽心日子没过一天，倒替他背一辈子黑锅哩。"荞花恨恨的。

"熬着吧,想着那几个娃……"

"唉,哪天才熬得出头哟!"

"大妹子,宽宽心。蚂蚁子掉进磨盘里,条条是路哩。"

"唉。"荞花又叹息,声音却轻了许多。

渐渐,荞花颊上有了血色,眼珠也活泛了许多。地里歇晌时,女人们嬉笑打闹,追着扒队长的裤子,她也跟着笑几声。

女人们就疑惑,觉着总不顺眼:

"这女人滋润多了呢。"

"哼,还咯咯笑哩……"

一天夜里,杨花花和队长在玉米林里厮混了一阵溜回堡子,猛听得荞花家碾房门响,慌忙闪在一边。可是看见门里出来的像是个男人,好奇心不由陡然一增,睁大了眼眈。想看清是谁去寻野食,盯着盯着差点失声喊了出来,急忙捂住口……

第二天一下地,她就抓住第一个碰上的女人,在耳边叽叽咕咕,边说边笑,没过多久,这消息便风一般刮开了。

"我说哩,把她滋润的,有人浇水哩!"

"是箩箩?不会吧……"

"屎,装的,哪有不吃屎的狗呀!"

"哼,这婆娘还真能,勾上看磨的,吃的也有了,用的也有了。"

"咋呼个屎!"队长却不以为然,大咧咧笑道,"丢荒的地嘛,箩箩去犁犁,有啥稀罕的,把你们不说荒十年,怕十天也受不住呢。"

"放你妈的屁!"女人们笑着骂。

"好呀,你护着她,莫非也去拉过边套?"

杨花花倏地变了脸。她男人在石棉矿当工人,一年难得回来几次,多数时间都荒着。

"滚尿你的,我自己的事还理不伸展呢!"队长意味深长地盯她一眼。

"杨老大,"刘姓的总老辈子刘幺爸发话了,"话可不能这么说。荞花虽然成分高点,好歹也是刘家的人……"

"幺爸。"队长陪个笑脸,"她一家孤儿寡母的,笋笋能帮她拉拉边套也是好事嘛。"

"你说啥?"幺爸涨红了脸,"我们刘家再瘟,也不容一个外地来的野种骑在头上屙屎呀!"

"妈的,姓刘的也不是喝水长大的!"

"姓刘的又没有死绝!"

"哼!打狗也不看看主……"

幺爸一番话把刘姓人的火点燃了。刘姓的对杨姓的当了队长,心里早就耿耿于怀了。

"队长,这事你管不管?你国法不管我就用家法管!"刘幺爸软中带硬地说。

"咋能不管嘛,"队长怕事闹大,先软下来,"幺爸你别急,等我盘问一下笋笋再说。"

下午收了工,队长急冲冲赶到磨房去。

"哟,队长来了。快歇歇,瞧你一头的汗。"笋笋赶紧丢下篾刀站起来。

"还歇呢，你狗日的惹下包天大祸了！"

"啥？"笋笋一脸茫然。

"你狗日的还不省，你和荞花干下甚了？"

"荞花？"笋笋傻愣愣地，"没干啥呀。"

"我问你，你昨夜到荞花家去过没有？"

笋笋脸一红："去过。可……"

"好你个笋笋，"队长气青了脸，"你吃了豹胆哩！看刘家人不扒了你的皮……"

"我……没干啥呀！"笋笋脸刷地白了。

"没干啥？谁相信？深更半夜的，你不知道寡妇门前是非多吗？哼！黄泥巴掉进裤裆里——不是屎也是屎呀。"

"队长，咋办呢？"笋笋急得打着哭声。

"唉，狗日的，做事也不思谋思谋。这样吧，备份礼信，去给刘幺爸赔个礼，只要那老汉没事，谁还说啥！"

"礼信？我有个啥哩……"笋笋打量着空落落的磨房，脸上布满愁云。

"拿去，"队长从怀里摸出瓶白酒，"等会儿我叫老二再拿块腊肉来。唉，谁叫你狗日的是外乡人呢……"

第二天，笋笋拎着两样礼信战战兢兢跨进了刘幺爸的碉房，看见几个刘姓汉子红眉绿眼的，腿一软，咚地跪在刘幺爸面前：

"幺爸，我……我给你赔罪来了……"

刘幺爸见了那两样礼信，脸色缓和下来："你也是好几十岁的人了，做事咋就缺个思谋，她虽说是个寡妇，可也是刘家的人嘛，能让人随便开心的么？"

017

"幺爸，我……"箩箩欲言未语。

"唉，也怪我老了，平常少留个意，这样吧，荞花是寡妇，你也是光棍，我看你人还老实厚道，你干脆请人保个媒，你两个正大光明地做一屋算了。"

"幺爸，我……"箩箩汗如雨下。

"起来起来。今后就是一家人了嘛。"几个汉子把箩箩拉起来。

箩箩哆嗦一阵，咚地又跪下：

"幺爸，我不能呀……"

刘幺爸陡地变了脸："咋？我说了的还不行？光想图快活不想驾辕？你回去思谋思谋，三天之内来给我回话，要是答应，咱们吹吹打打热闹一番，让你风风光光做回新郎官。要是你不干，哼，那就按家法办！"从刘幺爸残缺不全的牙间飞出的唾沫星子，雨点般洒在箩箩的脸上。

箩箩昏昏沉沉地走出了那幢黑洞洞的碉房。

第一天，箩箩把浸在沟渠里的一梱竹拖上来，剖开，替队上编了十几个背笼。

第二天，箩箩在一个皱巴巴的小本子上记下磨房的收入，还有欠磨耗费的人家……

第三天一早，箩箩刚把被窝收拾好、捆好，门咚地开了，荞花一头扎进来，慌得结结巴巴："大哥，快躲躲，他们来了……"说完拉开门，一阵风似的跑了。

箩箩从板缝里往外看：几十个刘姓的汉子提绳握棒，气势汹汹地直奔磨房而来……

"当！"篾刀掉在了地上。箩箩抖成一团。目光直直地盯住那两扇沉默的青石磨……

哗啦！汉子们一脚踹开门，磨房里却空无一人，磨也停了，静悄悄的……

"狗日的！跑了？"

"哼！躲得过初一躲不过十五！"

"他东西还在哩。"

"砸！"

找不到笋笋，汉子们就拿东西出气，锅瓢碗盏噼里啪啦地飞出门外，有个愣后生找不到出气的，就把进水闸板猛一抽，哗——满满一渠水呛进磨槽……

"啊——"一声凄厉瘆人的惨叫掠过头顶！古磨咯了一下，又缓缓动了，但转得滞重，没有往日的轻捷。

众人都被那声揭头皮的惨叫摄了魂……

半晌，有胆大的跑到水口探头一看，怪叫一声便往回跑——

粗大坚硬的木牙轮上血肉模糊，笋笋挂在上面！

谁也没想到笋笋会躲在古磨下……

这时，荞花披头散发地跑来，一膝头跪在刘幺爸面前，泣不成声：

"幺爸，那晚上笋笋是给我送面来的呀……他连水都没喝一口……"

"咔嚓！"一声巨响，中轴别断了……

古磨毁了！

这以后，堡子里磨面只有翻匹梁子到拉脚沟去，来回要整整一天，女人们都抱怨。

019

堡子里再没了那霍罗霍罗的声音，山民们好长一段时间不习惯。总觉得少了点什么……

古磨房一日日衰颓下去了，瓦板棚上竟长满了草，只有"石磨钻天"仍顽强地立着，仿佛还升高了些。人们说是箩箩的魂附在了上面，因为树下就埋着箩箩。

娃们照样爱到古磨房玩耍，在沟渠里戏水，在箩箩坟头捉蟋蟀，只是没了蟋蟀笼子。

第二年掰苞谷时，来了个青皮后生，拿着一张皱巴巴的信封皮到堡子里找箩箩。那后生活脱脱一个小箩箩。

于是，一堡子女人都流泪，都备了饭食接那后生去住几天。后生走那天早晨，队长把他领到古磨房，站在石磨钻天下面，说：

"这就是你老子的坟，你给他磕个头吧。"

后生就趴下去磕了个头，淡淡地，怅怅地。

"你老子咋就舍得丢下妻儿，跑到这山旮旯来哩？"队长忍不住提出这困扰多年的疑问。

后生脸红了，眼瞅着一边，嗫嚅地说：

"过粮食关那年，他是队长，瞒产私分……"

"唉……"队长止不住叹惜一回，从腰上抽出那把篾刀："这是你老子的家什，带回去吧。"

"不用了，这么远的路，是个累赘。"

队长愣了一刻，淡淡一笑："也好，留在这儿吧……"又用拇指在刀锋上试试：

"狗日的，钢火硬着呢！"

分肉

一阵尖厉的猪嚎声撕碎了黎明的恬静。

朦胧中,人们呼地从被窝坐起来,怔忡一阵,脑里闪出个念头:千万莫去迟了!

于是,整个堡子像受扰的蜂房:女人们呼儿唤崽,提锅拿盆,脚也顾不上裹,肥大的裤腿便扇得风响。男人们远没女人精神,揉揉涩滞的眼,一手攥烟杆一手提裤头,边走边把裤腰掖进结死在腰间的棉带子里。娃们拖着鼻涕,在小道上欢呼、雀跃……

一堡子人都聚到了晒场的老核桃树下。

"狗日的些!出工怕把喉咙吼破也没这般快哩。"蹴在树下吧烟的队长忿忿地说。他这队长当得窝心,像众人的孙子,每天出工都要喊魂似的沿堡子吼两趟,草鞋磨烂不说,还被众人在背后操了无数回先人,连祖宗都不得安宁。

人们刚息了喘,眼就被案桌上那堆剁碎的肉勾了去,喉咙里便咕噜噜一片水响。

"队长。"屠匠苟蛮子血糊糊的手拎着根白色细长的东西,笑着问,"都剁巴适了,就剩这东西,剁不剁?"

"嘻嘻——"人群中响起一阵窃笑。

"呸!"队长往地上吐泡口水,别开脸。

"咋不剁?多点算点,这东西大补呢。"一个叫正发的中年汉子一本正经地说。

"那就全给他吧。"一个大奶子女人笑道,"正发,给你婆娘拿回去,省得你走起路来都脚碰脚的了。"

"轰。"人堆里爆发出一阵大笑。

"狗日的些!"队长阴了脸,"欢得你们呢,玩笑也不看个时候。"

苟蛮子讪讪地将手一扬,那东西就飞挂上了树枝,白生生地晃悠。

"阿爸那是啥呀?"队长的娃仰脸盯住问。

"你妈的×!"队长没好气地给娃一掌。

"哈哈——"人们忍不住笑。

"老幺,你妈的鸡呢,还不给你阿爸捡回去。"汉子们挤眼窜掇队长的娃。

老幺见众人笑得曰怪,心下疑惑,便响亮地骂一句:"曰死你先人!"

"狗日的……"队长忍不住笑,笑得几分自豪又有几分凄怆。他女人前年跟一个跑滩的木匠跑了,撇下了这娃,这件事使他在堡子里威信大降,婆娘都管不住还管众人?

"一边去玩。"队长疼爱地拍拍娃脑袋,"分了肉阿爸就烧给你吃。"

"过来,老幺。"大奶子女人蹲下来,把老幺揽在怀里，抽下针线替他缝屁股上的口子，心疼地骂："队长，你也该给老幺寻个妈了……"

"难得劳神！这样才好，一堡子女人都是他妈。嘿嘿……"队长怪样地笑。

"呸！"女人笑骂道，"唠嘴的叫驴，美得你哩！"

"好了，不日白了！"队长敛笑正色，向一旁的知青小高说，"老高，劳神你算个账吧，把细点。"

"嗯。"小高郑重地点点头，从口袋上拔下钢笔，为了送他走，队长竟将配种的公猪都杀了！这使他既感激又心酸。可是这种奇特的分肉方式却令他惊愕。昨夜里为这事扯了半宿，添了几次灯油，先是抓阄，可是抓到1号的是从头上开割还是从屁股上开割却众说不一。王老大主张从头上开割，这样到他那里便是膘头子。王老二激烈反对，那样他将遇上腿棒骨，他说莫坏了祖先的规矩，应该从屁股上开割。说着说着两兄弟红了眼，雄鸡一样对峙着骂：

"你狗日的！"

"你狗日的！"

王老汉也跳起来："你两个狗日的！"

还是半天不吭声的队长发了威："狗日的些，吵个屙！哪里都不割，干脆剁鸡巴烂。肥归肥瘦归瘦，下水是下水，骨头是骨头，省得你狗日的些咬卵蹦筋的！"

他不得不佩服这个看上去瘟头瘟脑的队长，这样虽然麻烦些，可是省去了更多的麻烦。

"老高，可不敢算错！"队长又叮嘱一句。

"老高你慢慢算，不着急。"男人们说。

"就是哩,也不争这个时候。"女人们说。

王家两弟兄干脆用玉米秆燃一堆火,众人便被火扯过去,向了火等。

其实这账极简单:拿每种肉的数量去除全堡子的人数,就得出每种肉每人该多少;再按每户人口的多少便算出每户该分多少。小学生都会,可这阵势,竟使他有如握着生杀大权一般,捏钢笔的手都有些汗津津的了。

火堆边上的人们身上一暖和,胃就开始蠕动,嘴也就闲不住:

"妈的,这猪瘦得跟狗一样。"

"油长到母猪身上去了嘛。"

"管他的,只要是肉。"正发咕地吞一口口水。

"正发,这样的肉你能吃好多?"有人问。

"敞肚吃?"正发眼一亮,拇指食指比成个圈,"这么大的肉坨坨吃三瓜瓢!"

"嗬呀!"人们赞叹不已。

"屎!"王老二一撇嘴,"我以为你有好海呢,人家麦崩堡刘大脚一顿海了三瓜瓢半!"

"嗬呀!"人们又一次惊叹。

正发怏怏地蹲下,像到口的美味又被夺走一般难受。

"阿爸,阿妈喊你回去哩。"正发的女儿远远地招手。

正发脸上一阵紧张,急忙起身走出人堆。

"队长,算好了。"小高甩甩酸胀的手腕松了口气。

"好多?"

"肥肉每人二两二钱,瘦肉每人三两一钱,杂碎一两一钱,骨头一两五钱。"

"不会错吧?"

"我算了三次哩。"

"那好。"队长手一挥,"分!砍了树子免得老鸦叫。"

"哗——"人们蜂涌过来,锅盆相撞,丁零当啷一阵乱响。

"狗日的些,莫挤!个个地来,横竖今天放你们半天工。"队长喷着口沫吼。

"马国才五人,"小高开始喊名,"肥肉一斤一两,瘦肉一斤五两五,杂碎……"

"老高,没招算错吧?"马国才挤过来,一头是汗,紧张地问。

"在这儿,你自己看看吧。"小高指着他名字耐心地说。

马国才小心翼翼地凑过去看……

"你看个尿!"队长搡他一掌,笑骂道,"跟老子一样,一字认个棒槌的,咋?信不过老高?"

"哪能呀……"老马红着脸嗫嚅道。

"快分呀!一大清早了,还猪拱鸡闹的呢!"女人们不耐烦了。

"老高你念,谁再打岔就不分他狗日的!"队长气咻咻地说。

"喂——等一下呀!"远处突然传来一声裂帛似的喊叫。

众人一愣，都扭过头去——

正发急冲冲地跑来，托着个破棉絮包，头上冒着热气，气喘吁吁："生了……队长……生了哩……"

"啥？"

"娃娃，才生的……赶上了……"

"你……"队长面皮顿时红一阵白一阵，额头上有根粗胀的筋在蹦。

一朵浓云缓缓移过头顶，众人脸上便掠过一道阴影。都不吭声，只听见重浊的呼吸。

"队长，他算一个……吧。"正发举着娃哀告，又求救似的望望众人，汗如雨下。

众人都躲了他目光，定睛望着队长。

队长额上有根蚯蚓在蠕动，脖子憋得老粗。半晌，才哭似的喊一声：

"狗日的……重来！"

"轰——"人们像断了箍的桶板似的散了。又懒洋洋围住了火，酸酸地议论：

"这娃好口福，落地就碰上吃肉。"

"狗日的正发，莫不是算好了弄的……"

任众人随便怎样说，正发只憨厚地笑……

日头升起老高，账才重新算好，饥肠辘辘的人们精神陡增，又围住了案桌。

队长抓起秤杆："老高，你喊名吧。"

"让老高掌秤吧。"王老二躲在人背后说。

"对对，让老高掌秤。"人们躲了自己脸附和着。

队长惊愕，愤怒："狗日的些，信不过我？"

"哪里嘛，你帮按一早晨的猪，乏了呀。"

"就是就是，队长歇口气……"

"好，好……好你狗日的些！"队长气得直哆嗦，把秤猛一摔，走到被冷落了的火堆旁，颓然蹲下。

马国才，五人……

王李氏，八人……

"阿爸，"老幺摇着队长的膀子，"快去分肉呀，我想吃肉嘛。"

"忙屎，等饿老鸦们分了再去，狗日的些，八辈子没闻过腥味一样。呸！"队长唾一口。

"王老二，六人……"

"来了。呵呵，秤旺些嘛。"

"还要好旺，秤杆把天都戳破了呢！"王老大吼道。

"屎，秤砣都快滑下来了，还旺呢。"王老二眼鼓鼓盯着秤杆，脸阴得难看。

小高为难地又添上一块……

案桌上的肉像雪堆化了似的迅速变小，盘旋在头顶的金头苍蝇却越来越多。嗡嗡地直往人脸上撞，还没分到手的就催得凶，分到手了的又磨磨蹭蹭不想走。想看看最后还有没有剩的，再添得一两块，墙边就蹴了一串，装了肉的锅盆摆在面前。

人们吧吧地咂烟，墙根下飘起一片烟雾。

"阿爸你还不去，肉要完了。"队长的娃在案桌和火堆间穿梭似的跑。

"分不完,老高算准了的……"队长摩挲着娃的头,心里酸酸地不好受,婆娘跑了快两年了,他也不恨她了,总相信她还会回来,他只恨自己,空长两只大手……这两只手没给女人多少抚爱,却让她挨了不少揍……唉,他看着自己那双骨骼粗大的手,喟然长叹。

突然,分肉处一阵骚动……

"分了的莫走啊!"王老二眼看肉快光了,急得大声喊。声音愤懑而惶恐。

不喊还罢,一喊人们像抽了圈门的羊子似的跑,晒场很快就空落落的了。

——先分我的!

——先分我的!

——妈的,老子不认黄啦!

案桌那边乱成一团……

"阿爸快来呀!"老幺急得弹腿跳。

队长站起来,脚软软地迈不开步……

肉光了,恰恰分到队长名下就光了。

油腻腻的案桌上只有一层密密麻麻的金头苍蝇在蠕动……

知青小高傻了,讷讷地说:"怎么会呢,怎么会呢……"

队长呆望着空空的案桌,舔着肿胀的嘴唇。一只苍蝇嗡地落在他脸上,一巴掌挥去,"啪!"颊上红了一片。

"队长,我……"小高眼里有了泪。几年来第一次算账,而且是极简单的账,就……

"你回去吧，不关你事……"队长无力地挥挥手，脸上勉强挤出一丝尴尬的笑。

老幺一看没了肉，满地打着滚："我不干呀，我要吃肉嘛，我要吃肉嘛……"

"莫哭，我娃乖。阿爸给你套野鸡吃。"

"不嘛，我要吃肉嘛……"老幺闭了眼哭。

队长一时火起，"嚎丧！吃你妈的……"刚骂出口猛然一悟，左右看看，早没了人影，便捡根玉米秆去挑那树上挂的东西：

"幺儿，莫哭，阿爸给你烧肉吃……"

队长娃止了哭，眼睁睁看着他老子用两根棍子夹了那东西在火上烧。

奄奄一息的火堆上飘起一股淡淡的肉香。

队长眼角噙一颗浑浊欲坠的泪。

"阿爸，你哭啦？"

"烟子，狗日的烟子……"队长揉揉眼。

第二天早晨，小高背着行李离开了堡子。在路口，他碰上了队长的娃，赶一群羊。

"老幺，你没去读书？"

"阿爸不叫去。"

"为啥？"

"他说书不能当馍馍吃。"

小高心里猛一刺痛，昨天的一幕又浮现在眼前……他深感对不住这娃，想送他点什么，摸摸身上，只有那支钢笔。

"老幺，这支笔送你。"

"我不要笔,我要你胶鞋。"老幺羡慕地盯着他背包上插着的胶鞋说。

"行。"小高从背包上抽出半新的胶鞋,连钢笔一起递给老幺,转身踏上了那条通往山外的小路……

老幺欢喜地把胶鞋往光脚丫子上套,那支笔落到了地上,无声地顺坡滑下……

初升的太阳给这片贫瘠的土地抹上一层欢快的金色,群山犹如宫殿般辉煌。远远地,从沟底传来一声深沉悠长的牛哞,融入透明的空中。

老幺踢踏着胶鞋去赶四散的羊,胶鞋大了,划船似的。

那支笔静静地躺在草窝里,笔夹子在阳光下射出炫目的光。

霜降

秋子把下手的日子定在霜降那天。

从那时起，秋子耳边就有了一种奇怪的声响：嚯嚯嚯……像两扇没磨粮食的空磨。声音不大，但惊心动魄。

那天果然下了层白头霜，地上、屋脊上、苞谷秆堆上亮晶晶铺了一层，像腌肉时抹上去的盐粒。一早，太阳就把崩岭山银子一样的峰峦烧得通红，空气凛冽清新。村子上空有一片蓝色的炊烟，怕冷似的挤成一团，不肯远去。村头那棵高大苍劲的核桃树上，几只花尾巴喜鹊跳来跳去，叽叽喳喳叫个不停。

秋子差点就打消了那个念头。那时她正蹲在茅坑上，透过稀疏的苞谷秆围栏惊异地看着眼前的一切。她嫁到这里五年了，还从来没这样有条有理地看过村子的早晨。五年的日子不算短，可是却像山谷里川流不息的风，呼呼地刮过，不曾留下一丝痕迹。古老的村子被这层亮晶晶的白头霜抹得富有人情味，家家屋檐下悬挂的苞谷串跳跃着灿灿金色。

秋子心里柔柔一动……

秋子已经想不起自己是什么时候成为一个女人的了，这中间好像没有什么明显的过渡，仿佛只是一夜之间的工夫。

大概是一个干冷少雪的冬天的早晨（后来秋子不止一次想到她这一生的欢乐和痛苦仿佛都和冬天结下了不解之缘），天空阴暗晦涩，风把尘土刮得到处都是。不下雪的日子让人烦躁不安，男人们的火气都很旺，动不动就像撵山狗一样撕咬咆哮。整个村子笼罩在一片惶惶不安的气氛中，仿佛有什么灾难会不期而至。

那天早晨秋子一睁开眼睛就觉得有些异样：天比往常亮多了，从窄窄的牛肋巴窗里透进来的光竟然有些炫目。外面很静，静得让人耳膜嗡嗡作响，静得让人心跳。秋子从牛肋巴窗看出去，久期不至的雪终于下下来了。一场大雪使狰狞的山峰、驳杂凄凉的庄稼地、光秃秃的树枝全都变得柔和而温情脉脉了……

秋子突然有了想哭的感觉。

就在那时，秋子的潮汛像那场大雪一样不期而至了……

在这样一个美得让人怀想亲人的早晨，似乎不应该发生那种让人恐惧的事情……秋子耳边又响起了那种奇怪而恐怖的声音……

阿康来那天也是降霜的早晨。听见门口的狗一咬，被秋子请来当参谋的小姐妹们便一齐嚷着：来了！来了！都扑到窄窄的牛肋巴窗前。秋子的心跑马一样狂跳起来。

阿康穿着一套簇新的军服，也许是在枕头下压久了，上面的折痕清晰可见，似乎还散发出一股樟脑的气味。阿康的脸冻得红扑扑的，面对着猖猖狂吠的狗，他边跺脚边说："乱弹琴！乱弹琴！"那是他当兵四年唯一学到的一句城里人的话。成亲以后秋子常拿这句话打趣他，阿康总是将她拦腰抱起，不停地旋转。秋子就半真半假地尖叫，双手搂住阿康的脖子，脸紧贴在他宽厚结实的胸扇上……那是秋子最快乐的日子。快乐的日子总是不长久，一年后阿康就出了那件事。

阿康走时对她说了句至今想起来还脸热心跳的话。那时秋子正在给他收拾衣物，阿康猛地抱住她，手在她胸口上狠命搓揉。秋子仰起脸，泪水滚了下来，她不顾一切地叫起来："你割了去割了去……"幸好那时公安局的人都在院子里吸烟。

秋子把手从被窝里拿出来时，鲜艳的颜色让她尖叫了一声。那声音听起来很陌生，很遥远。秋子的母亲就是听见那声尖叫才进来的。她只看了一眼就明白是怎么回事了。她望着秋子，目光忧郁，深深地叹了口气。

"秋子，往后可不敢给男人们瞎开玩笑了。"

秋子从母亲的目光中看出了一丝恐惧。那丝恐惧像冬天里的寒气一样，顺着她的脊梁钻进了骨子里。秋子打了个寒战。

秋子不算漂亮，但秋子有一对漂亮的乳房，浑圆白皙，饱满挺拔。还是姑娘时，秋子的胸脯就引人注目了，母亲总是用忧郁的目光叫她用布带紧紧束上。但无论怎样束，秋子乳房还是像发酵的面团一样膨胀起来，无论穿什么衣裳，总是昂然挺着。阿康每天都要亮着灯像个顽皮的娃崽一样打量抚弄，像捧着一件珍贵的器皿，脸上显出陶醉和痴迷。

阿康走了快四年了。四年里，有不少汉子白天在地里撩拨，夜里轻轻搔她的窗棂。秋子心如止水。阿康一走，一座山就倒在她身上了。国才三十几岁，能吃能睡。国的吃相很饿，腮帮上的咬肌像核桃一样滚动，水牛一样粗壮的脖子上有一根筋在搏动。秋子就是看见那根筋时才突然有了那个念头。那根筋像蛇一样蠕动，秋子一下子便觉得这日子没了盼头。

一听见那个烦人的声音，秋子就知道是国来了。那时太阳刚刚晒进秋子家院子。

国一拐一拐地从坡下爬上来。国的右腿坏了，用一支木拐替代。村里的黄铁匠替他在木拐端上镶了一个铁尖，耐磨，但杵在石头上的声音很难听，像刀刮着一块玻璃。秋子家在村后的草坡上，离村子还有一袋烟的路。当初她劝阿康搬下去住，说村里热闹。阿康不肯，说这里空地多，好栽核桃树。其实他是舍不得房前那棵柿子树。那棵柿子树还是他爷爷手里种下的。那是一棵牛心柿树，结出的柿子又红又大，酷似牛心，一咬满嘴流蜜，又退心火又解饥。晒出的柿饼足有拳头大。村里人羡慕不已，说他家种了棵摇钱树。但后来出了那件事，村里人又说是这棵柿树给她家招来了灾祸，要秋子把树砍了，但秋子不愿意。

国已到了院门口。国虽然双目失明，但走这条山道却如履平地。许多次秋子都以为他的拐子会杵虚，国会像块石头一样滚下坡去。但国总是一跟跄一跟跄地往上冒，每次都安安稳稳来到她门前。

"我还没烧锅哩。"秋子说。

"不急。"国窝着下唇嘘了口气，"昨下午吃得饱，还不饿。你家太阳早，美美气气晒个太阳。"国说，头上冒着热气。

"你晒你晒。"秋子把个草墩远远地扔到墙根下。

国摸索过去，脊梁靠着往下一溜，准确地坐在了草墩上。国仰起脸承接温暖的太阳，黑洞洞的眼窝正儿八经地对着蓝得透明的天空。

秋子拖过大笸箩，又从屋檐下费力地取下一大挂黄澄澄的苞谷棒子，哗地扔进笸箩，用刨子嚓嚓地刨起来。心想，你不饿我就不做，看你能扛多久。苞谷籽哗啦啦滚进笸箩，像淅淅沥沥的雨点。

国听见响声，撑起身子，拎着草墩跳过来，傍着秋子坐下，摸索着揪下两穗苞谷，握在手掌里互相搓起来。

国的手掌骨骼粗大，孔武有力。国的棉袄领口上有一层黑亮亮的汗垢。

"收成不错。看这棒子，牛角一样。"国说。

"老天有眼。"秋子冷冷地说。

"地里收完了该你歇歇啦。"国说。

"没那命！"秋子心里有什么在拱。给国治伤欠了一屁股债，还得趁农闲把圈里的猪催出来，卖了还债。还得砍够一年的烧柴，还有……秋子的呼吸急促起来，把苞谷刨得哗哗响。

　　国有些无趣，闷头哗哗地搓。

　　秋子往开挪挪。太阳一晒，国的身上散发出一股浓烈的汗酸味。那种男人独有的气味让她心慌。秋子向来讨厌国。闹房那天夜里，国肆无忌惮的手让她吃够了苦头。国的眼睛那时还没有瞎，每次遇到国，秋子的胸脯上就像有两条毛虫在爬。秋子很怕国那双锥子一样扎人的眼睛，每次走过，秋子就在心里骂：瞎了你狗眼才好！后来，当国的眼睛果然瞎了时，秋子心里惊骇不已，她不知道是不是自己的诅咒应的验。

　　秋子把这一切告诉过阿康，阿康说国就是那样个人。秋子问是怎样个人？阿康想了一阵说："他三十几了还找不到女人，他能是个啥样的人？"国的品行不好这一点似乎是公认的。尤其是村里的女人们，一提到国就咬牙切齿。眼下，这样一个国却要秋子天天伺候，天天看他吃饭时滚动的咬肌和蛇一样蠕动的筋脉，秋子心里像长出了一丛丛绿毛。

　　太阳缓缓地爬到了空中，富于质感和香味的阳光毫无节制地倾泻下来，把这片苍凉的土地装饰得一片辉煌。空气中弥漫着男人浓烈的汗酸味。

　　秋子的眼前一阵发黑，笸箩里脱去了苞谷籽的棒子在她眼前跳动起来……

　　秋子躺在床上时月亮已经升了起来。没有男人的屋子冷清凄凉。秋子茫然地望着那轮明亮得极不真实的月亮，心里在想自己不知在什么时候什么地方仿佛见到过这样明亮得像童话一样的月亮……

窄窄的牛肋巴窗上突然出现了国那双锥子般扎人的眼睛。秋子下意识地把被子拉了拉，她想叫国滚开，但嘴里却发不出声音。国的脸凑了上来，骨骼粗大的手紧紧抓着窗子的肋条……这时，秋子惊骇地发现国的脑袋在慢慢地变窄，最后薄得像一张纸，从窄窄的牛肋巴窗里飘了进来，慢慢向她逼近。秋子伸手去推他，手软绵绵的没有一点劲。最后，国浓烈的汗酸味包裹了她，像一片柔软的云一样把她托上了天空……

"打霜了。"国说。

"啥，你说？"秋子骇了一跳。

"是打霜了吧？"国的额际冒出了细密的汗珠，他用肮脏的袖口擦一把。

秋子没搭腔。秋子在想那件事的细节：只消把那个东西在碗底多磨几转，这回就到头了。秋子倏地打了个寒战，耳边又响起了那让人恐惧的声音。

太阳升到了空中就一动不动了。霜化了，深秋的田野裸露出苍黄的躯体。天空很蓝，蓝得让人望一眼就发晕。

"打霜的日子好晒柿饼。"国耐不住寂寞，又挑起了话头。

秋子望一眼柿树，树上依然结满了碗口大的柿子。树叶几乎掉光了，一树的柿子在阳光下金灿灿的，像挂了一树的灯笼。

"晒个鬼！我让它烂去。"秋子恨恨地说。

"烂了可惜了。"国吞了口口水，很响。

"我把树砍了。"秋子说。

国不吭声了。

那一年柿子也是出奇地好，密匝匝挂了一树，枝条都压弯了。阿康砍了些木杆撑着枝条，说今年的柿子肯定能卖个好价。阿康说卖了柿子就去买瓦，把房顶翻一翻。就在那天夜里，阿康和秋子正在亲热，外面传来咔嚓一声脆响。秋子呼地吹灭了灯，说："有人偷柿子。"

阿康一翻身跑出去，只见一根枝条撕裂了，软软地垂着，地上有不少碰掉的柿子。

第二天，阿康用绳子把撕裂的枝条包扎上，把掉在地上的柿子削了皮，晒在笸箩里。

"牵条狗来守吧。"秋子说。

阿康摇摇头："乡里乡亲的，嘴馋了吃几个，能吃多少去？说不定是毛孩子哩。"

没过几天，偷柿子的又来了，又踩断了一根枝条。天亮后，阿康看着折断的枝条和踩瘪的柿子，脸上一阵阵发青。"吃！吃！我叫你吃！"他恶狠狠地说。当天晚上，临睡前阿康到柿子树上鼓捣了好一阵。秋子问他弄啥去了，鬼鬼祟祟。阿康冷笑道："来了你就知道了。"

他们上床不久枪就响了。

枪响时，阿康正把秋子的奶头含在嘴里，一激灵，差点咬了下来。秋子痛得搂紧了阿康："阿康阿康，出啥事了？""偷柿子的来了。"阿康从枕头边抓起手电筒跑出去。

柿子树下有一团黑影在挣扎呻吟。阿康揿亮手电,大吃一惊:

"国……"

国双手捂着脸,污黑的血从指缝里汩汩地冒出来。

"秋子……"国轻轻喊一声。

"你饿了?"秋子把刨子一丢,站起来拍拍手,"我去烧锅。"

"不,秋子你等等。"国仰起头,黑洞洞的眼窝对着秋子。

"啥事你说。"秋子又坐下来抓刨子。她觉得国今天有些奇怪。

"我没偷你家柿子。"国说。

"你偷了。"秋子说。

"我真没偷你家柿子。"国又说。

"嘿嘿。"秋子冷笑一声,"那你上树干啥去了?黑灯瞎火的。"

国黑洞洞的眼窝对着秋子,说:"我想看看你的奶子。"

秋子愣了。尽管她知道国什么也看不见了,可胸脯那里仍然像是有两条毛虫在爬。

"打你过门那天起我就有了那个念头。"国咽了口唾沫,"我知道那样做是混账,可就是管不住自己。"国的喉结蠕动着。国的纽扣扣错了位,参差不齐的领口使得国看上去可怜巴巴的。

秋子叹口气:"有个啥看头?不就两堆肉么,值得?把一双眼睛也搭进去了。"

"我不悔。"国笑了,"要不那样能天天守着你,听你说话,吃你亲手做的饭么?"

秋子心里猛一拽,一股酸酸的东西涌了上来。

"我真不后悔。"国认真地说。

"你看见了?"过了一会,秋子问。

国摇摇头。

太阳越升越高,天上一朵云也没有。远处的雪峰在阳光下闪着银子一样的光泽。山坡上,一匹啃草的马不时抬起头,怔怔地望着远方。

一阵清风掠过。

后来,秋子不止一次回忆过那件事的整个过程,得出的结论都是一个:要不是突如其来的那阵风,后来的事也许就不会发生了。那道清风拂在滚烫的脸上,像一匹光滑的绸缎,又像一片温软熨帖的羽毛,让人生出一种想倾诉什么的欲望。

"国……"秋子喊了一声。秋子听见自己的嗓音陌生而遥远。

国转过脸。国空空的眼窝像头顶上深不可测的蓝天。

空气中响起一阵纽扣脱落的声音。秋子敞开衣襟,袒露出那对丰满白皙的乳房。"国,你看呀……"秋子的声音干涩而飘浮。

国空洞的眼窝眨着，一脸沮丧地摇摇头："秋子，我看不见。"

秋子抓起国的手放在自己胸脯上，说："你摸摸，就是这个样子。"

国的手像一柄滚烫的烙铁，身子抖得像一片风中的柿子叶。当秋子有点后悔时，一切已经无可挽回了。她没料到瞎了眼的国还有那么大的蛮力。国把她举起来像举一捆麦草，然后把她按在盛满苞谷的笸箩里。秋子听见苞谷籽在身下哗哗作响，她抓住一穗坚硬的苞谷棒子，心想只要她抡着照国的脑袋一挥，国就会像一团泥一样瘫软下去。但她没有挥，只是紧紧地握着那穗坚硬的棒子……

后来她不只一次想过，她当初为什么没有挥下那穗坚硬的棒子？但每一次她都得出了一个可怕的结论。

秋子感到那件事是非发生不可了。那时，国躺在笸箩里，一动不动，深不可测的眼窝对着空中。空中有一只巨大的岩鹰在盘旋，翅膀的阴影不动声色地掠过。

"我给你做饭去。"秋子突然说。

国舔了舔嘴唇，没有回答。

秋子站起来，拍掉身上的苞谷须子，走进了厨房。她想，现在是没有什么能阻止她干那件事了。这么想着的时候，她松了口气。她点燃了灶孔，把水舀进锅里。她给国煮了过节才吃的面条，还打了两个鸡蛋。面条在锅里扑突突翻腾时，秋子从墙洞里抠出了那个东西。那是她赶集从一个卖跌打药的汉子手里买的，那汉子说这叫"七叶一支蒿"，专治跌打损伤，用时在碗底研磨三转就行了，因此又叫"磨三转"。千万不能超过三转,多磨半转都要出人命的。她本来都要走了,汉子后面一句话使她停了下来。她把在手里捏热了的钞票递给汉子,汉子接钞票时在她手心轻轻搔了几下,并不怀好意地笑了笑。

现在,她仔细打量着这东西,黄焦焦的,像一段干硬的粪便。这东西真有那么厉害么?她差一点没忍住伸出舌头去舔一下。她被这个想法吓坏了。她朝院子看去,国背朝她坐着,头扭来扭去,像在看什么。她不明白他明明看不见,为啥还要做出看的样子。国的脖子粗壮结实,国扭动脖子时,秋子仿佛又闻到了他身上那股让人心慌的气味……

秋子闭着眼在碗底研磨了一下,声音并不像想象的那么可怕,沙沙沙的,像雨点敲打在树叶上。她又磨了几下。她一共磨了五转,然后就把面条捞进那只可怕的碗里。

"好香。"国耸动着鼻翼,"秋子你真疼我,给我做这么香的东西。"国说。

秋子不敢吭声,拼命咬着自己的手背。

"可惜我再也吃不到这么香的东西了。"国深深地叹一口气。

秋子差点失声叫出来。她心里充满恐惧,她想国的后脑勺上一定有一双无所不见的眼睛。

国大口大口吞吃着面条,腮帮上的咬肌有力地滚动,脖子上的青筋像一条蠕动的蛇。秋子看见那东西正随着流动的血向全身扩散……

"国你别吃了。"秋子的喉头一阵痉挛。

国没吭声，大口大口吃完面条，然后伸出舌头舔了舔碗底，粗糙的舌头在碗底磨出一片刺耳的沙沙声。

秋子的心被什么捏得紧紧的，脊沟里淌着热汗。她想再过一刻她就要垮了。"国……"她艰难地说，"我要回娘家住几天，我给你贴了一锅饼子……""是该回去看看了。"国笑了笑。没有眼睛的笑很吓人。

"我几天就回来。你要是……"秋子心里很乱。

"我该走了。"国摸索着木拐，手抖得厉害。秋子把木拐递给他。

"可惜再也吃不到这么香的面条了。"国咂咂嘴。

秋子捂着嘴。

太阳红得发黑。

秋子在娘家住了五天，她回来时国已经被埋掉了。阿康的妹妹说国是她走后第三天死的，放羊的双全渴了到她家去讨水喝，看见国的头栽在水缸里，已经没气了。秋子的腿软得撑不住身子，脸涨得通红，眼前飞舞着一片金星。

"嫂子你咋了？"阿康的妹妹吃惊地问。

"没啥……村里人咋说？"秋子稳住神。

"有啥说的？都说死了也好，省得受活罪。他肯定是活着没趣了。"阿康的妹妹叹口气。

第二天，秋子到国坟头去烧纸。秋子带去一大碗鸡蛋面条。秋子把面条拨拉在纸钱的灰烬里，说："国呀，你可不要怨我，我也是没有办法了。像你那样活着还不如死了好，早死早投生……"这时，她突然听见国在土堆里冷笑一声。

043

她一哆嗦，碗掉在地上裂成几块。她左右看看，一个人也没有，太阳还是那么亮，天还是那么蓝，远处，一个汉子在犁地，吆喝牛的声音悠长而遥远。

那天夜里，秋子被国摸过的那只乳房开始发热，热得像一柄滚烫的烙铁。

第二年的秋天阿康回来了。

阿康回来时秋子正在扫地上的柿子叶，听见阿康一喊，秋子腿一软就坐在了地上。阿康一把抱起秋子，急匆匆朝屋里走。

"秋子，秋子……"阿康的嗓音抖得像风中的电线。

秋子泪流满面。

"秋子你怎么了？"阿康手忙脚乱。

"国死了……"秋子呜咽道。

"死了就死了。国死了你不高兴？"阿康笑起来，用舌头舔着她脸上的泪水。

"我磨了五转……"秋子说。"什么五转六转的？"阿康有些不高兴，他的热情没能得到想象中的回应。

"磨三转。"秋子从墙洞里抠出那东西说，"我在镇上买的，多磨一转就要人命。我磨了五转，在国的碗里。"秋子泣不成声。

阿康接过来，仔细瞅了瞅，扑哧笑出声来："你被那汉子蒙了，啥磨三转呀，假的，糯米做的。"阿康说完把那东西丢进嘴里，嚓嚓地嚼起来。

秋子失声叫了一声……

阿康把手从她衣服下面伸进去,倏地缩了一下,奇怪地问:"咦?你那儿咋这么烫?"秋子没有回答。秋子已经晕过去了。

半个月后,秋子被确诊为乳腺癌。

秋子躺在手术台上,主刀医生对着她那对美丽绝伦的乳房,有些不忍下手。"可惜啦……"他摇摇头。秋子倏地撑起头说:"割了吧,割了省心。"主刀医生皱着眉头看看麻醉师,说:

"再给她麻一下!"

秋子做手术的时候,阿康坐在走廊里的长椅上,他不知怎么就想起了那件事:他在农场时曾收到一封国的来信,是国请学校里的马老师写的。那真是一封莫名其妙的信,通篇只有一句话:味道和牛心肺差不多。

发信的日子是国死的头一天。回来后,阿康曾问过马老师。马老师说是有这么回事,他当时也很奇怪,但国坚持要他这么写。国拿走信时留下了几块嫩苞谷饼子。马老师说:"我当时还以为是你们约定的什么暗语呢。"什么暗语呢?阿康一直想不明白。

崩岭规则

那时太阳刚刚过顶。

他们两人同时来到了碉楼晒台上。两幢碉楼大约相距二十米。

碉楼是大渡河流域及崩岭山区的特有建筑,它粗犷的外表和周围的大山比较和谐:坚固、墩实,像巨大的方形烟囱拔地而起。碉楼底层是畜栏,第二层是火塘、起居室,第三层是粮仓,最上面的平顶就是晒台。

晒台晒粮食,也是瞭望台。过去这里盗匪横行,械斗不断。当盗匪袭来时,晒台和墙上那些外小内大的牛肋巴窗就成了良好的射击场所。

眼下登上晒台的是两个儿孙绕膝的老人,一个是猎人海骡子,一个是庄稼汉末保保。

他们是去赌命。

海骡子刚从幽暗的火塘边登上晒台时,明亮的阳光使他对自己信心十足。

唯一使他担心的是手中的老铳。那支祖传的枪托上包着银皮的老铳在墙上足足挂了十年了。以至于他用了整整一瓶煤油加上一件旧衣裳才把它擦拭一新。当他从枪管中望出去时，旋转优美的来复线让他沉寂已久的血液又骚动起来。

保保站在那里显得有些信心不足。他不是怕死，而是担心放铳时出丑让村人笑话。他家也有一杆铳，但只是每年的秋季守苞谷时对天吓吓野猪老熊。解放后有很长一段时间没摸过铳，最近几年又是儿子在守秋。为此，他在家里关上门整整练了三天，从装药填子一直到放铳。他不指望自己能击中海骡子，只是希望自己在放铳时稳住桩子，不至于被强大的后座力掀翻在地。因为从去年起，他就扶不动犁了。他也知道自己逃不脱海骡子的枪子，那杂种杀了一辈子生，虽然老了，但船烂还有三千钉哩。因此他不能退却，连膝盖也不能软一下。否则，他的后代在堡子里就永远抬不起头……

这时，每家碉楼的晒台上都出现一些人，都是来看这多年难遇的精彩场面的。孩子们兴奋得像麦地里的麻雀，汉子们则狠命地抽烟以掩饰内心的亢奋。女人们却躲在火塘边，她们不敢看这种极富刺激的场面。有些心软的女人偷偷去找村长保全，但保全不在，据说一打早就到乡上赶场去了。

担任中间人的龙老爹来到两幢碉楼中间的一家晒台。他清了清嗓子，做最后一次调解：

"骡子，退后一步自然宽。"

"半步不退！"海骡子朗声回答。

"保保，下个矮桩，忍为贵嘛。"

"不！弄死当睡着。"

"那好。"龙老爹叹口气,双手合十对着崩岭山,"山神在上,今有昂屋堡人海骡子、末保保,因家事纠纷公断不下,自愿照祖先规矩赌命。生死自负,不得反悔。"

"永不反悔!"

相距二十米的两个人同时喊起来。

事情的起因其实很简单。

末保保的儿媳妇春秀到自家地里去割草,发现地坎上的草已被人割了。大概刚割不久,草茬上还凝着鲜嫩的液汁。草既可以垫圈又是来年的好肥料。是谁这么不要脸呀?她一气就坐在地坎上骂开了:

"哪个断子绝孙的割我家的草,拿回去垫圈猪死牛瘟,撒到地里苗死禾干……"

恰好海骡子的儿媳妇多香背一背草经过那里,听见断子绝孙就很敏感,她生了三个都是女子,去年结扎了。她问:

"你骂哪个?"

"哪个接火就骂哪个!"

"骚婆娘!"

"骟母狗!"

多香把草一扔就冲了过去。两个女人扭在一起,春秀不是多香的对手,小肚子上挨了一脚就蜷下去了。多香背上草扬长而去。

春秀一拐一拐走回家,下身就流血了。她哭着对丈夫说:"她把我打小月了……"

她丈夫猛扇她一耳光:"你丢老子的脸,你去死在她家门上！"

春秀想不过，当天夜里就把一叠带血的草纸钉在多香家门上。

第二天早晨海骡子一开门，脸就青了。这是崩岭山最大的耻辱，比老婆偷人养汉还丢人，并且会使家族从此衰败下去，一蹶不振！

他一句话没说，背着手去找村长保全。

"我要弄死她全家！"他进门就说。

保全忙招呼他坐下，又叫人去喊末保保。末保保来了，保全拿出一瓶酒，用蜂蜜调上，说："来，先喝酒。"

海骡子板着脸："先办公事。"

末保保也说："对，办了公事再喝。"

"也行。"保全清清嗓子，倏地拉下脸，"尿吃多了你们！肚里刚有几颗粮食就烧得慌啦？吵什么吵？闹什么闹？"

"他儿媳妇往我家门上钉马纸哩！"

保全盯着保保："上面叫安定哩，你干的个啥？去扯五尺红布，买两挂火炮，让你儿媳妇给海叔赔个礼，冲冲喜。"

"他家多香把我儿媳妇踢小月了。"

保全又扭向海骡子："你看你看，啥不得了的事照人家肚子踢？怀个娃也不易。这样吧，海叔你赔末叔两百斤苞谷。"

"我不。"海骡子说。

"我不。"末保保也说。

"不干咋哩？我招呼是打了的，你们要咋就咋去吧，牛打死牛填命！"

海骡子不吭声了。

末保保也不吭声了。

保全舒了口气，换一副笑脸："好啦，公事办完了，有冲撞二位老叔的地方多担待，唉，公家办事嘛就得照公家的章程办。来，喝酒喝酒。"

"那是。"海骡子端起了酒杯。

"那是。"末保保也端起了酒杯。

一瓶酒喝完，两人告辞了。刚出门，海骡子就说："我不服！"

"我也不服！"末保保也说。

他们调头又朝龙老爹家走去。

"你们商量一下吧，谁先动手。"龙老爹说。

沉默了一阵，末保保说：

"让他先打，他比我长两岁。"

"不。还是你先。好歹我比你多摸几年铳，我不愿意让人家说我占便宜。"海骡子说。

"你先。"

"你先。"

见争执不下，龙老爹发话了："这样吧，第一轮末保保先打，第二轮骡子先打。"

"行。"海骡子同意。

"行。"末保保也点头。

"动手吧。"龙老爹大喊一声。

末保保端起铳,铳尖晃动得厉害。慌个卵呀!他在心里骂自己。他想稳住呼吸,结果身子抖得更厉害,汗水流进了眼里,辣辣地痛,铳尖前一片模糊……

"你晃个啥呀?"海骡子对他喊,"瞄低一点,太阳有虚光。"

海骡子得意扬扬的语气激怒了末保保,他埋头在手臂上使劲咬一口,稳住神,猛地扣下扳机——砰——

海骡子像被人推了一下似的跟跄一下。

"打中了!打中了!"末保保高兴得流下了泪。他把海骡子这个杂种打中了。早上填子时,儿子要他填杀伤力大的独子,他不肯。执意装进一把杀伤力不大但范围宽的铁砂子。为的就是打中,不要让人家笑话。现在他打中了,虽然不能置海骡子于死地,但毕竟没给祖先丢脸!就是死在海骡子铳下也值了。一个连兔子都没打中过的庄稼汉子,居然打中了崩岭山赫赫有名的猎手!

他扔下铳,坦然地站在那里,等候海骡子的射击。

海骡子先是感觉到一股风呼地刮过,胸口脸上麻麻的一痛。他知道自己挨了末保保的铁砂子。他想不通末保保为什么装的是铁砂子?这个狗日的倔货!装铁砂子连瞎子都能打中。他不敢用手去抹脸,他感觉到铁砂子陷在肉里,烫乎乎地堵着血管。他怕一抹血会流下来,他不想让村人们看到他海骡子血流满面。

他眨了眨眼皮,眼珠子是好好的,能清楚地看到对面碉楼上的末保保脸上的黑痣子。狗杂种,我要在你身上穿个窟隆。他从吊在腰上的皮夹里摸出颗铅丸,在鞋帮上使劲磨烫,丢进枪管,然后他慢慢抬起枪。

砰——

他看到末保保像风中的麦秸垛一样倒下去了,轻飘飘的。

"打中了!打中了!"周围碉楼上的人们欢呼起来。

海骡子满意地吹吹冒烟的枪口,笑了。

那时太阳正辣。

海骡子硬撑到大塘边上就倒下了。"把药酒给我拿来。"他吩咐儿子。儿子拿来药酒,斟满一碗,海骡子咕咕一气喝下,对儿子说:

"去保保家看看,落气了就把我的柏木棺材给他抬过去。"

不大一会儿,儿子回来了。

"怎么样?"他问。

儿子看他一眼,把脸别开:"你打偏了。打在左膀子上。骨头断了,但死不了。"

"哦。"毕竟老了,手不稳了。他在心里叹口气,疲惫地闭上了眼。过了一阵,他又睁开眼,吩咐儿子:

"你把家里配的枪伤药给他拿去,墙洞里还有一包鹿心血也拿去,叫他冲酒喝。"

这时他才感到胸部脸膛火烧一样痛。

村长保全来的时候,海骡子正躺在火塘边上,让儿子给他挑肉里的铁砂子,已经挑出小半碗了,肉里还有许多。

"啧啧，你们这是为个啥？"保全摇摇头，"我给你们打了招呼偏不听，这下可好，弄得血糊糊的。唉，鬼迷了似的，那天我偏偏又去赶场了……"

"保全你丢心，不关你事。"海骡子安慰他。

"虽说不关我的事，可乡上怪罪下来咧。"保全愁戚地说。

"乡上知道了？"

"妈的也不知是谁，比广播还传得快。"

"也不关公家的事嘛。"海骡子说。

"可乡上传下话来哩，叫你们两家派个人到乡上去一趟。"

"去就去，怕个啥？明天一早我就让儿子去。去给公家说清楚，是我们两家自愿协商的，不关村里事，也不关公家的事。"

"这就对了。"保全从怀里摸出几个鸡蛋，"海叔，给你补补身子。"

"哟，又让你费心了。"

"这有个啥，乡里乡亲的。"

"去，给你保全哥倒碗酒来。"

"不啦，我还要到末叔家去一趟。海叔你躺好，不起来啦。我走了。"

第二天下午，儿子灰溜溜地回来了。

"咋说了？"海骡子问。

"人家不认，说我们犯法哩。"儿子说。

"犯啥法？我们公粮也交了，媳妇的肚子也扎了，还有啥礼数没走到？"

"人家说我们私自斗殴，还用枪……"

"你狗日没说我们是自愿的？"

"说啦，可人家说不能想干啥就干啥，要我们两家到法庭上吃官司。"

"上法庭就上法庭，有理走遍天下。"

"还要叫我们交五十块钱哩。"

"为啥交五十块钱？"

"说我们打官司得请律师。"

"咱不请。五十块，两三百斤苞谷哩！你当是他们公家呀？"海骡子气呼呼地说。

"人家说不请不行，这是打官司的新章程。"

"狗日的，三天两头又是新花样。"

儿子不吭声了，用棍子扒火塘里的灰。

沉默一阵，海骡子叹口气，对儿子说："这样吧，你去末叔家取个商量，说我们两家合伙请一个律师，一家摊一半钱……干脆你对他说，我家出二十六元，他家出二十四元算了。看他咋说。"

儿子就到末保保家去了。把爹的意思一说，末保保想了一阵，说：

"行，照你爹的意思办吧。不过钱还是平摊。他的心意我领了。"

第二天儿子到乡上去之前，海骡子叮嘱儿子："你去交钱时先探探行市，讲讲价钱，看能不能少几个。"

"嗯。"儿子连连点头。

下午儿子回来了,说:"人家不许合伙请,要一家请一个,说谁家请的就帮谁家说话。"

"我家不请。我要谁帮我说话?明摆着的事,我看他末家请的人就把黑的说成白的了。"

"我们不请公家就要指定。"儿子说。

"管他请不请,我反正不交这冤枉钱!"

一个月后,村长保全带着一个法警到海骡子家宣读缺席判决书:

> 崩岭乡昂屋村村民海骡子、末保保,因家事纠纷不听村干部教育调解,一意孤行,私自动用枪械进行野蛮的"赌命"……现判处海骡子、末保保有期徒刑各一年,因当事人有伤在身,现允许保外就医,待伤愈之日入狱服刑……

法警走后,海骡子叫住保全:"啥叫保外就医?"

"就是说有伤就不坐牢,伤好了再去。"

"要是伤一年还好不了呢?"

"那就算尿了嘛。"

等保全走后,海骡子就从墙上摘下铳,装了一点点火药和几粒铁砂子,然后脱下鞋,用脚拇指压住扳机,对着自己的脸又放了一铳……

贡布拉冰川的七彩神光

那人走了,带着一脸死亡的恐怖。

鲜红的登山服在白得炫目的雪地里像一团跳动的火苗,摇曳、小去……

慢一点,得悠着走。你那样是过不了贡布拉大冰川的……他想对他喊,可是两片肿胀的嘴唇怎么也掀不开。

一团沉甸甸的黑云从贡布拉神山垭口上翻滚下来,又缓缓地朝下压。下面,贡布拉冰川那犬牙交错、深不可测的大冰裂缝里,也腾起一团团黑色的雾气,像两支黑色的大军,不动声色地向他逼来。周围是一片没有生命的世界。突兀在雪地里的冰川漂砾,狰狞而冷漠,呈现出一派令人心悸的死寂!

冷森森的寒气从脚下升起。一种面对这死一般静寂的大自然的恐惧,使他止不住一阵颤抖。他紧裹了裹身上的野牛皮褂,迫不及待地发出一阵既是恐惧又是愤怒的吼叫:"嗷嗬——却朗——嗷——"他急切地唤着猎犬。他想听到一点声音,一种由生命发出的声音。

回答他的却依然是一片使人发狂的死寂……

"你要去给那两个人带路？"堡子里年纪最大的龙老爹抬起干缩如枣核般的头，困惑地问他。

"他们说是来看贡布拉冰川的七彩神光的。"他惴惴地说。

"他们一进山我眼皮就跳。"

"他们有证明……"他脸有些发烫。

"你不怕冲撞了神山？你就不想想堡子里的女人、娃崽？昨天夜蜂子岩又有人哭。我听见了，还有人在吹法号……"老人垂下雪白的头睡着了。一丝闪亮的口涎从嘴角垂下。

"我不会做冲撞山神的事，也不会辱没祖先……祝福我吧，老爹。"他咚地跪在老人面前。

"噉嗬——却朗——"他不停地呼唤。颤抖的声音刚一出口就被渐渐逼近的黑雾吸得干干净净。四周仍然一片死寂。静得听见自己的心脏怦怦地撞击胸腔。他第一次体会到什么叫恐惧。他甚至朝那人走的方向望了一眼，要是还没走远，他肯定会改变主意撵上去，离开这个静得让人发狂的地方，可那人已没了踪影。突然，空气中有了异样。他屏住呼吸，支棱起耳朵……心里禁不住一阵狂跳，他用耳朵终于捕捉到了细若游丝的吠声。却朗还在！顿时，一股强大的热流注入体内。他兴奋得想哭。这个冰冷的世界终于还有一个生命与他为伴。

他想跳上一块漂砾唤狗，刚一抬脚，小腿肚撕裂般痛。

他跌坐在地上，撩开裤脚，小腿肿得发亮，伤口流出黄白的脓液，里面恶痒痒地跳痛。他取出烟袋，抓一把烟末撒在伤口上，再用布条紧紧缠上，痛得咝咝地从牙缝里吸着冷气。心里十分懊恼，真不该让那女人碰自己的腿……

"哎呀！"走在后面的女人尖叫一声。

男人回头看一眼又继续朝前走。瘦小的屁股费力地扭动着。

他有些不快。女人大惊小怪的语气激怒了他，一使劲，把卡在石缝里的脚拔了出来。

"血！哎呀血！"女人秀气的脸涨得通红，朝前面喊，"伟伟，急救包！快。"

"用不着。"他粗声说，从地上抓一把土揉在伤口上。"走你的。"他对女人说。

"不行不行，要感染，感染！"女人急得直跺脚，执拗地把他拉到溪边。

男人从登山袋里掏出一个包扔过来又往前走。这一路他就没个好脸色。

女人踏在光滑的卵石上，用手掬起清水冲洗他的伤口。那双小手柔若无骨，修长的指尖上像嵌了一串晶红的宝石，比青青的手好看。青青的手掌布满硬茧，手背上尽是口子。可青青要剥麻、抓粪、割猪草。他替青青不平。突然，那女人脚下一滑，手在空中抓了两把，扑通一声掉进水里……

汪汪汪……却朗箭一般射来，浑身沾满雪粉。这是一条出色的撵山狗，毛色黑亮，修长的躯体没有一丝赘肉，油亮的皮下滚动的全是结实的肌腱。

"却朗！却朗！"他激动得一把搂着猎犬坚韧的脖子，感到力量又回到了身上。

却朗狐疑地望着翻滚而来的黑云，用湿漉漉的鼻子拱着他的脸，喉咙里滚动着不安的咆哮。

他把却朗抱得更紧，却朗血管里滚烫的血在他手下急速地流动。"却朗，我知道贡布拉神山发怒了，大风暴就要来了。可是得找到那女人呀，不然……"他倏地打了个寒战……

蜂子岩下青烟缭绕阴风惨惨。八个日本人的灵位供在岩根下，那只是一块块写着名字的木牌，一场可怕的雪崩把他们的躯体永远留在了贡布拉神山上。他们的亲属——八个从日本来的女人只好在这里遥祭他们的亡灵。她们中有老有少，还有一个头发都斑白了，都穿着奇形怪状的衣服，背上像背了个枕头。她们跪在灵位前悲痛欲绝，口里咿哩哇啦，泪流满面……

堡子里的人们都来了，围在边上神色惶恐。女的心软，看见人哭眼圈就红了。男的阴沉着脸，蹴在地上吸烟，嘴里东句西句地扯：

——唉，为个啥呀，不挖药不放狗的。

——他们是来登山的，就是爬山。

——黑牛也不知咋带的路，可怜呀……

——他说他没去。守帐篷。

——他不回来还好！

他没吱声，瞥一眼呆立一旁的黑牛，心里很为他抱屈。可是当他看到青青愤怒而鄙夷的目光时，心里不由倏然一动……

却朗安静了，望着他。黑宝石般的眼珠里映出他憔悴、肮脏的脸。

"去吧，却朗，去把那女人找到。"他在狗身上轻轻一拍。却朗箭一般射出，矫健的身躯如同一把迅速屈伸的弓，弹起团团雪雾。

一股挟着野性的狂风突然呼呼大作，搅起漫天的雪雾。粗硬的雪粒鞭子一样抽打在脸上，呛得人连气都透不过。贡布拉冰川犹如一口巨大的女妖炼丹的魔盆，翻滚着阴险莫测的黑云，天地间一片迷离混沌的昏眩。

刚刚松弛的心又猛地抽紧。他从未见过贡布拉神山如此狰狞可怖，贡布拉神山，你真的发怒了么？是惩罚我？他跪下来，向着隐约可见的贡布拉主峰虔诚地祈祷……

他一把将那个叫辛辛的女人从水中提起。

女人浑身被溪水湿透，衣服紧巴巴贴在肉上。咯咯……这水真凉。咯咯——女人发出一串畅快的笑声，小巧的乳房随笑声颤动着。他别开脸，恼怒地说，"都怪你多事，林子里又不敢烧火。咋办哩？"

"请你把旅行包给我。"女人止住笑，喘喘地说，"我要换衣服。"

他把包递过去，走到一边坐下。

两棵小桦树间扯起一条鲜艳的浴巾,女人抓起几件衣裳躲进去……

他坐得老远,却怎么也收不住自己的目光,浴巾后面隐约露出女人飘散的黑发和雪白的肌肤……他舔舔干燥的嘴唇,用想象丰富和补充着被浴巾遮住的部分。那天晚上青青虽然让他亲了,但却坚决地止住他进一步的要求:"迟早都是你的,连沉香木都能背起,这就不能忍么?再说,你还要上贡布拉神山哩……"一想到青青那丰盈鲜活的身子,脑袋就有些发晕,心头腾起一片火……这次回去说什么也得征服她,最好是在有月亮的夜晚……突然,一堵火红的墙挡住了他的视线,那个叫伟伟的男人站在他面前,白净的面孔上挂着一丝冷笑。

汪汪!汪汪汪——

却朗守着一处微凹下去的雪坑吠着。猛烈的风熨平了它身上漆黑油亮的毛,看上去像瘦了一圈似的。

他大口喘着,跪在雪坑边。坑里有几条黑色的裂缝,旁边有一个巨大的漂砾,被蓝幽幽的冰柱顶起,像一个巨大的蘑菇。是这里,他想起来了。那女人还倚着蘑菇照了相。刚才那阵雪崩来得突然,至今他也没想通那要命的一枪是谁放的?肯定是那个叫伟伟的男人。天更暗了。呼啸的风舞起沙沙作响的雪粒,把天都搅得一塌糊涂,马上就什么也看不见了。他心里一紧,赶快用双手扒着松软的雪……

大冰瀑布矗立在眼前,那么气派,那么壮观。无数巨大的冰体层层叠叠,被火红的太阳照得熠熠生辉,如同一大堆璀璨的宝石。天晴得精彩,天蓝,云白,又无风。

"太绝了!"半晌,那个叫伟伟的男人呻吟一声,脸上呈现出痴迷的神情。

"这就是七彩神光?"那个叫辛辛的女人更加娇小。

"不是,要垮冰才能看到。"他说。

"垮冰?"

"一垮冰,冰山上就闪光,好看极了。"

"什么时候才垮?"男人问。

"那是神山的事。说不准。"

"放一枪把它震垮不行?"男人看着他肩上的火铳说。

"放枪?这是神山!"

"我说着玩的。"男人笑笑。也是他第一次露出的笑。他笑起来年轻多了。

"你们想看,上面不远有个冰洞。"他想弥补一下刚才的粗暴。

"冰洞?深吗?"男人眼里闪过一道光。

"推个石头下去,一袋烟才能听见响。"

"噢,去看看吧。"男人提议。

"你们去,我在这等你们。"他坐下来,摸出烟袋。却朗也挨着他伏下来。

"走吧。"男人喊女人。

"算了吧。"女人口气有些游移。

"害怕了?"男人笑笑,牙闪着白光。

"害怕我就不来了。"女人笑得暧昧。

男人兴冲冲地往冰坎上爬,脖子上的相机晃悠着。女人走两步又回来:"能把你的枪借我用一下吗?照张相。"声音充满了乞求。

他犹豫了一刹,把火铳递过去:"小心,别动它……安了火炮的。"

"我知道。"女人感激地笑笑。

他把手从她腋窝里伸进去,箍住她的腰往外拽。他憋足了劲,挣得眼前一片飞舞的金星,女人却软软瘫在他怀里一动不动。他颓然坐下来,大口喘着气。

女人漆黑的头发沾满了雪粒,脸孔变得死白,冻得发紫的嘴唇紧闭着,鼻孔里只有一丝微弱的热气,手上的指甲仍然红得吓人。

野狼般嗥叫的风,刀一样割人,疯狂地搅起雪粒,围着雪坑打旋。天黑了,但不是那种清凉静谧的黑,而是透着死灰的黑,是一种绞杀人神经的黑,是一种混混沌沌、无边无际、没有任何希望的黑。

却朗围着雪坑不住地打旋,望着黑压压的天空,哀哀地吠着,眼里透出极度的焦躁不安。

他拱下去,把女人驮在背上,拼尽全力往雪坑上爬,憋得眼珠快暴出眼眶,像牛一样喘着,呼哧、呼哧……

背上像压着一匹山,肩上的皮绳已深深扣进了肉里。但他感觉不到痛,只觉得全身的骨骼发出可怕的响声。

龙老爹看中了蜂子岩半腰间那棵沉香树,他要用它整凿老木。那天,龙老爹最后一颗大牙掉了时,堡子里的汉子们腰缠皮绳、别着大斧上了蜂子岩。

沉香树放倒了,有合抱粗。细腻的茬口泛着象牙般的晕泽。再斩头去尾,留下八尺长一截。谁能把它背上崖顶,谁就是堡子里当之无愧的头条汉子。

女人们给男人们倒着烧酒,偷偷瞟着自己中意的男人,眼光灼热而饱含期盼。

十几个轻狂后生摩拳擦掌、轮番上前,但谁也没能跨出半步,只好红着脸退下来。

女人堆里响起一阵失望的嘲笑。

他浑身一热,端起地上的酒碗一气灌下,狠杀一把腰带,走上去……几乎同时,黑牛也走了上来,一脸忘命的狂热。自那次以后,黑牛从不放过洗刷耻辱的机会。但这次他决不退让!他知道有一双水汪汪的杏眼正注视着他们。他恶狠狠地盯着黑牛……终于,黑牛松开了手……

他把胳膊穿过皮绳,背死死贴住老木,闭了眼,运气敛神,突然爆发一声喊……骨头嚓嚓地响,群山一阵摇晃,血涌进了眼眶,满世界一片通红……

"起来了!起来了!"是青青狂喜的声音。

黑牛脸上掠过一道阴影。

那天晚上,在竹林里,青青第一次向他仰起了娇嫩的嘴唇……她的嘴唇温软、湿润,舌尖上还残留着玉米的清香……

他睁开眼,却朗湿漉漉的舌头正舔他的脸,见他醒来,高兴地呜咽着，拼命拱动他。

他心里一悸，怎么会睡过去了？脑里有一个甜丝丝的麻痹。不好！他挣起身来，手在女人鼻孔前试试，热气更微弱了。得赶快走，到离这儿不远的冰洞去，躲过这场来得快也去得快的风暴。他哆嗦着解下腰带，把瘫软的女人捆在背上，拍拍狗脑袋："走，却朗。"

却朗身子一纵朝山下跑去。他紧跟着。风像刀子一样割脸。每迈一步，受伤的脚就像一把针在刺。女人很沉，像个布袋似的直往下坠。他不得不用双手搂住她那没有一丝热气的臀部。那个叫伟伟的男人为什么要放那要命的一枪呢？他眯缝着眼，透过乱舞的雪粒寻着路……

"今晚就在这儿住吧。"他把背袋扔在药王石下，喘了口气。

"野宿？太有意思啦！"女人拍着双手欢呼一声，又紧张地问一句："有没有狼？"

男人揽住女人娇小的身躯，笑道："怕什么？有我呢。"

"得烧堆火。"他抽出裤刀朝丛林走去。天色暗了下来。墨绿色的藤本攀沿植物从高大的乔木上垂挂下来，织成一张绿色的巨网。林子里弥漫着一股甜丝丝的气味，那是落在地上的果子在发酵。

自从踏进针阔叶混交林，那男人的脸就舒展开来，端起胸前的相机啪啪地按着。女的换了件色彩艳丽的衣裳，在林子间蹦蹦跳跳，一会儿掐朵野花，一会儿摘把野果。两个人都说着一些他似懂非懂的话。在一丛火焰一般燃烧的大叶杜鹃前，两人都愣了，好一阵没说话。

半晌，那女的眼睛有些湿润，喃喃道：

"太美了……"

"生命只有无拘无束才会这样辉煌。"男的也显得很激动，"在这儿来一张吧。"

"有必要吗？又看不到了。"

"留下这辉煌的一刹吧。喂，你帮我们照一张吧。"男的对他喊道。

"我不会呀。"他有些惶惑。

"不要紧，这是全自动的。你只要从这里面看见我们，把这儿按按就行了。很简单。"

他战战兢兢地端起那沉甸甸的匣子，凑到眼前一看，脸腾地红了——

那男的紧搂着女的俯下去，女的仰起头，两人嘴唇贴在了一起，贪婪地吸吮着，脸上呈现出忘掉一切的痴迷……

……今夜里得留点神。他想。

吃过简单的夜饭。他架旺篝火，把男人背包和他的放在一起，对女人说："你睡里边，我们两个睡外边。"

那男的奇怪地盯着他，女的有些不自然。

半夜，他被一阵细微的响动惊醒了。伸手一摸，男的不在旁边，黑暗中传来吧吧的亲吻声和急促的喘息……他朝响声处大吼一声：

"喂——"

"吵什么？你睡你的嘛。"黑暗中传来男人恼怒的声音。

"在这儿睡觉得规矩点，药王菩萨就在跟前，得罪了他老人家当心走不出贡布拉大冰川。"他冷冷地说。

"真扫兴。"男人骂骂咧咧摸回来。

就在这时，却朗喉咙里发出一阵不安的咆哮。"却朗！"他喝住狗。黑暗中，他敏锐的耳朵捕捉到一丝极细微的响动！就在附近的林子里。好像是树枝折断的声音。

他睁大了眼。

古老的森林一片寂静。

"却朗，去把洞口堵上。"他爬进冰洞，把女人放在地上，喘了口粗气。这个冰洞只有他知道，三年前上山挖药时，他曾在这个洞里住过一宿。

却朗射出洞去，抬起后腿一阵猛弹，掀起团团雪粒。渐渐洞口小了。只剩下一个小口时，却朗后退几步，倏地一跃，蛇一般窜进洞里，累得趴在他脚跟，流出一滩口涎。

他哈哈冻僵的手，从怀里摸出个猪尿泡，又从猪尿泡里取出一根野猪油浸透的火绳，解下腰间的火石，嚓嚓地边敲边吹。不一会儿，火绳上跳起一星橙色的火苗。他把火绳缠在牛骨刀把上，叫声："却朗。"

却朗一跃而起，叼住冰冷的刀叶。一团温暖的黄光弥散开来，周围的冰壁闪烁着蓝幽幽的辉光。

他把女人平放在地上，哗地扯开胖鼓鼓的登山服，一层层解着衣裳。当露出一抹黑色的乳罩时，他有些发窘。冻僵的手指不知从哪儿下手才能解下那轻薄的玩艺儿。最后他还是一把扯断了细细的缎带，女人苍白的胸脯裸露出来，布满一层鸡皮疙瘩。女人的乳房并不像他想象的那么丰满、坚挺，而是疲惫地耷拉着。他想那时可能是隔着这件黑东西的缘故。他捏捏黑色的玩艺儿，有些好笑。他把手放上去，女人胸腔深处传来一阵虚弱的搏动。他赶紧捧一大捧雪放上去，用粗糙的手掌使劲搓揉起来……

翁翁郁郁的红豆杉林里，一方莹豆形的水塘蒸腾着氤氲热气。蔚蓝色的泉水里，成千上万颗晶莹透明的珍珠从塘底冉冉而上，又倏地消失，然后幻化成一缕缕乳白的轻纱飘向林间。

他把脱下的衣裳卷成一团塞进树洞里，赤着脚走下去。池塘底部安放着许多光滑的卵石，他坐在一块卵石上，温热的泉水刚好没过胸部。从池底翻腾而起的水珠，从胯间升起来，像无数双小手温柔地触摸着他裸露的皮肤，他舒服得呻吟一声，闭上了眼。

林间传来一阵响动，有人踏着松软的落叶来了。他睁开眼，是那个娇小的女人。

女人惊奇地看着眼前的一切，蹲下用手撩撩水，惊喜地问："这水是热的？"

"这叫仙姑泉，是仙女们洗澡的地方。"

"嘻嘻，仙女洗澡的地方？"女人盯着他笑起来。

他脸一红，转过头去："老辈们这样说的，说是以前天上的仙女每年都要来这洗澡，有五色神牛守衣裳。后来，寨子里几个后生想把仙女们留下当老婆，就采来醉果让神牛吃。神牛醉倒后，后生们就偷走了仙女们的衣裳。仙女们光着身子不敢回去，就变成这周围的杜鹃。"

"啊，简直像一首诗……"女人脸上露出梦幻般的神情，情不自禁地解着纽扣，轻薄俏丽的衣物一件件落在草坪上……最后，她穿着一身窄小的三点式泳装走进水里。

"啊……"女人舒服得欢叫一声。

"你咋不脱掉身上的东西？"他问

"为什么要脱掉？"女人脸一红。

"这是规矩。每年种完苞谷，寨子里的人都要来这儿泡水。这是神水，泡了以后男人更强壮女人更好看，还可以多生娃崽。"

"男的女的都在一块洗？"女的扑哧一笑。

"那有啥？"他有些不高兴，"在神仙住的地方谁还敢起坏心？"

"哦。"女的有些不好意思。

他们不说话了，闭上眼尽情享受着大自然的抚爱。四周幽深、静谧，只有从红豆杉上飘挂下来的绿色松萝在轻轻摇曳……

白色的雾气轻纱一般在林间缭绕。

哗啦——一块投入水中的石头打破了静谧。

那个男人抱臂而立，一脸阴沉。

烛光摇曳，送出一脉朦朦胧胧的氛围。柔曼的音乐水一般流淌——她紧贴着伟伟，像靠着一架伟岸的大山。男人那令人迷醉的气息透过每个毛孔传到她身上，醇酒一般向全身扩散。全身着了火一般灼热。旋转……旋转……伟伟颀长白皙的手在她丰盈的臀部上摩挲……

"伟伟，抱紧我……"

她在黑暗中呢喃着。"这是哪儿呀伟伟，怎么什么也看不见……"她伸出手在男人身上摸索，一直顺着喉头摸上去……突然蛇咬一样弹开，惊恐万状："你是谁……"

"我。"他松开了她。寒气顿时填满了空间。他缩缩身子。

"伟伟呢？"女人打着哭腔。

"他……"

"他在哪儿？"

"他死了。"他冷酷地说。

女人雷击般一震，尖叫一声扑过来，在他脸上抓搔着："你把他弄到哪去了？你这个坏蛋！还我的伟伟呀……"

啪——他在女人脸上重重一击。

女人怔了。

天亮了。

整个世界一片洁白。神奇的贡布拉山笼罩在一层乳白色的云雾里，深邃莫测。

他们站在雪地上，望着下面瑰丽的贡布拉大冰川。

终年不断的雪崩在贡布拉山巨大的粒雪盆里堆积、晶化，随着重量的增加，一条固体的冰河缓缓地、几乎不动声色地向峡谷淌去。

两旁坚固的崖壁上残留着坚冰的擦痕。运动，阳光，造就了贡布拉冰川的神奇、瑰丽。那起伏隆起的冰峰仿佛是瞬间凝固的波涛，曲线丰满壮美。阳光像一把神奇的刻刀，雕出无数神奇的造型：冰宫、冰桥、冰美人……无数巨大的漂砾隔阻了阳光，周围的冰消融了，便孤零零地托出一朵朵冰蘑菇。而一些黑色的漂砾因吸热沉入冰体，形成一个个深不可测的冰洞。在阳光下，冰川闪烁着蓝莹莹的辉光，一片水晶世界。

女人被这瑰丽的景色迷住了，憔悴的脸上呈现出梦幻般的神情。

他毫无心思欣赏这一切。他知道，在冰川瑰丽的奇观后面潜藏着无数的危险，那一道道巨大的冰裂缝像一张张深不可测的巨口，妄图吞掉每一个敢于冒犯它的生灵。

他得把这个女人平安地带回寨子。

可是枪丢了，吃的也没了，又带着一个娇弱的女人。幸好还有却朗。万不得已……他疼爱地盯着身旁的猎犬，心里一悸。

"走吧。太阳落山前一定要越过贡布拉大冰川！"他说。

却朗箭一般射出去。

冰槽、冰墙、冰大坂、冰裂缝……

他们在冰的谜宫里穿行。却朗小心地嗅着路。女人走得很慢，战战兢兢，不停地打滑。

"踩在漂砾上走不滑。"他说。

女人一声不吭。自从她听说那男人死后就一声不吭。一夜间她仿佛变了个人，脸瘦了一圈，眼睛下面有条黑蓝色的阴影，嘴唇龟裂，布满燎泡。他真担心她坚持不住。

他从怀里掏出最后一块肉干递过去：

"你吃吧。"

女人摇摇头，木然地往前走。

"却朗！"他把肉干抛给狗。

却朗跃起来一口叼住。

一道宽宽的大冰裂缝在面前。前天上来时他搭在上面的树干不见了。

却朗一跃而过。在那边等着。

"你敢跳过去吗？"他问。

"我不敢。"女人望一眼阴森森的裂口，吓得闭上了眼。

"不敢也得跳。"他说。

"我不！"女人愤怒地喊叫一声。

他一纵身跳过去："你不跳就待在这儿吧，我们走了。"说完头也不回往下走。

"回来……"身后传来女人绝望地喊叫。

他折回来，拔出刀在边缘凿出个站脚的台阶，把手伸过去："紧抓我的手，闭上眼，别看下面，跳！"

女人的脸刷地白了，闭上眼使劲一跳。在离地的瞬间她又犹豫了一刹，这样就犯了个要命的错误！她的脚尖刚好踩在陡滑的冰壁边缘，一溜，随着一声尖叫，她拖着他滑下了深渊……

完了！他脑子里只闪过这个念头。

他睁开眼，揉揉碰痛的脑袋。还好，没有出血。女人倒在他旁边，一动不动。

却朗的吠声遥远而缥缈。

他仰起头，只见一线蓝天。却朗的头在边缘上探出来，拼命地叫着。

"却朗！快回去叫人来。"他绝望地喊着。

却朗的头消失了。

他翻过女人，拍着她的脸颊："喂，醒醒、醒醒！"女人睁开眼："这是在哪儿？"

"在冰裂缝底下。"他放开她。

"我们怎样上去？"女人一脸恐怖。

他看着两边壁陡光滑的冰墙，冷冷一笑："怎么也上不去，只有老老实实待在这等人。"

"有人来救我们吗？"

"不知道？"

"我们会死吗？"

"太阳落山前都没人来，我们就会冻死。"

女人小声啜泣起来，肩头剧烈抽搐。

"哭个卵！"他骂一句粗话，把身上的兽皮裰子脱下来铺在冰上，说，"过来坐在这上面，要不你的脚会冻坏的。"

女人不动，低声饮泣。

他粗暴地一把把她拖过来，用手臂紧紧搂住。女人像雌兽一般拼命挣扎，两个小拳头雨点般砸向他的脸。他不躲，也不动，用力搂着。女人乏了，无力地瘫在他怀里。

"你会冻坏的。"他说。

阳光终于射进了大冰裂缝底部。身上有了一丝暖意。他知道已经是正午了,他真想把这个温暖的火球钉死在天上,要不,它一会儿就会迅速下滑。只要天一黑……他一悸,怀里的女人醒了过来。

"人还没来?"女人问。

"却朗是条好狗。"他答非所问。他知道根本不会有人来救他们。从这里到寨子最快都得两天。但他不敢把这个真相告诉女人。也许他们永远爬不出这条大冰裂缝了,这儿将成为他们的葬身之地。不过对这一点他倒没有过多的难受,死在这儿总比空着手回去好,像黑牛那样在鄙夷的目光中活着,还不如死了好。只是死在这儿竟是这种死法,使他多少有些遗憾。

"我们会死吗?"女人喃喃地问。

"不知道。听天由命吧。"

"死我不怕。可惜没和伟伟死在一起。"女人叹口气。

"他死了活该。"他恶狠狠地说。

"不许你侮辱他!你是什么东西?"女人涨红了脸。

"谁叫他放那要命的一枪?"

"那一枪是我放的!"

"你……"他惊呆了。

"你为什么要这样干呀?"他凶狠地摇晃着女人的衣领,一脸杀气。

两行清泪无声地从女人脸上滚下来:"为什么?说了你

也不懂。我爱他,他也爱我,可是我们的爱不为世俗所容,所以我们就在这儿来寻找一个壮丽的归宿,死在这片洁白无暇的冰雪世界里,永生永世不分离。"

"你们要死为啥要搭上我呀!"他气晕了。

"谁叫你把我救出来的!你不救我我就同伟伟永远在一起了!"女人愤怒地喊道。

"可是他……"他欲言又止。

"他怎么啦?他是一个了不起的男人!"

他悲哀地垂下头。他万万没想到钻进了一个卑鄙的圈套。他想起青青那轻盈的身影,心头一阵刺痛。

"算了吧,我们别吵了。"女人和解地拍拍他的手,"我现在一点儿也不想死,活着多好,天这么蓝,太阳这么亮……"

"我们活不成了。"他冷冷地说。

"不!我不想死!你一定得把我带出去!"女人猛地抓住他,眼里积满了泪。

"你还是向贡布拉神山祈祷吧。"他厌恶地推开她。

太阳一点一点斜过去。向阳一面的冰壁流光溢彩、璀璨夺目,背阴的一面,死亡的阴影缓缓向他们逼近。

"你今年多大了?"女人轻轻问他。

"属小龙的,今年二十四了。"

"哦,我比你还大两岁,今年二十六了。"

城里女人真面嫩。他想。

"你结过婚没有?"

他摇摇头:"只有一个相好。"

"她漂亮吗？"

他点点头。一想到青青他就有如乱箭穿心。他仿佛看见了在他的葬礼上，青青哭肿了眼昏倒在黑牛怀里。黑牛像大山一样保护着她……不！他狂叫一声跳起来，拔出刀子在冰壁上猛凿，凿出一个个白色的小坑，然后抠着小坑往冰壁上攀。他目光狂乱满脸流汗，刚攀上几步又滑下来，他又重新往上攀……直到筋疲力尽地瘫倒在冰壁下。

"青青……"他呜咽着。

女人走过去，把他紧紧搂在怀里，手指插入他钢针似的乱发中，轻轻梳捋着，一粒豆大的泪水吧嗒一声滴在他被阳光灼伤的脸膛上。

"我不能带你出去。"他苦苦一笑。

"兄弟……"女人泣不成声。

就在这时，崖顶上传来却朗兴奋的吠声。

"却朗！"他一把掀开女人，摇摇晃晃地站了起来。

却朗在冰沿上出现了，口里叼着一根白色的绳子。

"却朗却朗，你来了吗……"他禁不住泪流满面。

哗啦啦——一大卷绳子伴随着金属的磕碰声从上面扔了下来。

"登山绳！"他抓起绳子一看，不由满脸狐疑。却朗从哪里找到的这根绳子？

"有人来救我们了？"女人惊喜地问。

"没有。是却朗。"他沉思着。

"那绳子是哪来的？"

"可能是登山队丢了的,被却朗捡来了。"

"却朗真是条好狗呀。却朗是什么意思?"

"朋友。"

"朋友?太棒了。"女人喃喃地说。

他检查着绳子上缀着的金属抓钉,抽出裤刀在冰壁上掏出块碗口大的漂砾,把金属钉一根一根砸进冰壁里。

"哟,这绳子还是日本造的呢。这么好的绳子登山队就扔了?"女人问。

"不知道。"他狠狠地砸着,冰碴雨点般溅在他脸上。

当他们攀上冰壁时,却朗面对崖壁上的黑松林狂吠不已……

他凝目望着波涛一样起伏的黑松林。

"它在叫什么?"女人问。

"不知道……它可能看到了什么。"

太阳落山时,他们已走到了冰川的边沿。但那女人越走越慢了。走几步又停下来大口大口喘着气。他有些焦急,今天只有咬着牙走出冰川,进入黑森森的原始森林他们才能找到柴烧一堆篝火,抵挡夜晚的寒气。还可以找到吃的。女人远远掉在了后面。他停下来,对猎犬说:"去,却朗,把她赶快些。"

却朗跑回去,咆哮着把女人往前赶。她只要一停下来,却朗就愤怒地去咬她的脚脖子。

"我走不动了。"女人泪流满面。

"走不动也得走。"他冷冷地说。

"我饿极了。"

"只有进了森林才有吃的。"

在最后一片平坦的冰原上,却朗冲到前面去,守着一个地方大声吠叫起来。他一震,脸上掠过一道阴影,对掉在后面的女人说:

"你转过脸去。"

"你要干什么?"

"撒尿。"

女人默默地转过身去。

他跑上前去。那个男人僵卧在雪窝里,眼睛大睁着,眼珠上有一层柔和的白膜。一只手远远地伸出去,紧紧抓住一把雪。身旁放着一小块花花绿绿的东西……

其实他只要再坚持一下就走出了死亡。他在心里为他叹息。他走过去,替他抹下眼睑,手一放男人的眼皮又顽强睁开……

"完了没有?"女人在问。

"早哩!"他恶狠狠地吼一声。他放弃了手里的努力,把男人僵硬的身子掀到一个更深的雪窝里,往上面盖着雪。你闭眼吧,能在这儿永远伺奉贡布拉神山也是你的福气,他轻轻地对男人说。

他走回去,从怀里摸出那个花花绿绿的东西,递给女人:"这是啥?能不能吃?"

"巧克力!"女人眼一亮,"哪来的?"

他掉开脸:"上山时我从你们口袋里拿的。"

"早知道你该多拿一些。"女人迫不及待地撕开包装纸，贪婪地大嚼起来。

"走吧。"他咽了口唾沫。

他们在原始森林里跌跌撞撞地摸索着，周围一团漆黑，影影绰绰的树桩鬼影似的瘆人。他走几步就摸索一下树干，利用向阳和背阴两面树皮的不同来判别方向。

"别走了吧，我实在不行了。"女人在后面打着哭腔央求。

"得找到挖药的棚子。"

"为什么非得找到它，这儿也有不少柴火嘛。"

"药棚子里可能有吃的。"

"你咋知道？"

"每个挖药打猎的人走时都要给后来的人留点什么，以防万一。这是走山人的规矩。"

"有那么好的事？我不信。"女人气呼呼地说。

他没搭腔，仍然摸着往前走。又走了一阵，却朗在前面吠叫起来。

"快来！却朗可能找到了！"却朗果然找到了。这是一座傍崖壁搭就的人字窝棚，仅可容三四个人。他钻进去，在窝棚的人字架上细心地摸索着，摸着摸着，他心里一阵狂喜，他摸到了一盒火柴。

篝火燃起来了，黑暗飞快地往后退。他们清楚地看到了窝棚的一切，火塘在中间，周围是冷箭竹叶铺的床。

"要是有点吃的就好了。"女人双手向火，脸上泛出点血色来。

他仔细用目光搜索着窝棚的每一个角落,想找到药农们贮藏食品的地方。一般说来,这种地方既隐蔽又不太难找。最后,他把目光停留在火塘边一块青石板上。他猛地掀开石板,一束熏黑的干肉、一坨干酸菜,还有一小包盐显露出来。

"太棒啦!"女人欢叫一声。

当他们吃着烤得香喷喷的干肉时,女人感慨地说:"山里人真实在。"

他没吭声,把一块干肉丢给却朗。

吃饱肚子,他打个饱嗝站起来说:"我去弄点柴来,今晚的火不能熄。"

女人说:"窝棚外面有一堆柴嘛。"

"真的?"他钻出去,外面果然有一大堆干柴。他抱一大抱柴进去架在火塘上。突然,他发现劈柴上的刀口是那么新鲜而熟悉。那是一只孔武有力的手臂劈下来的。劈口光滑流畅,像一只只白色的马耳朵……

他脸色陡然一变:"果然是他……"

"是谁?"女人不解地问。

他没有回答,站到窝棚门口,外面依然漆黑一团,冥冥中传来树叶坠地的声音。

第二天太阳快落坡时,他们终于望见了寨子里充满诱惑的淡蓝色炊烟。

他站下,对女人说:"你走吧,顺着这条路一直走,就到寨子了。"

"你呢？"女人奇怪地盯着他。

"我还有点事，不能送你了。"他笑笑。

"为什么？马上就到家了呀，你难道不想见到你那位青青姑娘？"女人不解地问。

"男人有男人的事，不用你管。"他语调恢复了冷漠，"你快走吧，不然天快黑了。"

女人用深沉复杂的目光盯了他好一阵，才恋恋不舍地转身朝寨子走去。当她回过头来时，他的身影已消失在一片金子般辉煌的山茅草中了。

三天后，那个叫青青的姑娘送她出山。到了分手时，她鼓起勇气提出了心里的疑问：

"他为什么不回寨子？"

"因为他是男人。"青青一脸柔情。

"他还会回来吗？"

"会的，当然会回来的。"

"他什么时候回来呢？"

"那是男人的事。"青青微微一笑。

"为什么？"

"男人知道该怎么做。"

"哦……"她似懂非懂又不得要领。她回过头去怅然若失地再看一眼贡布拉神山。云雾散开了，神奇的贡布拉主峰在阳光下熠熠生辉，犹如一顶璀璨夺目的皇冠，显得那么庄严而华贵……

她转身走了，心里充满柔情。

她当然不知道，就在她转身朝山外走去时，两个汉子在山冈上抱臂对峙着。

"你为什么要救我？"

"因为你是条汉子。"

"你救了我，我也不会把她让给你。"

"我不要你让。我自己去争。"

"好样的。"

"你也不赖！"

他们就那样抱臂而立，山风噗噗摇打着他们的裤腿。火热的阳光把他们熔铸成两座金色的雕像。

1989年12月初稿于泸定

1990年元月定稿于成都马鞍北路

古老的谋杀

孩子，你要走出这片大山……
——我的老师曾这样对我说

1

砰砰砰——

敲门的声音颇不耐烦。

我昏昏沉沉地四处找着我那条宽松的西式短裤。忙了一阵才发现就在枕头旁边。我赶紧套上西裤，趿着拖鞋踢踢踏踏跑过去拧开门。

一股暑气趁虚而入。门外站着个愠怒的汉子，着一身绿制服，背一个绿挎包。

"你睡得好死哟！"他皱皱眉。

"这鬼天。"我打了个哈欠。

"你有电报。签字。"

"哟，这笔咋的？"

"嘻,你连笔帽都没拧开。"他破颜一笑。

"真是。谢谢你啦。"我向他点点头。

他刚转过背我就砰地碰上门,颓丧地靠在门上。该死的电报咋不晚来一会儿?我想起刚才梦中的情景还有些意犹未尽。

屋子里凌乱不堪。到处是烟头火柴梗。泓子走了多久,屋子就凌乱了多久。没有女人的房间就像个下等旅馆。泓子走了快半年了。她离家的最后一句话是:

"我受不了啦!你这匹种马!"

这和她当初张开双臂颤声对我说:"来吧,你这个西部牛仔。"这句话形式差不多,但语气和内涵却迥然不同。当初她之所以在众多的追求者中选中了我,是因为她所说的我具有西部牛仔的气质。而她走时喊出的那句话则是对我旺盛的欲望感到厌恶。

这使我羞愧难言。

一个年近中年的男人有如此旺盛的性欲实在是一件难以启齿的事。特别是我的一些同事在谈到夫妻间事时,都以同妻子分床或是不感兴趣而自诩,当他们听到我的情况时都瞪大了眼:怎么可能!简直不可思议!你他妈的究竟是啥东西变的?这使我很苦恼。我曾偷偷翻阅过许多卫生与健康之类的杂志,想从上面找到一个正常的标准。但那些说法都很矛盾。有些杂志说房事不可太密,否则会伤肾劳神,既影响工作学习,又缩短寿命;有的杂志则把它同人的生命力和创造力相提并论,并说生命力越强性欲也愈强,从而创造力也愈强。至于每月多少次为正常标准,则大都语焉不详。这使我非常矛盾，心情常常在沮丧与欣慰之间徘徊，以至于找不出足够的道理来说服泓子。

同我相反，泓子则越来越厌倦那种事，以至于许多时候我们都在床上无声地搏斗，一方在拼命进攻，一方在顽强抵抗。结果总是两败俱伤。

我之所以孜孜不倦地在泓子身上耕耘，还有一个重要原因是我想要一个儿子。这是父亲对我自行择偶妥协的一个条件。但泓子一听这个理由更是怒不可遏：我又不是繁殖机器！第二天就收拾了几件换洗衣服走了，到另一个城市她父母那儿去了。一去杳无音讯。这封电报大概是她拍来的，但愿不是提出离婚。我胆战心惊地抽出电文，短短几个字扑进眼帘：

父病危速归叔。

2

我反复看着手中的电报，不知所措。老实说，这封电报并没有给我带来什么震动、焦虑，反倒有一种如释重负之感。不是说对父亲冷酷无情，而是这样的电报我收到不止一次了。

那回也是叔叔发来一封电报：家中有急事速归。我收到电报后心急如焚，不知道家中究竟出了啥事，没有急事家里肯定不会跑一百多里路到城里去发电报。

谁知当我急匆匆赶回家时，家里却充满了喜庆的气氛，亲戚朋友挤了一屋，男的吸烟女的嗑瓜子。家里多了一位我不认识的姑娘，那姑娘有一副结实高大的身板和一个母马似的屁股。父亲坐在火塘边上，指着那位结实的姑娘得意地说：

"这是家里给你说的媳妇，今天夜里就圆房吧。"

我惊呆了。

"我已经有老婆啦。"我说。

"就不兴再有一个？"父亲说。

"可这是犯法的呀。"我哭笑不得。

"犯啥法？你就不知道瞒着你婆娘？只要你不吭声，天远地远的谁知道？"

"不不。这不行……"我急了。

"放你妈的屁！啥叫不行：老子牵了匹头骡才给你换下个媳妇你还不要，断了余姓的骨血看咋给祖宗交代！"父亲不由分说，把我轰进洞房，拿根棍子守在门口，说：

"这事由不了你，你干也得干，不干也得干。老子今天就守在这儿，只要你狗日的敢出来，我就敲断你的腿！"

我使劲擂着门。那个姑娘垂头坐在床边，满脸通红……

但这次会不会是父亲真的病了呢？

在我的印象里，父亲怎么也和病危这两个字联系不起来。

父亲高大结实，有一副钢牙和一个非凡的胃。他一气能吃下五个碗口大的火烧子馍馍。他从来没吃过药，稍有不适只是扯片核桃叶子贴在太阳穴上，照样放狗撵山下地犁田。

在我的记忆中，父亲似乎永远扛着一张沉重的犁，赤脚走在家乡的土埂上，颧骨突出的阔脸膛上溅满泥点。那头皮毛光滑的大黄牯默默跟随着他。在他身后是一片广袤的荞子地，荞子正在开花，轰轰烈烈，像一片粉红色的海洋，散发出苦涩的清香。我的许多堂姐妹们在荞子地里扯猪草，柔韧的腰肢在粉红色的荞花里起伏，浑圆的臀部优美地撅起。不知是谁，突然唱一句家乡那种情调忧郁的山歌：

苦荞苦嘛甜荞甜，
不苦不甜嘛是何年……

紧接着，许多声音同时喊出：

苦荞子开花长不了哟，
妹妹我就要远嫁了，
……

这些姐妹们的命运如同歌里唱的那样，她们的欢乐就像苦荞开花那样短暂，一旦长成人，便由一匹匹骡子驮向远方，几年后再回来时，已经成了一个个面色憔悴的妇人。每当想起这幅空旷寂寥的画面，我的心就有如铅块一般沉重。

应该承认，我同父亲的感情相当淡漠。在我的印象中，父亲那张溅满泥点的脸上永远没有表情，只有在同村里那些女人调笑时，脸上才会绽出一丝笑意。他总是那么凶狠地揍打我母亲，原因是母亲连续生了七个女子而只生下我一个儿子。他揍母亲时一声不吭，拳头准确而凶狠，像是在击打一条布袋，脸上浮出狰狞的快意。而母亲挨打时也默默无声，甚至脸上还挂着幸福而宁静的笑容,每当父亲打累了而歇手时,她就迅速地抹去嘴角上的血沫,到火塘边去为父亲做饭。

父亲那双骨骼粗大的手也很少给过我抚爱。他总是用一种疑虑的目光瞧着我,仿佛不相信我是他那静脉曲张的腿肚子里的产物。在家乡,人们一般都认为腿肚子是产生后代的地方。老辈们向后生们炫耀经历时,总是拍着松松垮垮的腿肚子说:老子怎么怎么时候你还在这里面转筋呢!

父亲对我唯一的一次爱抚是在我五岁时,他用一段水柳木做了一张小巧的犁弓,把我家看门的黄狗套在犁弓上,然后让我在院子里犁地玩。当我挥着一根枝条,学着父亲吆牛的神态大声吆喝时,坐在门槛上吧烟的父亲无声地笑了。那笑容就同那天快落坡的太阳一样,透明而温暖。

父亲酷爱犁地,而且是村里公认的第一把好手。他对村里的每一块土地了如指掌,他知道每块土地的面积大小、需用多少牛工,还知道哪块地可以深翻哪块地容易碰断铧尖。同样是犁地的把式,别人一春下来要换四五张犁铧,而父亲一张也不换,犁完最后一块地那铧还尖锐如初。每年的春犁秋翻是父亲最兴奋的时候。那时,他吆喝牛的声音响彻四野,夕阳西沉时,他才扛着沉重的犁弓,牵着疲惫不堪的大牯牛,脸上充满着陶醉和满足。

也许是同父亲的希望有悖,当我考上大学成为村里开天辟地以来第一个大学生时,父亲并不怎么激动,反而显出淡淡的失望。那些日子,村里为我的远行兴奋不已,每天都有人到家里来祝贺,送上几个鸡蛋或是一捧核桃。父亲却视而不见，仍然天天在地里忙乎。直到临走那天下午，他才对我说了句至今让我迷惑不解的话："否泰是天还是命。"当时他坐在门槛上吧烟，眼睛望着已经罩上一层暮霭的山林。我以为自己听错了，一个满口黄牙成天跟在牛屁股后面的农民怎么会念出戏文一般典雅的话来？结果他又重复了一次，我才确信自己没有听错。

"否泰是天还是命。往后在外面碰见姓余的就念念这句，记住凡事不可逞强，柔软是立身之本，刚强是惹祸之胎。"父亲的脸仍然对着黑黢黢的山林。辛辣的烟雾缠绕着他硕大的头颅。

"为啥要念这句话？"我不解地问。

父亲没有回答，过了好一阵才说：

"一时两刻也说屎不清，反正等我落气时，啥都要给你交割清楚。"

想到此，我心里不由掠过一道不祥的预感，这一次父亲他会不会……

我把电报塞进口袋，赶紧抓件衬衫到单位去请假。工作以后我回家乡的次数寥寥可数。有一次是同泓子结婚那年，不过那次回家可以说是不欢而归。泓子对家乡的偏远闭塞惊叹不已，尤其使我受不了的是她那贵族式的悲悯，她说一个人在这里待一辈子多可怜，比牲口也强不了多少。我说谁叫你嫁给牲口？她说你同他们不同，你毕竟受过高等教育。但你身上还残留着这里的痕迹，比如你在床上的表现。我记得当时我愤怒地转过身，把她一个人丢在野地里。她的哭骂声尖厉地掠过田野……

父亲对这个娇弱的媳妇也不满意。他私下埋怨我："找婆娘这么大个事也不同家里取个商量，连八字都没有合过。你找哪里的我管不着，但起码一点应该会下娃崽。"

我笑道："我们刚结婚你怎么知道她就不会下娃崽？"

父亲冷冷地说："老子相了几十年的牲口，会不会下崽一眼就能看出来。你看你那婆娘，奶子小小的，腰一掐掐细，胯部窄溜溜的，阴气太重了，就是生养也养不出儿崽来。"

当时我只觉得好笑，人又不是牲口，再说生不生娃崽关胯部宽窄什么事？但后来泓子连续两次流产，医生警告说，三年之内不能妊娠，否则你们将会终身遗憾，我才发现父亲的话不无道理。从那以后，泓子对性生活就有了一种本能的恐惧，这使我非常痛苦，每一次艰难的征服之后都有一种乞丐似的屈辱感。

3

火车一动，我就靠在椅背上眯上了眼，我得养养精神。从这座城市到我的家乡，下了火车乘汽车，下了汽车走路，整整要八天，如果顺利的话。

家乡在中国地图上是找不到的。这并不是说家乡不在中国的版图上，只是它太小了，地图上不可能标出它的确切位置。中国地图上最小的点都表示集镇所在地，而家乡只是一个自然村。在长河县绘制的十万分之一比例尺的县境地图上，它才只有一个小黑点，旁边写着"余家庄子"四个字。

从地图上看，余家庄子位于横断山脉的河谷深切地区，密密麻麻的等高线犹如当年的大寨梯田。确切地说，村子建在一个山间小盆地里，周围环山，唯一的通道是一条叫鱼子溪的小河。小河在深深的峡谷里跌跌撞撞，一泻五十里，汇入有名的长河。

鱼子溪水流湍急乱石密布，里面却生长着一种很奇特的鱼——猫子鱼。猫子鱼浑身黝黑，体长如梭，尖尖的嘴里长满细密的白牙，形象凶恶但肉味极美，据说是因其喜食河中腐尸的缘故。有一年，村中有个汉子在河里钓到一条大鱼，沉重无比，费尽九牛二虎之力拉起来，却是一副白森森的人骨架，上面密密麻麻坠满猫子鱼。这个说法令人恶心，但丝毫不影响人们吃猫子鱼的热情。村里男女老少都会"整鱼"，而且整法迥然不同。

娃崽们是捡一些死牛烂马的骨头，用绳子拴了丢进河里，等猫子鱼来啃腐肉时趁机拉起来，显然是一种守株待兔的整法，但也常常满载而归。相比之下，女人们的整法要浪漫一点，她们多是到河边洗衣时就用铁抓子在河边的石缝里探寻，一有感觉就闪电式一拽，一条活蹦乱跳的猫子鱼就飞到了河滩上。眼疾手快的女人常常是洗完衣裳又拎一串鱼回去。

但汉子们对这些整法不屑一顾，他们用几根磨得锋快的鱼钩拴在鱼线上，抛进河里来回拉动。锋利的鱼钩在河里闪电式游弋，碰上游动的鱼就阴险地穿进去。这种整法叫"扇白钩"，完全是一种进攻性的整法。整到的往往是大鱼。有回父亲扇到一条鱼，一上钩就拼命跑，把鱼线绷得像根铮铮作响的琴弦。父亲知道不敢硬拖，便跟着鱼跑，一直跑到长河边上，天已黑了。父亲只好把鱼线背在一棵树上，在树下睡了一夜。第二天早晨，树上被勒出一条深深的槽子，那条猫子鱼已经累死了，懒懒地浮在水面上，足足有三尺长。

余家庄子虽然小得只配上县地图，但在古籍中却颇有记载。《尚书·禹贡》称这一带为"笮国"。笮指的是溜索桥。过去这一带涉河都用溜索，河上架两根古藤绞成的溜索，像一双交叉插在两岸的筷子。过去时从高处溜过去，过来时从另一根藤索的高处溜过来。

我同泓子回去那年，河上的藤索已换成了两根指头粗的钢索，据说是花了几百元从县林场买来的替换品。但毕竟标志着一个划时代的进步。尽管换成钢索，而且用滚珠滑轮渡过，泓子还是吓得半死。溜到河中间竟闭了眼尖声怪叫，弄得我很不好意思。村里后生女子们到山外去赶集时腰间都挂个自制的滑轮，刷地悠过去又刷地悠过来，极潇洒。他们还冠以这种渡河方式一个很浪漫的名字——踩钢丝。

余家庄子位于三县交界处，离县城二百五十里，走路要五天，离最近的一个乡政府八十里。真正是山高皇帝远的地方。村里从来没收到过一封外面寄去的信，有史以来第一封信是我上大学第一年往家里写的。但那封信直到我回家后第三天才由一个赶场的农民带回家来。信已揉得皱皱巴巴，上面还记有一些农作物的产量数字，大概是打电话的人临时找不到纸顺便写上去的。不知道那封信在乡政府的办公桌上躺了多久。

由于路远山陡，乡干部们都不愿下村来，来一回伤一回，更不用说县上来的干部，提起到余家庄子跟上刀山一样。因此，公社化时县上决定把余家庄子的几十户人统统迁到坝里去住，分散插到几个村里，把余家庄子这个自然村从县地图上抹掉。尽管县里的工作组说得天花乱坠，政府还发搬迁费、粮食和种子，但几十户人谁也不愿离开，都说金窝银窝不如自己的狗窝，再说祖坟都在这儿，不能丢下祖宗。最后公社只好派了民兵来强行搬迁。

民兵们一来就上房蹬瓦，村里的血性后生们都端出火铳对着房上，只要父亲使个眼色，那天肯定免不了一场血斗。但父亲始终蹴在地上，一言不发，铁青着脸用草棍拨着路上跑来跑去的蚂蚁。父亲既是族长又是村长，他的话在村里有绝对权威。

最后父亲站起身来，拍拍手，悲怆地说：

"搬吧，听政府的。到哪里都要记住自己是余姓人，要是混不下去了就回来。别忘了祖先还埋在这里。"

村里老老少少对着祖坟跪下去，泣不成声……

第二天，人们幼老扶携离开了余家庄子，一步三回头。

但仅仅过了三年，分散在各地的人们又不约而同地在同一天回到了余家庄子。

奇怪的是，都说头天夜里做了个梦，有个身穿长袍满脸长髯的老头对自己说：回去吧，稻三月麦半年，苦荞开花八十天！

那时正过粮食关。

当人们回到余家庄子时，远远就看见地里隔生的苦荞正开花，轰轰烈烈，红了一面坡。

祖宗显灵啦……人们跪下来，泪流满面……

人们迁回来的第二年，一个叫罗开明的年轻教师到村里办第一所民办初小。

4

罗老师来那年我刚满七岁，于是成了第一批学生中的一个。第一批学生有二十来人，年龄大大小小参差不齐。大的约有十六七岁，小的七八岁，都是一年级。

罗老师人很和气，生得白白净净。他教我们念书认字做算术，还教我们唱歌。他说我们是住在一个叫地球的圆球上，我们的国家叫中国，首都是北京，领袖是毛主席。他说中国很大很大，大得……他见我们全是一副迷茫不解的样子，就打了个比喻，他说中国好比是门口那片大荞子地，余家庄子就只是一朵荞子花。我们仍然想象不出那是怎样一种情形，他就遗憾地摇摇头，说等你们以后出去念书工作就知道了。世界上还有火车、汽车和飞机……

除了教我们念书写字，罗老师还教我们要讲卫生，不要随地大小便，不要用袖口擦鼻涕。他还有一把理发剪，太阳好时，他就叫我们排成一排，依次给我们剪头。那时，女孩子们就捂了嘴吃吃地笑，说要过年了要过年了。因为过年才杀猪，杀猪才燂毛。

放了学，罗老师就到地里去看大人们干活，指着一些庄稼问名称。大人们就笑着问：

"罗老师你说我们是住在啥屎上？"

罗老师不知是计，蛮认真地说："是住在地球上，地球是太阳系的一颗行星。"

人们就挤眉眨眼嗤嗤地笑……

罗老师觉着笑声有些不对劲，红着脸讪讪地走了。

月亮升起来时，罗老师就在屋子里拉胡琴，琴声幽幽咽咽传得很远，女人们在灯下边做针线边支棱了耳朵听，听着听着手里就忘了动，怔怔地看着灯苗，叹口气道：

"罗老师心里苦哩……"

那时，我的一个远房表姐桂花就拉着我到学校去。她说去给罗老师送几个鸡蛋，要我给她做伴。桂花已到说人户的年龄。她是班上最大的学生，身子已发育了，奶子鼓鼓的，一条油光水滑的独辫子沉甸甸地坠在浑圆的臀部上。到了罗老师房门口，她躲在阴影里叫我敲门。我敲开门她还不肯出来，躲在阴影里吃吃地笑。罗老师招呼了好几次她才进去，进去后就埋头坐在角落里听罗老师拉琴。直到我打瞌睡了她才恋恋不舍地牵着我回去。后来她就不带我去了。

我读三年级那年，有天下午桂花来找我，叫我给罗老师送十个鸡蛋去。我去时罗老师没有拉琴，而是在吸烟。屋子里烟雾腾腾，罗老师胡子拉碴，显得很疲倦。我第一次看见罗老师吸烟，第一次看到他不修边幅，心里很奇怪。罗老师叫我坐下来，给我几颗水果糖。

我就坐在他床上剥糖吃。

他摩挲着我的脑袋说："你要好好念书。"

我点点头。他又说：

"孩子，今后你要走出这片大山……"

我似懂非懂,说:"我要回去吃饭了。"

罗老师说:"去吧。"我刚跑出门他又叫住我,说:"你叫桂花来一趟……"

但那天我恰恰没有去叫桂花。刚跑出学校就碰见兴财他们去河边钓猫子鱼,他们叫我一起去我就跟他们去了。许多年后我一想起这件事就感到一阵揪心的悔疚!

第二天我们去上学时,罗老师不见了。半个月后,一个撵山的猎人在山上发现了他。他挂在一棵松树上,鼻孔里已经有了蛆虫。地上有一堆蛋壳,还有二十个烟头。

全村人都哭了。人们按最隆重的规格埋葬了他,并且还请端公来开了路。送葬那天,每个学生都拖着一张孝帕,哭声在山谷里回旋,经久不散。

三个月后,桂花的肚子明显地大了,人们才知道是怎么回事。大人们叹息道:"唉,这有啥?罗老师也是……为虱蛋蛋大点事就去寻短。"父亲阴沉着脸打招呼:谁也不许把这件事说出去!

后来,上面的人来调查,大人们都说罗老师上山捡柴,不小心踩虚了脚,跌下了山涧。上面的人也没说什么就走了。

半年后,罗老师的妈妈来了,趴在坟上伤伤心心地哭。她说她就这一个儿子,老天爷咋不睁眼……村里的女人们都陪着哭。边哭边数罗老师的好处。连汉子们也忍不住偷偷落泪。

罗老师的母亲住了几天就走了。走时啥也不要,只带走了罗老师的二胡,其余的东西都散给村里人了。她把罗老师的书全给了我。

罗老师死后,上面没再派人来,学校也就垮了。但罗老师临死前对我讲的那句话却深深刻在了脑子里。后来,我就靠罗老师留下来的书走出了这片苍凉的大山。

如今,罗老师的坟头依然芳草萋萋。每逢清明,坟头上就挂满了纸钱。那年我同泓子回去,我专门带她到罗老师坟上去看了看。她听我讲完罗老师的故事后,红着眼圈久久不语。她问我桂花肚子里的孩子呢?我说生下来了,全村人爱得不得了,谁见了都要抱抱,亲亲他的脸蛋。那孩子也长得招人怜爱,嘴巴乖得很。后来桂花带着他嫁到邻县。现在每年清明,她都要带着孩子来给罗老师烧几张纸。

5

从长途公共汽车上下来,我几乎站不稳了。平展展的路走起来也觉得七高八低的。脑子里只有一个念头:赶快找个旅馆睡一觉,明天还有一百多里山路哩。

已是黄昏时分,车站门口的几家店铺已点亮了方形的玻璃幌子,上面写着:停车食宿。几个打扮得很俗气的年轻女子在门口热情地招徕顾客,一眼就看出是进城不久的乡下女子。我正踌躇着进哪家店铺,耳边响起一句喊声:

"腰子!"

腰子是我的小名,腰取幺意,我是家里最小的。猪腰子在我们家乡又是最珍贵的,于是都叫我腰子。我循声看去,原来是二姐夫,心里不由一热:

"二哥，几时来的？"

"昨天就来啦，爹叫我来接你。"二姐夫是个憨厚汉子，一说一个笑。

"你住哪儿？"

"我开了拖拉机来的。"

"家里通车啦？"我惊异地问。

"只通到河口，也算不上公路，一条毛路，去年修来拉木头的。"

"那也比走路强多啦。你车在哪？"我高兴地说。

"就在那边。"他帮我拎上旅行袋，领我走到车站旁边的停车场，把旅行袋撂进一辆手扶拖拉机的货厢，说：

"腰子你在货厢里睡，我开车。"

我一看货厢里铺了厚厚一层谷草，还有一条棉被，心想他想得还挺周到，就爬上车钻进谷草堆里，把棉被塞在身后靠着，说："也不怎么困，我靠这儿同你说说话吧。"

二姐夫摇燃车子，一松闸，拖拉机突突地冒出一串黑烟，两边的店铺就飞快地往后退。

"爹得的是啥病。"我问。

"自从跟二叔吵了一架后就躺倒了。啥也吃不进，成天就喝几口酸菜汤。连叶子烟都不想吸了。"

"跟二叔吵架？为啥？"

"我也弄屎不清，老辈上的事。听叔叔意思好像是要爹把祖上传的啥东西拿出来。还说要爹召集族里的人开会，商量改姓的事。"

"改姓？"

"听叔叔说，我们家祖上好像是啥皇帝的亲戚，要改成皇帝的姓。那姓拗口得很，我也记屎不清。好像叫铁什么的。"

我越听越糊涂，一会儿改姓一会儿又钻出个皇帝……我猛然想起前不久收到叔叔一封信，里面一个字也没有，只有他的一张照片。照片上叔叔蓄了长长的胡须，有点像戏台子上的须生一类。照片旁边打了一个大大的"？"……

"叔叔他是怎么啦？怕是脑子又犯病了。"

"唉，老辈的事，难说呀……"

叔叔是个侏儒。用家乡的话来说就是"铁汉"。这在长汉如林的余氏家族里简直是个奇迹，令人不可思议。

铁汉顾名思义就是铁块一样紧巴巴一坨，长不开的意思。叔叔身高不足一米。上半身基本正常，宽阔的身坯上顶着颗硕大的头颅，一张阔脸膛上明显带着余氏家族的特征：颧骨突出，鼻梁挺直，嘴唇的线条粗犷而性感。他要是坐在板凳上完全是一条英武的汉子，但就是不能下地，一下地身子倏地就短了一截，就像一个粗坛子上安了颗脑袋，两条尺把长的短腿走起路来像鸭子样左拐右摆。村里人背后都叫他余鸭子。

叔叔脑子没出毛病之前聪明过人，村里人都说他吃下去的粮食全长心去了。啥东西一看就会。那阵罗老师在教室里上课，他就趴在窗台上看，也没谁教他认过字。过了不久他居然能把整本识字课本认下来，还能写出村里所有人的名字。村里到处都是他用粉笔写的歪歪扭扭的字：厕所、鸡房、猪圈、农会、余三财打耕牛……村里人都说这娃怕是文曲星下凡哩。罗老师爱拉胡琴，叔叔天天跑去听，手支了下巴很痴迷的样子。有一次，村里打死条菜花蛇，他就把皮剥下来，鼓鼓捣捣蒙了把二胡，又向王木匠要了段墨绳做琴弦，也学着罗老师的样咿咿呀呀地拉。没过多久也居然拉成了调调。罗老师拍着他脑袋感慨地说："你呀，要不是身子残了，可是个不得了的人呀……"

叔叔和父亲是堂兄弟。父亲是长房，叔叔是幺房，所以叔叔比我大不了几岁。小时我们常一块玩，跟着他总有好事。他带我们去割猪草，我们割他就猫到洋芋地里骗洋芋。他专寻土埂子上有裂纹的地方，一镰刀啄下去就滚出个白生生的大洋芋。捡了洋芋再把土拍拍，天衣无缝。骗够了我们就找个背风处烧来吃。

我们虽然吃了他的洋芋，还是常常想些法子捉弄他。下河洗澡时，他个矮，我们就把他的裤子挂在核桃树上，扬长而去。叔叔爬不上树，只好蹲在草丛里，冻得牙齿格格地敲。下午，三福捡狗屎来了，问他在这儿蹲着干啥。

叔叔说："我发现一个大蜂包，就是敲不下来。"

三福是鸡蒙眼，说："在哪？"

"在树上吊着呢，你用石头敲吧，里面尽是蜂糖哩。"

三福摇摇头："可不敢，牛角蜂蜇死人！"

叔叔笑道："我早用烟子把蜂子熏跑啦。你走吧，待会谁来了我叫他爬上去摘下来，一人一半蜂糖。"

三福说："让我试试吧。"三福捡石头朝黑乎乎的地方打，把叔叔的裤子打下来了。叔叔抓起裤子就开趟。三福还在地上团团寻：

"蜂包呢？咋下来就寻不着了？"

叔叔套上裤子跑回来，指着他刚才拉的屎说："在这儿不是！"说完拔腿就跑。三福双手一捧才知道上了当，破口大骂："你个死不长的余鸭子！"

叔叔还有副好嗓子，家乡的那些山歌浪曲他都会唱，还会现编词，见啥唱啥。叔叔到了下地干活的年龄，父亲给他打了把女人用的小锄。村里人说算了吧，也不缺你一把锄，你就坐在坎上唱唱山歌给我们开心，你的活我们一人多锄两下就完了。于是叔叔就成了地头的戏匣子，每天挣汉子们的工分。薅二草时天已进了伏，太阳像块通红的烙铁，地里锄草的人干着干着就慢了下来。有人就冷不丁喊一句：

"喂！鸭子，干它狗日的一段！"

叔叔一拐一拐地从树上取下自制的二胡，坐在地坎子上边拉边唱：

六月天热嘛薅草忙，苞谷林里嘛好乘凉，
苞谷叶子嘛红绫帐，爬地草儿嘛绣牙床。

余财家女人扑哧一笑，骂道："这狗日的人小鬼大，也不看地里这么多女人，荤唱！"

叔叔嘿嘿一笑，又唱：

余家大嫂嘛好人才，一对奶子嘛像灯台，
左边奶子嘛娃崽吃，右边奶子嘛喂余财。

轰……人们放声大笑。笑得弯腰驼背，手上的锄头却轻了许多。

叔叔见远房五爷没笑，一个人闷头锄草，就编排五爷：

隔河望见嘛一头牛，牛角弯弯嘛不抬头，
牛不抬头嘛想吃草，人不抬头嘛想风流。

五爷稳不住扑哧笑出声，胡子抖抖地骂道："狗日的鸭子，连我也编排起来了。"

四清运动时，上面来了个工作组，天天召集人们开会。庄稼汉都懒散，迟迟不去。天黑尽了，工作组长看见一个矮矮的黑影提盏马灯一拐一拐地来了，马灯快拖拢地了，心里有些生气：

"这儿的人真是，开会咋支娃娃来哩！"

黑影子朗声道："我不是娃娃，我是社员余降龙！"

工作组长叹道，这余降龙人虽矮觉悟可不矮，于是就叫叔叔当了政治鼓动员，还教了他不少革命歌曲，要他以后不许唱荤曲了。叔叔当着工作组面时就唱工作组教的"天上布满星"，工作组一转过背他就改了词：

"天上布满星，月牙儿亮晶晶，生产队里开大会，男男女女一大堆。男的抽旱烟，女的吊毛线，只有队长——只有队长念得白泡翻，止不住的哈喇子哟挂在胸前……"

干活的人们笑岔了气。

那段时间是叔叔最辉煌的日子，可惜不久他脑子就出了毛病。

6

叔叔脑子出毛病是在他母亲我二奶奶死后不久。

那年的夏天，叔叔随副业队的汉子们上山挖大黄，叔叔是以政治鼓动员身份去的。汉子们说山上挖药苦，晚上又没有女人偎脚，把鸭子带上山去解闷。

叔叔在山上给挖药的人做饭，晚上人归了棚，叔叔就边焙大黄边给汉子们唱浪曲，汉子们就围了火堆听，消磨那一个个漫漫长夜。

有一天汉子们回棚时叔叔不见了，饭也没做。汉子们只得自己动手，以为叔叔到哪儿找野菜去了。到了晚上叔叔还没回来，汉子们就说，狗日的怕是熬不住下山去了吧。汉子们也没细想，倒头睡了。没几天汉子们也下了山，村里也没有叔叔，这才慌了，又返回山上去找。结果在一条山溪旁边找到了叔叔，躺在那里呼呼大睡，也不知道躺了多久，身下的草都变了颜色。

父亲一掌推过去："兄弟醒醒！醒醒！"

叔叔睁开眼，怔怔地望着父亲，说："大哥你咋来了？"

父亲说："来寻你呀，都七天了！"

叔叔打个长长的哈欠说："是么？咋就过去七天了？我觉得才一忽儿的事嘛。"

父亲说："你咋睡在这儿的？"

叔叔说："我说到坡上来寻点山油菜，太阳暖暖的，我

103

就想睡在草坪上困一觉。刚闭上眼就来了个白胡子老汉,说带我去看看爹和妈,我就随他去了。走了好远好远,路上尽是一群群的野狗,还有飘来飘去的人影子。进了城,我看见阿妈坐在门口做针线活。我说阿妈你在干啥呢?阿妈说你爹叫冷得慌,我给他缝件棉袄。我问爹呢?她说干活去啦。我说干啥?她说推磨。我就看见那边有好多人在推一扇巨大的石磨,边推边有人往磨眼里扔人,磨腰上淌下一股股粘稠的血水……我骇坏了,转身就跑,那个白胡子老汉说别跑呀,我再带你去看看祖先住的地方。我就跟他走。不知走了多久,他说到啦。我一看,到处是宽宽的草坝子,山矮矮的,就像女人的奶子。草坝子里有一群群的牛羊在啃草,那个白胡子老头突然不见了。有两头全身漆黑的牛在那边打架,角顶角地撞来撞去。地上刨出两道深深的槽子,我正说过去把它们拉开,你们就来了。"

父亲的脸倏地变了,一耳光扇过去:"你瞎说些啥?你撞鬼了么?"

叔叔揉着肿胀的脸颊分辩道:"我没瞎说,阿爹的样子好怕人,一身血淋淋的。他说那儿不记工分,可天天都得干。他吃不饱,叫我给他送点苦荞面和酸菜去。"

父亲脸煞白,不由分说叫两个壮汉把叔叔抬下山去。

村里人都说叔叔是撞了山神了。

但那天夜里,夜深人静时,我看见父亲在院子里烧纸钱,还舀了许多苦荞面倒进火堆里烧,嘴里还咕噜咕噜地念叨着什么。

叔叔回来睡了好几天后,基本上恢复了正常,只是常常说些莫名其妙的话。他说他自从在山上睡了一觉后就会"走阴"了。走阴是家乡盛行的一种迷信活动，有些会走阴的人能在一种半昏迷状态到阴间去见死去的人。起初大家都以为他瞎说，后来有些女人图好玩，就试着让他走一趟。据说叔叔走了以后居然能把死去多年他从未见过面的人的模样说出来，唬得女人们连连咋舌，以后就常常有人偷偷请他去"走阴"。

桂花听说后也专门来请叔叔走过一次阴，那回我也在。叔叔听说是请罗老师后，就躺在一张马架子上，短短的腿悬空吊着。他打个哈欠以后就闭上了眼，不一会儿两条腿就晃动起来，一前一后，就跟走路似的。这时桂花就开始问：

"到哪儿啦？"

"鬼门关。"叔叔说。

"到哪儿啦？"

"到奈何桥啦。"

"又到哪儿啦？"

"进了丰都城了。"

进了丰都城后，叔叔的声音就变成罗老师的声音了。两条腿还是不停地在晃动。

桂花问："你是罗老师吗？"

回答："我是罗开明呀。你是桂花吧。"

桂花眼圈红了，哽咽道："你好吗？"

"不咋好……身子轻飘飘的，哪儿都停不住，一刮风我就到处飘，累得很。"

桂花啜泣道："娃都长大了，叫小明……"

回答:"我知道,这些年苦了你啦。"

桂花说:"娃念书狠,我讨口也要供他念书,学你那样。"

叹气:"念书也不定有多强,还是让他当农民吧,土里刨吃的稳当。"

桂花忍住泪:"你需要啥给我说说。"

回答:"啥也不要,只想要一副重重的马掌,钉在鞋上,免得一刮风身子就飘。"

桂花大恸……

叔叔醒过来了,打个哈欠,显得精疲力尽的样子。

都说叔叔的阴走得准,但我不怎么相信,也许是一种催眠术,不过声音倒确实有点像罗老师的。

后来桂花真的到黑日镇打了副巨大的马掌,七月半过鬼节时埋进罗老师坟里去了。

后来我问叔叔阴间到底是怎样的。他说一醒过来就啥也记不起了。

7

在河口二姐夫亲戚家住了一夜,第二天到家时已经日过中天了。快进村时就望见了一片片茂盛的苞谷林,荞子很少,东一片西一块像是一件绿袍上的补丁。"眼下人们不咋吃那玩意儿了,苦家伙。"二姐夫说。

人们纷纷从地里直起腰来同我打招呼:"回来啦,腰子。"

"回来了。庄稼不错嘛。"

"还见不住呀,前一百天都是草,后十天才是粮食。"

我惦念着父亲,无心多谈,匆匆应付几句就走。乡亲们似乎也知道我的心理,都说:

"先回去看看老辈子吧,有空到家来。"

跨进黑乎乎的堂屋,我一眼就看见爹坐在火塘边上,靠着熏黑的石墙。外面阳光灿烂,火塘里仍然烧着火。暗红的火光在父亲鹰隼一样淡黄的瞳孔里闪烁。我心里陡然一松。

"爹——"我招呼一声,在他对面坐下。

"回来了?"爹的声音低沉而嘶哑。

"嗯。你哪儿不好?"我问。

"哪儿都好……寿限快到了。"爹说。

听见我的声音,母亲从厨房里出来。母亲明显老了。她看着我,眼里流露出欣慰和慈爱,又不知道该说什么,手一个劲地在围裙上揩擦,嘴里颠三倒四地念叨:"哟,就拢哩,腰子回来啦,回来啦腰子……"

"咋不到乡上卫生所去看看?"我问。

"他不肯嘛,他说寿限到了,去也是白花钱。一个多月了,啥也吃不进,你看瘦成啥样子了。"母亲用围裙擦着眼角。

"屎!寿限到了谁也救不了。"父亲生气地说。话还没完就猛烈地咳起来,咳声空洞而干涩,肩头剧烈抽搐。

我赶紧替他擂着背。眼睛适应了黑暗我才大吃一惊,父亲简直瘦得不像样:神情萎顿不堪,太阳穴和脸颊深深陷下去,本来就突出的颧骨就更加突出。往日宽大的脸膛上就只剩下一层枯黑起皱的皮……心里有什么猛地一拽……

父亲在村里是条堂堂汉子,他豪爽仗义处事果断。村里大多数是余姓人,他既是余姓的族长又是村里的队长,里里外外大事小事都由他主火。每年到乡上领会政策要返销粮都是他出面,村里打架斗殴邻里纠纷甚至婆媳不和都是他主持公道,没有谁敢不听他的。那阵,父亲辉煌得犹如一棵参天大树,村里女人们看见他时眼里都流露出崇敬之情。父亲肯定有许多风流韵事。我常常看见他在地里放肆地拍着女人们母马一样宽大的屁股,眼里燃烧着熊熊欲火……但这种事在家乡像抽袋旱烟一样平常,男人们的口头禅是:有志男儿占九妻。搞的女人越多证明你本事越大,搞不到女人反要遭到耻笑。女人们则以同有本事的汉子睡觉为荣,她们聚在一起时常常以炫耀的口气谈论自己的相好。谈论得最多的自然是我父亲,因此我怀疑村里有许多人都是我的兄弟姐妹。

每年的腊月二十三是父亲最辉煌的时候。那天,全村人都聚在祠堂前面的献羊坪里祭祖。祭祖的仪式古怪而奇特,我至今都想不通它起源于何时。而这种祭祖方式在方圆百十里内又只有余家庄子才是这样。

坝子中间燃着一堆熊熊篝火。篝火是由三棵整树篷架而成,一直要燃到正月十五。吃过早饭,全村人都围住篝火观看祭祖前的竞技表演。现在想来,那些表演很可能同祖先的尚武精神有关。男人们是比赛抱石头。坝子里摆着大小不一的光滑卵石,谁能抱起最大的谁就是那年的英雄。那块卵石就放在他家门口,作为一种荣耀的标志。那时,父亲总是力挫群雄,一次又一次把那些两三百斤重的卵石举过头顶,身上的肌肉公牛般暴突。我家的院子里摆满了那些抚摩得光滑圆润的卵石。女人们比赛的是母鸡孵蛋，趴在一堆鹅蛋大小的卵石上，人们从四处去偷她的蛋，她就团团转着用脚去踢那些偷蛋的人。谁保存的蛋最多谁就理所当然的是最优秀的母鸡。然而最优秀的母鸡常常是只生了一个铁汉儿子的二奶奶。

之后，一头凶悍的头羊牵来了。那是关在黑圈里喂了一年的羊，性烈如火。头羊一放进场内就拼命奔跑，这时，父亲口叼一把尖刀冲上去，捉住羊角一扳，羊被掀翻在地，父亲从口里取下刀子就势一刺，迅即放开。那是最激动人心的时刻：羊脖子上喷出鲜血撒蹄狂奔，人们呼叫着跟着羊跑，让热嘟嘟的羊血喷在自己身上。据说身上沾上了羊血可以避邪。羊跑着跑着猝然倒下，几个汉子立马扑上去剥皮。

剥完羊皮，祭祖正式开始。从我记事起，祭祖就由父亲主持。他向祖先牌位磕过头后，就把五谷杂粮抛进火堆，祈求祖宗保佑来年收成。然后将剥净的整羊架在火堆上烤。这时，牛角吹响，火铳齐鸣，全族人就围着火堆跳一种动作简单但节奏强烈的舞，那些动作令人想起战争、狩猎和性交。父亲总是跳得满头大汗，像一只扑腾的大鸟……

而现在，父亲这个铁铮铮的汉子竟变成了这样一具虚弱的躯壳。刹时，一种沉重的悲凉涌上心头。

"你媳妇好吗？"父亲喘喘地问。

"好……"我违心地点点头。

"肚里怀上了？"

我羞愧地摇摇头。

父亲仰头靠着墙，喉结蠕动着，说："报应呀……报应！"

我不清楚他所说的报应是指什么，为了岔开这个不愉快的话题，我就问父亲：

"你和叔叔吵架啦？"

"唉，不争气的东西，他要改姓。"

"改姓？为啥？"

父亲没吭声，眯缝着眼养神，过了一阵说："我也没几天了，你是家里唯一的儿子，本想把族里的事交代给你，可你又不愿留在家里。不过有些事还是得让你知道。等哪天精神好点我再告诉你。"

"听说叔叔向你要什么祖上传下来的东西？"

"他向我要族谱。"

"族谱？真有祖上传下来的族谱？"

"有。可是四清那年就让工作组拿走了。"父亲疲倦地闭上了眼。

母亲在一旁向我使着眼色，显然是要我结束这个话题。一提到四清就触到了父亲的心病。确切的说，父亲就是从那一年开始垮下来的。

8

人们从四处返回余家庄子那年，正过粮食关。带回的一点粮食要留来做种子，地里的苦荞还在开花。人们就剥树皮挖野菜，几天下来村子里就没了生气，人们都躺倒了，浑身

110

浮肿。后来连留种的粮食也吃光了。五爷哭着跪下来对父亲说：

"老大……你要救救村里的人哇……"

父亲把五爷扶起来，说："五爷你放心，有我余擒龙在就有村子在！"

那天夜里，父亲整整一夜都在磨一把钩状尖刀。第二天早晨，他把家里那条心爱的猎犬杀了，煮了一锅，饱饱吃了一顿后就带着我上了山。我问他到哪去，他阴沉着脸说：

"去找条活路！"

我们整整走了一天才翻过山梁到了野牛坪。我以为父亲是猎野牛，但他又没背铳，因为没有火药，他只带着那把钩状尖刀。那天夜里我们吃了点剩下的狗肉就在岩窝里睡了。

第二天，父亲理索着野牛的足迹和粪便，在半山腰上找到了一处野牛必经的隘口，这时我才明白父亲是要"扳刀"。野牛活动有固定的路线，在隘口上扳刀是猎人们的一手绝活，但不到万不得已都不愿干，因为太残忍，怕触怒山神。看来父亲这次是什么都不顾了，他砍来几根树子把隘口拦得只容一条牛身通过，然后就把那把钩状尖刀固定在路中央。扳好刀后他跪在那里默默祈祷了半天，只见嘴唇动，听不清说的是些啥。

一连两天野牛都不见踪影。狗肉吃完了，我饿得眼前冒着金星，哭着说："爹我们回去吧。"他说："回去等死么？再等等。"说完他就硬撑着身子四处去寻吃的。过了一阵他高兴地喊我过去，我走拢跟前看见他蹲在一个巨大的枯树桩前，树桩下有一个红蚂蚁包，蚂蚁进进出出，麻麻蠕动。父亲用一根细木棍插进蚁包，抽出来时棍子上密密麻麻爬满了红蚂蚁，他用嘴顺着棍子一抹，把蚂蚁揽进口里嚓嚓地嚼起来……

我胃里一阵翻腾。

"来吃呀，腰子。"父亲折一根棍递给我。

我忍不住哇地吐出一摊黄水……

"狗日的，啥时候了，顾命吧！"

我跑开了。

父亲回来时，给我带来一只铁嘴画眉。他说他用石头敲下来的。我连骨头都嚼碎了。

第三天，我同父亲都躲在灌木丛下昏沉沉地睡觉。梦见的尽是大块大块的牛肉，醒来时什么也没有，只有白花花的阳光。到了太阳快落山的时候，隐隐约约传来擂鼓一般的声音，我抬头一看，野牛来了！足足一大群。"爹……"我兴奋地喊。父亲猛地把我脑袋按下去，申斥道："千万别动，狗日的鼻子尖得很。"

野牛下到沟里喝足了水，慢慢朝隘口走去。快接近隘口时，我的心怦怦地狂跳起来。头牛是一头浑身漆黑的公牛，它走拢隘口时似乎觉得有些异样，迟疑地停下来了。就在这时，父亲突然爆发出一声怪吼：嗷哧哧——头牛一惊，猛往前一窜，哗——的一声，锋利的钩状刀尖把牛肚皮划破了，一大嘟噜花花绿绿的肠子漏了出来，头牛狂哞一声拖着肠肠肚肚在隘路上跑了几步，咚地倒下去，咕噜噜地顺坡滚到了坪里。后面的牛见头牛一过，都跟着过，一头接一头都被刀锋划破了肚子，不大工夫，坪里就躺倒了十二头野牛，血腥气冲天。

父亲喃喃道："老天有眼呀，天不该灭我余姓人！走吧腰子，吃肉去！"

父亲奔过去，全不顾牛还在地上抽搐，拔出裤刀在牛背上一拉，划开一块脊肉丢给我，自己又旋一块，大口大口地生吃起来。

我们父子俩吃得肚子滚圆满嘴是血才放了手。父亲打了个饱嗝，旋下一大块肉，想想又旋下一块，说："腰子你回去，把肉背回去，给二奶奶一块，叫村里能走路的都来背肉。"

我连夜跑回村里。第二天男男女女四五十人都上了山。整个野牛坪变成了屠场。男人们赤裸着上身剥牛，目光凶狠而贪婪。女人们架起一大堆火，把割成条状的牛肉晾在架子上烘干，码柴垛一样码起来。旁边一口大锅里咕噜噜地翻腾着牛下水。

父亲一个人没有参加，他坐在高处一个石包上，静静地看着忙碌的人们，满是血污的脸膛岩石一般冷峻。在火堆边忙碌的二奶奶不时用火辣辣的目光盯着他。

牛肉干巴背回村后，除了分给众人，还用一部分换回了种子。第二年开春，除了种上熟地外，父亲还领着十几个汉子在老林里砍倒了一大片树子，放火烧出一片荒地，偷偷种上了苞谷。那年的秋天，家家柜子里都装满了粮食。父亲却跑到公社去，哭丧着脸说减了产，结果连公余粮也免了，但也埋下了祸根。

9

　　事情坏在余财身上。他把吃不完的粮食拿出去换酒，被公社干部抓住了。余家庄子减产怎么还会有粮食换酒？公社觉得很蹊跷，就派出一个工作组进驻余家庄子。

　　工作组住在祠堂里，白天到处转悠，夜里就召集人开会。可是村里的人对偷垦荒地私分粮食的事守口如瓶，问到谁谁都装憨卖痴：年景不好呀，苞谷棒子瘦得像鸡头，半截都是瘪的哩。换酒？嗨，余财那狗日的手脚不干净哩，保不准是偷的……那段时间，家家锅里煮的都是酸菜汤巴，一大锅菜眼屎多点粮食，村里成天弥漫着一股酸哄哄的猪潲味儿。夜里开会，工作组在上面讲得白泡子翻，下面的鼾声此起彼伏，要不就是谁照着孩子的屁股拧，弄得鬼哭狼嚎的。

　　就在工作组准备撤走时，不知谁告了密，工作组发现了那片偷垦的荒地。父亲被带到公社去了。据说是二奶奶告的密，有人看见她夜里偷偷地到工作组住的祠堂里去过。但我不相信这个说法。父亲对二奶奶那么好，二奶奶怎么会出卖父亲呢？

　　虽然那时我还小，二奶奶也死去多年了，但二奶奶的样子却清晰地刻在了脑子里。那时二奶奶的年纪同父亲差不多，我至今都弄不清楚二奶奶是哪里的人。总之二奶奶同村里的女人们不同，二奶奶干干净净体态风流，身段柳柳的，奶子屁股翘翘的，脸上总挂着笑。村里女人们都不喜欢她，背地里都说她长了副妖相，是狐狸精变的，但平时又爱朝二奶奶那里钻，去借她的鞋样或是求她裁件衣裳。二奶奶手很巧，剪出的窗花"喜鹊闹梅"让人忍不住蹑了脚步，生怕把活真真的喜鹊惊飞了。男人们都喜欢同二奶奶说笑逗乐。二奶奶下地干活，汉子们总爱往她身边凑，嘴里有一句没一句地说着浪话，二奶奶总是咯咯地笑着骂一句：

"一群骚驴子！"

父亲对二奶奶不错，二奶奶家啥重活都是父亲去帮干。家里有啥好吃的，父亲总是叫我给二奶奶送去。有时母亲的脸色难看，父亲就说，她孤儿寡母的过日子也难。有一年下大雪，父亲带我去帮二奶奶劈柴，劈完柴二奶奶留吃饭，父亲说不啦，回去吃，狗屁长段路。二奶奶脸一沉："咋啦！饭里下了毒？"父亲就不好走了。吃饭时，二奶奶手支着下巴，眼睛痴痴地盯着父亲。父亲咳了一声喝斥我："快吃！"

吃过饭父亲抹抹嘴说："走啦。"二奶奶说："别忙，我给你做了双鞋，你试试合脚不。"父亲盯我一眼有些迟疑。二奶奶对我说："腰子，快去叫你叔叔回来，天都快黑了。"

我出去寻了一圈不见叔叔的影子，就折回去。门掩着，里面传出隐隐的哭声。我好奇地扒在门缝上看进去，只见二奶奶跪在地上，身子伏在父亲怀里肩头抽搐着，手还不住地擂着父亲结实的胸膛……

回去的路上我问父亲："二奶奶为啥打你？"父亲黑煞了脸喝道："不许乱说！你看花眼了吧。"

但我清清楚楚知道并没看花眼。

自从父亲被带走后，村里人就不理二奶奶了。女人们见了她就往地上吐口水，爱和她说笑的男人们也哑了口，用一种奇怪的目光瞧着她。就连村里的孩子们也不理她了。二奶奶生性爱个热闹，以前哪有热闹就往哪钻，老远就听见她脆生生的哈哈声，现在她一凑过去人们就散了，丢下她孤零零地呆在那里。

从此二奶奶就变了，失魂落魄的样子。人也不爱收拾了，头发乱糟糟的。闷慌了她就对着圈里的猪喃喃自语……

父亲放回来那天，二奶奶一绳子吊在了梁上。村里人都说报应。

下葬时，族里的人不许把她埋进祖坟园，父亲火了："她好歹给余家人留了个种！"

村里人都说父亲仁义。

10

吃过饭我就到叔叔家去。叔叔家在村子东头，离我家不远。人们都下地去了，村里很静，只见几个老人在阳光下打盹。

老远就看见婶子在晒台上簸粮食。婶子还是那么高大丰满，一见到这个差点成为我老婆的婶婶，心里就有股说不出的滋味……

父亲在房门口守了我三天，一步不挪，眼里布满血丝。那个姑娘哭得眼都肿了，我知道这对她意味着什么。一个姑娘被骡子驮进门就成了这家的人，娘家泼出的水。覆水难收。可是我不能接受这种毫无感情基础的婚姻呀！何况那边还有一个泓子。我像头困兽似的在屋里窜来窜去……

父亲扒着门缝给我下话："腰子，你就依了爹吧，只要你留下个种你就走，娃我替你养大，啥也不要你操心……"

"不不不！"我使劲擂着门。我不愿意害了这个老实巴交的姑娘。

最后还是叔叔来解的围：

"算了吧大哥，强按的牛头不喝水。"

父亲气咻咻地嚷："算了？断了余姓的骨血咋办？再说老子一匹大青骡子哩！"

叔叔说："骡子蚀不了，还有我哩。"

"你？"父亲愣了，说，"你也不看看自己啥样。"

"啥样？"叔叔嘻嘻笑道，"不就是腿短点嘛，毛驴子个儿小劲可不小。"

父亲重重地叹了口气，说："还不知道人家女子肯不肯哩。"

后来那姑娘居然嫁给了叔叔，成了我的婶子。

据母亲说，我走后那女子寻死寻活的，家里怕出事成天派人守着。那段时间，叔叔天天来，坐在门口拉胡琴，尽拉些让人想掉泪的曲子。后来有一天，那姑娘拉开门出来说：

"我跟你。"

村里人啧啧称奇，虽说那姑娘模样不咋样，可配叔叔就亏多了。姑娘身材高大丰满，叔叔才齐她胸脯那儿。都说是让叔叔的琴声迷住了，等开了窍会悔死的。可是婶婶对人家说："铁汉又咋？又不缺个啥，总比守空房好。"

成亲后，婶子对叔叔温顺体贴让村里汉子们看了眼热。婶子不要叔叔下地，轻重活一肩担了。夜里开会还背着叔叔去，到了门口才放下地。有一回，叔叔想去河口赶场瞧热闹，又怕人家围着他瞧怪物似的。婶子就用一个大糠背篼背了他去，背篼口上盖顶草帽，叔叔就虚开草帽瞧热闹。场上碰到婶子娘家村里的人，揭开草帽说：哟，娃都这么大啦？婶子闹了个大红脸。后来，村里汉子们见婶子来了就打趣叔叔：鸭子，快去问你妈要口奶吃！叔叔也不恼：吃又咋啦？还不是我的福气！汉子们酸酸地叹道：这鸭子不知道哪世修下的福……听到这一切，我的心里更不是滋味儿。后来我同泓子谈起这事，泓子并不感到意外，她说你们男人根本不了解女人，女人对男人的爱里有相当部分掺杂着母爱，也许你叔叔那样更触动了她的母爱吧。我想想她的话也有一定道理。

　　快到跟前了我忽然局促起来，我实在喊不出"婶子"那两个字。倒是婶子看出了我的窘态，大大方方招呼我：

　　"回来啦？"

　　"回来了。晒粮食呀。"我笑笑。

　　"你叔想吃面片，我淘了点麦子……"婶婶脸有些红，说，"快进屋吧。"

　　推开院门我就看见柿子树上吊着个沙包，地上还有把石锁。心里暗暗惊奇：叔叔这是干什么？是习武？正想着，叔叔在堂屋里说：

　　"腰子来啦？快进来。"

11

"你爹好些了吗?"叔叔进门就问。

"还是那样,精神很差,恐怕要送到医院去治治才是。"我说。

"枉自啦。"叔叔摆摆手,"我掐过卦了,你爹寿限快到了。"

"没有办法了?"

"生死有命,富贵在天呀。"叔叔摇摇头。叔叔矮壮的身躯上穿着件不伦不类的袍子,腰上扎了根腰带,脸膛上蓄着长长的胡须,模样有些滑稽。

"坐下,腰子,我有事跟你商量。"叔叔双手一撑,敏捷地纵到椅子上坐下。

堂屋里很暗,好半天眼睛才适应过来。我看见堂屋中间的神龛上供着张画像,仔细一看是元太祖成吉思汗的像,看样子是从历史课本上撕下来的,边沿残缺不齐,两边还有副写得歪歪斜斜的对联:

日想祖先伟业

夜思我辈重任

铁木降龙书

"我自己写的。"叔叔得意地捋着胡须。

"咋叫铁木降龙?"我不解地问。

"我改姓了。姓铁木。其实你也该改的,余姓的人都该改,可你爹不干,为这事我们兄弟俩还大吵了一架。"

"为啥要改成这个姓?"

"你坐呀。坐下我慢慢讲给你听。"待我坐下,叔叔指着成吉思汗的画像说:

"他才是我们真正的祖先。"

我愣了,心想叔叔的脑子肯定出了毛病!自从那年在山上挖大黄撞了山神后,他就常常干出些让人哭笑不得的事来。有一年征兵,他跑到公社去要人家收下他,公社上的人以为听错了:你想参军?是你?是我。叔叔气呼呼地说:听说狗日的外国人欺负我们哩,想占我们地盘。那些地盘可都是祖先打下的呀。公社武装部长强忍住笑,把七九步枪往他面前一杵:你和它比比,你要有它高我就收下你。周围的人忍不住笑。叔叔说:有啥笑的?有本事不在堆头大,秤砣虽小还压千斤哩……

"你凭啥说他是我们祖先?"我忍不住笑问。

"你别笑,我有根据。"叔叔捋着胡须说,"你二奶奶生前给我留下本《族谱》。按规矩,你是长房长孙,应该传给你,可你眼下无子,我先替你保管着。"

"族谱?在哪儿?"

叔叔在神龛后面摸索半天,取出个黄绫子包裹,细心解开,拿出一本发黄的线装书递给我:"你就在这儿看看,别带走,这东西贵重得很,丢了可就坏了。"

我接过来一看,是一本手抄本,封面上写着"余氏族谱·卷一"。里面的纸薄而泛黄,还有不少水渍浸痕,看来年代不近。我轻轻翻开第一页：

  吾始祖姓铁木只斤氏名勃端义儿，生于唐尧甲辰。少时有异志，长为佐国城第十七渡部长。子孙袭其爵，至八十九世孙铁木真，其势愈大，与宋争衡，伐宋灭金而有天下，改国号大元。至我祖铁木建系元成宗皇帝铁木耳之二弟也。官封两平王，镇守江西湖广等地。我祖娶妻张洪二安人，生九子一女，招赘成十弟兄。十人俱中元朝进士，官至四太守，五尚书。元末红巾贼刘福通韩山童作乱，扬言杀尽皇族后裔。十祖各吟诗一句，逃窜天涯，俾日后子孙相遇，各述前言，以亲骨肉之意耳。诗云：

  我本元朝宰相家，红巾冲散入西涯，
  兄弟十人齐分手，风岭桥边插柳桠，
  否泰是天还是命，悲伤思我又思他，
  十人失散知何处，如梦云游浪卷沙，
  吾氏并无三两姓，一家分作万千家。

  接下来，族谱详细记载了各代的人名、子嗣及配偶以及生殁年月。但记到我高祖那一代后面就残缺了，像是掉了几页。
  我合上族谱，递给叔叔。如果这本族谱是真实可靠的，那么，我们这一族人的确就是那位威振欧亚、令世界丧胆的一代天骄——成吉思汗的后裔，这简直令人难以想象。我看着猥琐的叔叔，不由疑窦丛生。

"既然族谱在你这儿，你咋又去问爹要呢？"我不解地问。

叔叔摸出旱烟，点上深吸一口说："你没看见开头写着卷一吗？还有卷二卷三呢？照规矩，族谱还包括祖训、族规、族产。族产就算没了，但祖训、族规该有的呀。我问你爹，他说祖上就传下一本。我拍电报叫你回来就是为这事。趁你爹还没闭眼，问问他上几代的事，把这缺了的续全。我问他，他不说，你是他亲生儿子。要不然，这族谱就续不下去了。"

"有必要续下去吗？"我说。

"咋不续？难道祖先传到我们这儿就断屎了吗？对得起祖宗不？"叔叔生气了。

"好吧。我问问他。"我说。想想我又把心里的疑惑说出来："爹说族谱让工作组拿走了，二奶奶又是从哪里弄来的呢？"

叔叔脸倏地阴了，闷闷地吧烟，过了好半天才恨恨地说："是你二奶奶命换来的……"

12

叔叔说工作组老王进来时他和二奶奶正在吃饭。老王是公社的财粮干事，四十多岁的汉子，高高长长，一副水蛇腰，成天都在肩头上披件黑棉袄。

"吃的啥呀？这么香。"老王用草棍剔着牙，笑眯眯地问。

"苞谷糊糊。吃点不？老王。"二奶奶说。

"吃过啦。"老王一屁股坐下来，眼睛到处溜着，"你们这儿的人咋家家都吃这东西？"

"粮不够水来凑嘛。"二奶奶说。

老王阴阴地笑了，指着叔叔问："这是你的娃？"

"是。"二奶奶脸有些红。

"几岁啦？"

"满十五吃十六的饭了。唉，也不知得了啥病，老不长个子。"二奶奶叹口气说。

"嚯！还真看不出，娃都这么大了，你今年多大啦？"老王连连啧啧嘴。

"老啦。都三十三了。"

"老啥？正来事的时候哩！"老王笑起来。

二奶奶脸涨得通红，瞥一眼叔叔，埋下头呼呼地喝着苞谷糊糊。

"哦，差点忘尿了，"老王拍拍脑门，说，"今天在祠堂里破四旧，翻出本你们余家的族谱。上面还有你男人的事呢。"

"真的？"二奶奶一震，筷子掉到了地上。

"在哪儿？我看看。"

"没带在身上。妈的，上面好多字都认不得，读不断气，弄尿不懂说的啥。你要看晚上来吧。"老王笑眯眯地说。

老王站起来，把棉袄往上耸耸，自言自语地说："今晚上我看门，他们都到公社开接头会去了。"

老王走后，二奶奶心神不定的，刷碗时一连摔坏两只碗，猪也忘了喂，一会儿出去一会进来。天刚黑不久，二奶奶换上一件鲜亮衣裳，用梳子沾水刮了刮头，对叔叔说：

"我到你大嫂家去要个鞋样，你在家看着门，瞌睡了就早些睡。"

叔叔说你去吧，早点回来。

等二奶奶出了门，叔叔便悄悄拉开门出去，远远地坠在二奶奶身后。二奶奶在村巷里东钻西拐，瞅瞅两头没人一闪身进了余家祠堂大门。土改后余家祠堂就充了生产队开会的地方。两间耳房腾出来给上面来的干部住。

叔叔用手推推门，特紧。叔叔又绕到后面想从后院墙翻进去。但叔叔身子太短了够不着。叔叔搬来几块石头垒起来，刚端上去石头就咕噜噜地倒了，叔叔的膝盖也碰破了。叔叔坐在冰凉的地上，泪流满面……

那天晚上，叔叔一拐一拐摸回家里，往二奶奶的铺上泼了几瓢凉水，然后爬上床睡了。

"我不该往她铺上泼水的……"叔叔鹰隼一般抓人的眼睛里有些潮润，"从那以后，我一连几天都不理你二奶奶，村里人也不理她。有一天早晨她对我说：我没有坏过你大哥，以后你就知道了。她又拍拍枕头说，这本族谱是你们余家祖上传下来的，我把它缝进去了，你可要保管好。你出去玩会儿吧，我想擦擦身子。我就去玩了。等我回来时，她已经……后来我醒事了才知道，这本族谱是我们余家的传家宝呀，你二奶奶她……"

我盯着桌上那本破败的族谱，心里迷惑不解，这算个啥传家宝，值得把命搭进去？即使余氏家族真的是那位叱咤风云气吞山河的大可汗的后裔又怎样？余家庄子的山民们真的就能摆脱这片贫瘠的大山吗？

"你记下没有？我说的事。"叔叔说。

"记下了。不就是续族谱的事吗。等爹精神好点时我问问他。"

"你千万别说族谱在我这儿。"

"为什么？"

"以后才告诉你。"

我盯着叔叔那张脸膛，一刹间，我惊奇地发现，叔叔同画像上的成吉思汗是那么相像：都有一张颧骨突出的阔脸膛，凶狠的鹰勾鼻子，淡黄的眼珠，长长的胡须……

莫非余家真是成吉思汗的后裔？那么，这支人又是怎样流落到这个大山里的呢？

我不由对家族的秘密产生了浓厚的兴趣。

13

一早起，父亲说他想晒晒太阳。我把他搀到院子里，让他靠墙坐下。我也坐下来陪着他。

"再也晒不到这么美气的太阳啦……"父亲眯缝着眼，自语自言地说。

我心里有些酸，安慰他："你不是好起来了吗？精神比我刚回来时强多啦。"

父亲摇摇头，脸上浮出凄凉的笑："我知道我的身子，拖不了几天啦，灯油熬干了。唉，可惜看不到孙子出世了……"

我赶忙岔开这个敏感的话题："听说我们是元朝皇族的后代？"

爹睁开眼，看着在院里觅食的鸡，说：

"祖上是这么传下来的。你太爷爷临死前给我讲过，祖先们不易呀，创下这个村子这片土地……"

爹深情地凝视着阳光灿烂的土地。

爹说我们祖上是铁王建的第五子，朱元璋起事后，他们十弟兄各奔一方，逃窜天涯。祖上辗转流落到了四川。那时四川还是蛮荒之地，祖上靠当苦力背茶为生。堂堂皇室后裔沦为苦力，劳力自是不济，常常遭到同行的嘲弄和奚落。别人背二十包茶，祖上才背一半。有一次走到这座山上，祖上受了风寒，昏睡不醒，同路的脚夫们竟将祖上的茶包盘缠洗劫一空，扬长而去。祖上醒来时只身一人睡在岩窝里，山风呼号，豺狼长嗥。祖上心中悲苦不堪，心想天该绝我奇渥温代，于是爬到崖边想纵身一跳了却残生。爬到一山溪边，祖上见地上蚂蚁忙忙碌碌，穿梭来回正在搬家，过山溪时，成千上万的蚂蚁滚成一团滚进山溪，被水冲走无数，终究有一小部分涉过了山溪……祖上看呆了，心想蚂蚁尚且贪生，我有何脸面去见列祖列宗？遂打消了寻死念头，喝溪水捋野果，养好病后，祖上就在这里搭个窝棚，白天打猎，夜里垦荒，几年后竟开出一片土地。后来，祖上就在这里娶妻生子，一代人传下来。传到第十代余期拨时已形成了余家庄子，有人口数百了。顺治九年，余期拨归附清朝，被封为长河西百户土官。余期拨改名余永忠。至此，余姓人才终于在长河一带站稳脚跟了。

"既然我们是皇室后裔，为啥又姓余呢？"我问父亲。

父亲叹道："这是天意呀……"

父亲说祖上当年逃窜时，慌不择路，逃至一条大河边上，茫茫江面无舟无楫，后面追兵已至，尘土飞扬，杀声震天。祖上叹道：莫不是天该绝我么？遂跪下来祭祖，周围看看啥也没有，只有一坝荒草。祖上就扯了几根粗草插在地上权当香火，默默祈祷：吾辈不孝，招此杀身大祸，愿祖宗显灵，庇护我渡此难关，他日若生还，定献羊百头，以敬祖先……

念毕，江面上突然狂风大作，浊浪翻滚，一条大鱼冉冉浮现，游到江边，祖上大喜，天不绝我也！遂跳上鱼背涉江而去。

是夜，祖上睡在一座荒冢下。半夜，一癞僧飘然而至，对祖上说：你家杀生过多，有八百年劫难。你必易姓改名，免遭杀身之祸！祖上一惊醒来，皓月当空，不见有癞僧。想想梦中所见，不知所云。

第二天，祖上逃至潼关时，见城门上贴有促拿奇渥温代的文告，心里大惊，便抓把尘土抹花了脸。进关时，守将拿着画像问祖上：

"姓甚名谁？"

祖上猛然想起大鱼相救，灵机一动说：

"姓余。"

守将便将祖上放过。

"那应该姓鱼嘛,咋又姓余呢?"我问。

"余者,我也。我姓我,不跟别人姓。祖上是这么传下来的。你二叔屁也不懂,闹着改姓。这姓是乱改的么?你太爷爷就是违背了祖训,娶了个娼家女人,这家才败下来了……"

太爷爷是朝贡时认识那烟花女子的。

据父亲说,那阵土司百户官们都要朝贡。六年一小贡,十二年一大贡。小贡可派使者前往,但大贡必须亲自到京城。由于路途遥远,一来一去竟要整整三年。

头年,朝贡者就要赶着十匹骡子上路。十匹骡子驮的是地方特产,如花椒、药材、氆氇及珍奇禽鸟。其中最贵重的是一驮泥土,那土是从土司领地内一处一点刮来的。

使者餐风宿露,出四川、经汉中、过河南,劳顿跋涉一年才能到达京城。到了京城将贡品交到礼部,便在驿馆安顿下来,等待天子召见。一直要等到第二年春,天子才召见使者。那天,使者从五更起就跪在午门,听候召见。听得黄门一阵吆喝:

皇上召见长河西土官百户使者——

使者便战战兢兢膝行而进,到了勤政殿前远远跪下,冒死抬头一瞥,只见一个模糊的影子端坐在龙椅之上,还未看清天子是何模样,召见已毕。接下来还有一道仪式,等天气晴和之日,天子亲驾天坛,将驮去的一驮土倒入先农坛内,再赏赐土官百户一些古玩字画一类的物品,朝觐就算结束。

第三年春，祖上才赶着骡子返程，到年底方才归家。

到了太爷爷那一代，恰好碰上大贡。太爷爷就辞别家人，亲自赶着二十匹骡子起程赴京。谁知到了省城，才知道宣统皇帝已经退位，是民国了。土官已经废除了。于是太爷爷就将驮去的山珍药材统统卖掉，在省城寻个客店住下。手里有了银子就四处闲逛，渐渐结识几个市井无赖，见太爷爷手散，就将他诳到烟花巷里，给他介绍一花名发糕的烟花女子。发糕顾名思义，长得又白又肥，风情万种。太爷爷是山里土人，哪见过这种尤物，一时竟乐不思蜀。直到囊中银子所剩无几，才有了归乡之意。但发糕却被太爷爷的慓悍豪爽迷住了，她伏在太爷爷门扇一样多毛的胸脯上嘤嘤啜泣，要太爷爷赎她从良。太爷爷说我家乡已有了婆娘，还有了娃崽。那女人在太爷爷怀里扭着肥白的身子说，我不管，我要跟着你，情愿做妾。太爷爷人虽慓悍却是个情种，加之太爷爷的父亲又死得早，无人管束，便用十匹骡子替那女人赎了身子，带回余家庄子，成了我的小太奶奶。

大太奶奶只生了爷爷一个儿子，死于心痛病。小太奶奶最终耐不住山村的寂寞和粗糙的饭食，生下一个儿子后就撒手西去。那个娃崽就是叔叔的亲爹，我应该喊二爷爷。但我从未见过他，在我出世之前他就死了。关于他的死因，族里的人都讳忌莫深。但关于这个我叫二爷爷的男人，村里却有许多激动人心的传闻，每次我把听到的传闻在父亲那里寻求证实时，父亲总是绷着脸骂一句：

"瞎说！"

14

太爷爷五十岁那年，小太奶奶的肚子奇迹般大了起来，而且吹气似的一天比一天大。到了快临盆时，那肚皮大得连小太奶奶的手指都摸不到肚脐眼，像倒扣着一口毛边大锅。小太奶奶的双腿承受不住沉重的身子，只得成天躺在床上喘粗气。村里人啧啧称奇。太爷爷为此十分担忧，他怀疑是鬼胎，便请了五大寺的喇嘛作法驱鬼。喇嘛来后脸色陡变，不肯作法，说小太奶奶怀的是异人，竟不辞而去。

到了分娩那天，小太奶奶的号叫声使整个村子都在发抖。接生婆使出浑身手段，二爷爷都不肯出来。无奈，接生婆只得叫四五个健妇死死按住小太奶奶，她自己用一根棍子在小太奶奶的肚皮上使劲往下擀。她擀一下小太奶奶就杀猪似地叫一声，叫得村里男人们心里发毛，捂住耳朵跑到坡上去吸旱烟。

小太奶奶受不过，大声叫着太爷爷的名字：把我杀了，把我杀了呀……太爷爷听不过，抓起一把杀猪刀冲进去，在小太奶奶两腿间一挑——噗的一声，一大团血糊糊的肉球滚了出来，响亮的哭声震得房梁上窣窣地往下掉土。

小太奶奶当时就没了气。村里人说：儿挣生娘挣死，值了。

二爷爷没有奶吃，太爷爷急得无法，遍村子央女人们施奶。但二爷爷是个狠货，吃奶又凶又猛，咕嘟咕嘟讨债似地吸，吸得女人们心里空得慌，他还没够。女人们喂过一次就不敢再喂了。二爷爷就见天哭，声音又尖又亮。哭得太爷爷心烦，拾起来就扔进了猪圈，骂道：

"这小杂种，留着也是祸害！"

过了好一阵，二爷爷没了声息。太爷爷就去收尸，走到猪圈跟前不由惊愕得大张着口，二爷爷伏在母猪肚皮下吮得正欢……太爷爷长叹一声：狗日的命硬哩！

二爷爷五岁时就显出非凡的臂力。那时他还光着屁股同一群放牛的娃崽在犀牛湾玩，往光屁股上涂抹稀泥。突然，一条红牯和一条黄牯打了起来。越打越厉害，牛角撞得山响，两条牛的脖子上都答答地淌着血。放牛的娃们吓哭了，谁也不敢去拉。这时二爷爷突然跑上去抓住红牯的尾巴，娃们骇呆了。远处地里干活的大人们吓得紧闭了眼，都以为这娃遭屎了！谁知爷爷抓住牛尾巴使劲一拽，红牯一个趔趄，两条牛竟分开了！把人们惊得目瞪口呆。

稍大一点，二爷爷就让太爷爷伤透了脑筋。叫他下地犁地，他就不停地驱赶牛，把牛累得口吐白沫，倒下去半天挣不起来。叫他上山砍柴，他刀也不带。别人砍柴时他就躺在树荫下睡觉。等人家背着柴走出好远，他才懒洋洋站起来，用眼寻着根大树，上去抱着摇几下，连根拔起，拖着树就去撵同伴。一路飞沙走石，庄稼一片片被刮倒，他也不管，一直拖进院子，哗啦一声，门都被拽垮下来……

太爷爷气得抽根柴棒子就揍他，谁知就像敲在岩石上，手膀子震得发麻。打得二爷爷性起，手臂一挡，柴棒子飞得不见踪影，太爷爷一屁股跌在地上，手臂痛了半个多月。太爷爷暗暗叫苦：作了啥孽呀，养出这么个孽种，管又管不了,打又打不动,早知这样,当初真不该让他活下来。

从此,二爷爷出了名。村里人都不叫他的名字,而是叫他"余狠人"。"狠"字在家乡的话里毫无贬意,而是能干、强悍、厉害的意思。

据村里老人们说,二爷爷虽然力大无穷,但从不仗力欺人,相反挺爱帮忙。村里谁家有事叫一声,二爷爷就去帮忙,而且一个人足足能顶七八个壮汉,但吃饭也要顶几个壮汉。一顿要吃一盆子苞谷饼子。二爷爷爱打抱不平,成年后,二爷爷嫌地里干活没劲,就当了赶马汉,赶着骡子在茶道上运茶。有一回在宜乐渡口等船过渡,本来是二爷爷和另外几个赶马汉先到,可是崩岭土司的马帮仗着人多势众,等船一靠岸就抢先把牲口往上赶。二爷爷看不惯,说:"有没有先来后到?"

马帮头领见二爷爷是青皮后生,就大咧咧地说:"来得早不如来得巧。你想干啥?"

二爷爷也不吭声。等崩岭山的骡子上了船,船家正要撑篙竿之际,他一个箭步纵到河边,双手拉住船帮,蹬开马步。船像生了根,船家把篙竿篙得像弓,船还是纹丝不动。崩岭山的汉子大怒,拔出裤刀要剁二爷爷的手。二爷爷不等他们过来,使劲一晃动,船就像过险滩似的剧烈摇晃起来,船上的牲口和驮子纷纷落水。二爷爷哈哈大笑着把自己家的骡子赶上了船……

那几个赶马汉恼羞成怒,发誓要讨回这场羞辱。当天下午,他们都住在响水马店。趁二爷爷在给他的大青骡子钉掌之际,几个崩岭山的赶马汉子举着柴梆子围住了二爷爷。

二爷爷扫他们一眼，冷笑道："等老子把掌钉完了再陪你们玩耍。"

那几个汉子不由分说，挥舞着柴桦子扑上来。二爷爷左右看看，没有还手的东西，情急之中，顺势把面前的拴马桩连根拔起横着一扫，噼里啪啦——柴桦子飞得没了踪影。几个汉子骇得面如土色，落荒而逃。二爷爷微微一笑，又把拴马桩往地上一杵，两掌砸下去，若无其事地开始钉掌……

那以后，二爷爷的名声响遍了八百里茶道。只要一提起"余狠人"，都肃然起敬。

老人们讲得最起劲最激动的是二爷爷在西康运动会上大出风头的事。

那时正值抗战，西康省会迁到了远离战火的康定，许多达官贵人墨客骚人也跟随迁来。康定驻军一三八师奉命出川抗战。为了筹集军饷，一三八师师长唐炳辉听从幕僚建议，在康定举行一次"国难运动会"。

二爷爷那回恰好赶着骡子到了康定。在茶行交卸了驮子后，二爷爷就去逛街。走到校场坝时，见人山人海，二爷爷生性爱瞧热闹，就凑了过去。他挤进一个人圈，见人们正在观看几个军人掷手榴弹，投得远的人们就欢呼鼓掌，投得近的人们就起哄。二爷爷想这些人吃饱了没事干么？正疑惑间一个投手掷滑了手，那手榴弹竟斜斜地朝人群飞来，刹时，人群慌得四散奔逃……唯独二爷爷没动，瞅着手榴弹飞到跟前，手一抓将手榴弹握住，顺势一撂想给投手扔回去，谁知手榴弹如出膛的弹一般，倏地掠过人墙，砸在了校场坝的围墙上，把墙砸出个窟窿。人们顿时哗然，一个教官跑过来，

133

饶有兴趣地问二爷爷是哪里人氏。二爷爷一见那教官腰里别着手枪，心里害怕得不行，嗫嚅道：我是余家庄子赶牲口的。

那教官捏捏二爷爷的手膀，又叫他再投一次。二爷爷说我不敢投了，怕砸了人。教官就叫人群闪开，空出地方叫二爷爷投。

"展劲投么？"二爷爷有些手痒了。

"尽你最大的力投。"教官说。

二爷爷把长衫的下摆撩起掖在腰带上，往掌心里吐口唾沫，抓起手榴弹奋力一掷，手榴弹如一道黑影闪过，飞出墙外不见了。教官派两个士兵去寻，回来说是砸在了麦田里。

在场的人莫不惊得舌头吐出老长。

教官激动得连连搓着手：不可思议！简直不可思议！

第二天，《西康日报》登出条醒目消息：

昨日赛场风云突变，斜刺里杀出个赶马汉。

消息说二爷爷力挫群雄，但由于事先未报名，动作也不规范，故不能取得名次。但此人若稍加训练，则前途无量云云。

当天夜里，一三八师部一个副官同那教官寻到了马店，给二爷爷送来一张师长的名片和十块大洋，说师长十分钦佩二爷爷的勇力，要二爷爷在国难当头之际加入军界，替国家效力。二爷爷说我要赶骡子回去哩。副官说骡子可派几个弟兄给你送回去。二爷爷想想说，我还要回去给我爹说一声。副官说好吧，你把骡子赶回去就马上来师部报到，不久部队就要开拔了。走出门，那教官又踅回来对二爷爷说，师长很器重你，准备叫你当他的贴身卫士，你万万不可失去这机会。

二爷爷回到余家庄子，把投军一事向太爷爷说了。太爷爷一听勃然大怒：你狗日的敢！祖上有训：不习武备，不娶娼……说到此太爷爷猛然想起失了口，便把后半句话咽了回去。

二爷爷还是赶他的骡子。

不久，一个金发碧眼的洋人寻到了村里，他是鱼通教堂的华尔德牧师，华牧师一口流利的汉话。他找到二爷爷，拿出把亮闪闪的可以伸缩的尺子比量着二爷爷的胳膊、腿以及手指头，还用一个放大镜叫二爷爷张开嘴，瞧牲口似的瞧二爷爷的牙齿，鼓捣完了，华牧师对太爷爷说：你的儿子不得了，是个奇人，让他到教堂里跟我学学英文，等我回国时把他带出去，他会给你挣许许多多的钱。

太爷爷一口拒绝了：我们祖上有训，凡我余氏子孙，不得入旁门邪教。

华牧师遗憾地摇摇头，耸耸肩，走了。

但不久二爷爷也失踪了。村里老人们说二爷爷是让华牧师骗到外国去了。据说华牧师给二爷爷吃了一种白色的迷魂药，二爷爷吃了过后就忘记了自己姓什么是哪里人。还说华牧师把二爷爷带到国外替他打擂挣钱，二爷爷打败了十八国的大力士。

还有一种说法是：二爷爷被华牧师骗进教堂，用药麻翻后一刀杀了，洋人把二爷爷的心掏出来下酒。说是像二爷爷那样的人心大胆也大，吃了力气倍增不说，还可延年益寿。

对于这些传闻，父亲还是那句老话：

"瞎屎说。"

15

二爷爷出走后的第二年，村里来了个年轻标致的女人来寻他，找到了我家。

母亲说："你找他干啥？"

那女人红着脸说："他是我相好，说定了今年来娶我的。左等不来右等也不来……"

母亲说："他出远门了。"

女人说："我等他。"

母亲说："他是赶马汉，走山过河地在外面浪世，也不定哪天回来。再说，眼下兵荒马乱的，回不回来都难说。"

那女人说："我等他。我肚里已经怀上了他的娃。"

母亲一愣，看着女人微突的小腹说："黄毛猪儿家家有，你凭啥说就是他的种？"

那女人嘤嘤哭了起来……

那女人说她是康定张家马店店主的小女儿，二爷爷一去一来常住张家马店。日子一长，二人渐渐有意。二爷爷在运动会上大出风头那天夜里，她悄悄闪进了二爷爷的房间……事后，二爷爷对她说，等回去定下日子就来娶她……

父亲听她这么一说，愣了半晌，叹口气道："既然是余家的骨血就让她生下来吧。"

那女人就在我家住了下来，几个月后生下一个男孩，就是现在的叔叔。

开始母亲还有些怀疑是不是二爷爷的种，待到叔叔两三岁时，那脸壳就长得同二爷爷一个样了，也是高颧骨黄眼珠。村里人笑道：余狼人的屎才长，伸到康定去下了个种！

二奶奶生下叔叔后，身子就柳了。奶子胀鼓鼓的，屁股圆圆的，一双眼睛会说话似的灵动。二奶奶就像一匹漂亮的母马放进了公马群，村里汉子们眼都绿了。那时，我家的火塘里夜夜架着大火，那些整树是汉子们抬来的，从火塘上就架到了门口。火塘边围满了汉子后生，一个个吧着辛辣的旱烟，嘴里讲着让人听得浑身热血沸腾的骚故事，欲念横流的目光在二奶奶诱人的部位扫来扫去。直到喝完火塘上熬着的一大锅老鹰茶，汉子们才拖着烤得发软的身子恋恋不舍地离去。

叔叔五岁时，父亲对二奶奶说："二爸这么多年了也没个音讯，你回娘家去吧，你还年轻……兄弟就丢在这儿吧。我来养。"

二奶奶说："我不回去。我就在这儿等他。"

父亲说："他要是不回来呢？"

二奶奶大胆地盯着父亲："我生是余家的人，死是余家的鬼……"

父亲避开二奶奶的目光，说："外面的闲话难听哩……"

二奶奶说："我搬出去住。"

于是，父亲就在村东头给二奶奶和叔叔盖了间房子，把他们分出去了。从此，我家的火塘清静了许多。二奶奶那里夜夜都挤满了人，围着火塘吸烟，说骚话……

但老汉们说，尽管二奶奶对所有的男人都露出诱人的笑容，却没有一个汉子得过手。他们说那女人像火塘，烤得你浑身发热又不敢搂进怀里。他们说二奶奶只有见到父亲时，眼睛里才含情脉脉……至于父亲和二奶奶间有无乱伦之举我不敢揣想，但从人们意味深长的微笑里，我感觉到父亲和二奶奶之间有些说不清楚的事情。

但母亲却为父亲辩护："不怪你爹，他是余家的掌门人，他要养活你二奶奶和你叔叔。毕竟是余家的骨血。后来分家时，你爹还分了一半农具粮食给她，有啥事都是你爹出面。好心无好报呀，后来她还坏你爹，弄得你爹到公社关了几个月。"

"但二奶奶为啥要揭发我爹呢？"我问母亲。

母亲忿忿地说："谁知道她安的啥心，那个骚女人……"

"也许不是二奶奶揭发的。"我想起叔叔向我讲的事。

"也许吧，就算是她告的，她也死了多年了。女人长漂亮了就是爱生事。"母亲叹了口气。

16

"一代不如一代啦……"父亲怅怅地说。父亲显得很疲惫，正午的阳光照在他脸上显得有些残酷；使他脸上那些不祥的阴影更加明显。他敞开大襟，用手搔着胸膛。瘦骨嶙峋的胸膛上立刻显出灰白色的抓痕，灰色的皮屑在明亮的阳光中飞舞。

我不知道说什么好，我知道父亲已对我失去了希望。我至今没让他见到自己的孙子。这几天从父亲看到村里娃崽们时眼里流出的羡慕和失望，我就明显地感到了这一点，现在我才明白，父亲需要的是一个精明强悍工于算计而且膝下有娃崽环绕的庄稼汉，而不需要一个上衣口袋里别着钢笔的大学生。对于一个曾经兴旺发达的家族的掌门人来说，还有什么比后继无人更悲哀的呢？回来的这些日子，我清楚地看到家庭是每况愈下，衰败是无可避免的了。余氏家族的后裔们既没有老一辈那种顽强的生存能力和坚韧不拔的忍耐力，又缺乏闯荡四方的进取精神。他们只抱怨祖宗不该把村子建在这个闭塞的山旮旯里。

昨天晚上，几个村里的后生来看我，几乎都是我的本家兄弟或侄子。他们围坐在火塘边上，默默地吸着我散给他们的香烟，神情萎顿而郁悒。我知道困扰他们的是什么，他们正处在性成熟的年龄，却面临着找不到配偶的危险。许多年来，血缘已把整个村子编结成一张巨网，村里人串去串来都是亲戚，极少数出了五服的女子，一旦成人就像雪天的呱呱鸡一样往山下扑腾，山下的公路和电视是她们向往已久的梦，为此她们不惜付出一切代价，包括她们的爱情。而山下的姑娘根本不想嫁到这里来，余氏家族的光辉已随着岁月的流逝而日渐暗淡。我看着眼前这些虽然年轻但毫无生气的脸，不由黯然神伤。

尽管他们个个都长得慓悍强壮，但大多数都是文盲，即使念过几天书也早已还给了老师，因为这里除了用旧的课本外，连一张有字的纸也找不到。许多人连农药的说明文字都看不懂。我回来听说过一件事：去年余财买回一瓶乐果，不知道应按万分之一的比例施放，结果一季庄稼全毁了。村里文化最高的竟是叔叔，这个无师自通的天才！

"能不能搞点经济林木，引进些优良品种嘛，这儿这么多荒坡荒山。"我说。

他们互相看看，都笑了。笑得很悲凉。

"要不你们干脆出去跑跑吧，既可以挣钱，还可以见见世面。"我又建议。

"黑眼窝一个，跑屎出去干啥呢？叫人家哄了还不知道是咋的。"

他们看着身边的全安嘿嘿地笑起来。

后来我才知道，全安去年跟着外村的人出去修路。结果包工头到工程快完时卷款而逃，他辛辛苦苦干了半年一分钱没挣到，反而讨着饭才回到了余家庄子。"外面的人奸滑哩。"全安啐一口。在外面跑了半年给他留下最深的印象是外面的女人漂亮。

一说起女人，他们才兴奋起来。他们问我城里的女人是不是天天用牛奶洗澡，随便同人睡觉。我发现很难向他们解释清楚，他们对城里女人只有一种赤裸裸的欲念和愤恨。我说也不一定，城里也有规矩，不是想咋样就咋样。

我问他们今后怎么办？

他们说出去上门。

我说："你们都走了，这地谁种？老的老小的小。"

"管不了啦！"他们说，"总不能窝在这儿打一辈子光棍吧？幺叔不瞒你说，公鸡开叫好久了还没喂过水哩！"接着他们就唱起一首自己编的山歌：

> 隔河望见花一丛，要想采花路不通，
> 等得哪年路通了，人老花谢一场空。

歌声凄凉悠长，让人心里一阵阵发凉。我不由得想到，当初父亲带着人们重返余家庄子会不会是个错误？

母亲推磨去了，她要为我做顿苦荞粑。那是我小时最爱吃的。母亲的心还是那么纤细，连这都还记得。虽然我根本不想吃那苦涩发粘的苦荞粑，但我还是装出十分高兴的样子。

太阳仿佛定在天上，一动不动，正午的村子空洞而寂寞。坡上的放羊娃不时吆喝一声，呼唤着四散的羊。随即一切都沉入静寂。

父亲怔怔地望着光秃秃的山头，不知在想什么。

"二爷爷一直就没消息么？"我想打破这令人压抑的静寂。

父亲没吭声，把青筋毕露的手伸在明亮的阳光下细细打量着。

"叔叔说要续族谱。"

"续那干啥？有啥续头，祖上传下来的都没保住。"父亲叹了口气。

"没丢。族谱在二叔那里。"

"哦！"父亲一震，"在他那儿？"

我猛然想起叔叔叮嘱的话，但话已出口，我就把二奶奶怎样找回族谱的事对他说了一遍。

父亲听完后半天没有作声，脸变得煞白，嘴里喃喃道："是这样么？是这样么……"

"那本族谱到底是不是真的？"我问。

"你看过了？"父亲惊恐地盯着我。

"看过。但不全了，后面缺了几页。"

父亲的手哆嗦起来，身子也在抖……

"爹，你是不是不舒服？"

"腰子，扶我进屋，我想躺躺。"

我把父亲扶到火塘边的宽凳上躺下，在身上给他盖件兽皮褂子，又把火塘里的柴重新架了架。

"腰子你出去走走吧，我想睡一阵。"父亲闭上眼，显得很虚弱。

17

太阳光强烈而耀眼，浓重的树荫在地上斑驳摇曳，村巷里空旷寂静，几只鸡在地上觅食。自从回来以后，我发现时间拉长了许多，漫长的白天竟有些难以消磨。村子还是老样子，高大的石头碉房阴沉沉地挺立在阳光下。真不知道祖先是怎样修出这种模样蠢笨而极不适用的房子的。这种碉房的唯一好处是坚固耐用，好防土匪。窄小的牛肋巴窗据说是一个个枪眼，大概那阵土匪很多，械斗不断。

我来到河边。

河里的水还是那么清澈,但已经见不到那种味道鲜美的猫子鱼了。据说是乡上在下游修了一座电站的缘故,猫子鱼不能越过堤坝上溯到这里。我回来后,村里后生们想尽办法才弄了两条瘦小的猫子鱼,但我发现味道已不如原来那么鲜美了。

河边有一群光屁股娃崽在玩水,其中有两个是叔叔的儿子,值得庆幸的是,这两个娃崽的身高发育都很正常。也许不会像叔叔一样吧。娃们欢叫着在水里扑腾,然后嘚嘚地跳上河滩,捡一块晒烫的卵石夹在胯下。我们小时候也常常这样,虽然已是盛夏,但从大山腹部里浸出的山水还是冷冽刺骨,足以使卵蛋缩进温暖的腹腔。但一块晒烫的卵石也可以使身子感到温暖。那年,当我拎着简单的行李孤身一人走进喧嚣的都市的时候,阵阵袭来的孤独常常使我想起眼前的一切:明亮的阳光、清澈的河水和粉红色的荞子花……那时,心里就会淌过一道暖流。我就在心里温柔地呼唤着这一切。可是,当我回到这片土地时,一切又是那么陌生而陈旧,发现这一点,使我惶惑不已。

"你变得有些不伦不类……"泓子常常这样对我说。她说当初爱上我是由于我身上带着一种野气。那种孤傲的野气使她迷醉……然而你变了,不但丧失了那种孤傲的野气,反而增添了一种俗气。她说,你拼命想脱掉自己的土气而去学绅士风度,结果适得其反。人的气质和风度与生俱来。学是徒劳的。你变得什么都不是了,有些不伦不类。

他妈的……我摸摸口袋,我需要点上一支烟来理理思路。口袋里是空的。我对叔叔的小儿子喊:"狗娃,去给我取包烟来,在床上。"

狗娃挺着滚圆的肚皮噼噼啪啪跑去了。

其余的娃们在沙滩上躺一排,对着太阳晒"麝香"。他们的小鸡鸡都很茁壮,硬翘翘地指着蓝天。我们小时候也常常这样干。余家庄子的男人们从小胯下那生命之根就异常发达。这究竟是遗传还是经常暴露在空气阳光里的缘故说不清楚。总之,一到十五六岁,当母亲的就要给儿子缝个布兜兜,把那鼓鼓囊囊的东西装进去,掖在裤腰里。那阵我在镇上读中学,坚决不肯要那东西。父亲骂道:有啥害羞的?臭假寒酸!操地要条牛,生娃要条屌!你不那样碰伤了咋办?那是我同泓子认识后的第三天,当时她在饭厅里参加每周一次的舞会,说口渴了来要口水喝。她坐在我对面慢慢喝滚烫的水,脸色潮红额际发亮。她说热死了,就用两根指头拎起紧贴在胸乳上的绸衣忽扇着,从她那开口极低的领口里扑出一股股酸哄哄的热气。我第一次发现女人也有体味,酸哄哄的怪好闻,我脑袋就有些发晕。

"你老盯着我干吗?"她娇嗔地笑了,笑着笑着笑容僵在了脸上。"你想干啥你……"

我什么也没说就扑了上去,动作粗野而简练。在一阵晕眩中最后撞击耳膜的是绷掉的扣子在地上滚动的声音……

"你真像个原始人。"后来泓子对我说。

"我们那儿的人都这样。"我说。

"应该把你们那儿的人都弄来做种。"泓子咯咯地笑起来。

当时我很感动。我觉得泓子真是善解人意。但后来泓子似乎是忘记了当初她的话，每一次她都骂我粗野。女人真是不可思议……

就在这时，狗娃哭着跑来了：

"腰子大哥，快……阿伯他……"

我心里一悸，拔腿朝村里跑去。

18

我刚跑进村子就闻到一股奇特的焦臭味，村里老人们纷纷站在门口，耸动鼻翼一脸惶恐。

堂屋里烟雾弥漫。父亲头朝下倒在火塘边上，一只手伸进火塘里，被烧得皮焦肉绽，露出白的指骨……

到今天我一想到那可怖的场面还不寒而栗。当我把父亲从地上抱起来时，他瞳孔已经散了，轻轻一碰，手上烧熟的肉就一片片掉下来……

"爹爹——"我大声呼唤着。

父亲动了动，眼里又聚起了光，当他看清是我后，嘴唇翕动着。我把耳朵凑上去，听到从他胸腔里吐出一串虚弱遥远的声音：

"鼓……祠堂里的鼓……找回来……"

"你说什么！你大声点……"我大声说。

父亲闭上了眼，一颗浑浊的泪珠从干枯的眼睑挤了出来，缓缓地滴下地。

人们奔进来了。叔叔看一眼，朝汉子们大吼一声：快！填药！放铳！他自己则抓起一根长竹竿，哗啦一声把屋背上的瓦戳开一个窟窿，把竹竿箭一般扔出去。

砰！砰砰！砰砰砰——

父亲劳碌一生的身子渐渐凉了。

父亲的丧事很隆重。全村人都来守灵，连嫁出去的女人们都赶回来了。凄恻悠长的哭声整日在村子上空盘旋。

一切都由叔叔操持，我什么也不懂，像个木头人一样被他支来支去，给亲友磕头、烧纸、守灵……相反，叔叔的精神极旺，他跳进跳出地忙乎，矮墩墩的身子像碌碡似的滚动。

装殓那天夜里，叔叔说为了让父亲顺利到达丰都城，专门到外村去请了个道法高超的端公来为父亲"开路"。端公是个瘦巴老人。他一来就从背篼里拿出些花花绿绿的纸条在房子里到处贴着。上面写着：

　　太上老君急急如律令！
　　护法金刚急急如律令！
　　四大天王急急如律令！
　　洪洞张天师急急如律令！

贴完符纸，端公就拿出司刀令牌，换上一件道袍，围着父亲的尸体边跳边唱：

　　孤魂野鬼仔细听，我有老君急急令，
　　今有中原余氏人，奉旨要到丰都城。

"不是余氏,是铁木氏。"叔叔止住端公。

端公一愣。

"咋把姓都改啦?"周围亲友窃窃私语。

"不是改姓。是恢复祖姓!"叔叔板着脸,背着手,俨然一副族长的派头。

端公又开始跳:

今有中原铁木氏,奉旨要到丰都城,
尔等要是来阻拦,打入地狱十八层。
……

折腾到半夜,端公才收了家什,从怀里摸出一张黄表纸递给叔叔,耳语般道:"真货,从丰都弄来的,填上他名字烧纸时一起烧了。"

我顺手接过来,原来是一张铅印的路条,上面写着:今有×××前往丰都城,望沿途关卡给予方便……下面还盖了一个丰都冥府的印章。那章刻得不太高明,字迹有些模糊。

"快把买路钱给先生。"叔叔对我说。

"给多少?"

"这要看孝子的心。"端公说。

我摸出二十元钱。端公没事一般揣进怀里。

午夜十二点,火铳齐鸣。端公高声说:"亲友邻朋,再来观上一观,看上一眼,要闭殓了!"

刹时,屋子里又炸响一片哭声。人们都朝那口黑瘆瘆的棺材拥去。母亲刚看一眼就晕过去了,女人们连忙把她扶开。我被人流拥着,挤到棺材前。父亲穿着寿衣寿帽的样子很可笑,像一具木偶。他一只手捏着一根打狗棍,另一只手捏着一块打狗粑,脸上刀刻一般的皱纹舒展开了,嘴角微微翘起,好像在讥笑什么……

——口闭眼闭的,没啥操心的了。

——是呀,他可是苦出头了,要到那边享福去了。

人们发着各种感慨。

砰!沉重的棺盖合上。父亲从眼前消失了。那一刻,我心里突然有了一种透彻的宁静,人就这样消失了,多么简单多么无情。我仿佛瞥见了死神狰狞的笑容,它在嘲笑痴迷不悟的人类,多么可怜又多么愚蠢。明明人人都逃不脱它的利爪,却还在那里拼命地攫取……一股冷冰冰的寒气爬上脊背。在一片喧嚣的哭声中,我突然有了一种强烈的冲动:我想马上跑到泓子身边对她说,我们过去是多么无聊多么愚蠢,又是那么不堪一击,一切都将转瞬即逝,只有死亡才是永恒的。

19

叔叔在院子里读书。他读得很认真,连我进去都不知道。他看的是毛泽东的《论持久战》。那年他去参军被拒绝后,他给我写信要我给他寄几本兵书,他要研究军事。我跑了好几趟书店都没买到《孙子兵法》,就给他寄了一本《论持久战》。自从土地下放后,叔叔失去了唱歌挣工分的美差，但他还是不下地，地里的活全推给了婶婶。他说他不是种地的命，他要干轰轰烈烈的大事情。

"你还在读这本书？"我只好招呼他一声。

"哦，是腰子。"他仰头望着我，"你就要走了么？"

"我还要耽搁两天。"我说。

叔叔站起来，一只手背在身后，一只手捋着下巴上的胡须，在院子里踱来踱去：

"我知道留不住你们。都要走，都想离开这儿。没有一个想到祖先，没有谁想着重振家业……噢！"

叔叔仰头望着天上飘来飘去的白云，神色很悲怆。

我在石阶上坐下来，这样和他高度差不多，省得他说话总仰着头，显得脖子很累。

"你再待几天吧。帮我把族里的事理理，把族谱续完，把祠堂打整一下，再立几条规矩。你爹死后这些事只有靠我了。"

"族谱的事我问过爹，他不肯说些啥。再说眼下都各干各的了，你何必操这些闲心。"我劝叔叔。

"锅灶分开了，可都是铁木建传下的根根，身上流着铁木家的血呀，我不能眼睁睁看到祖宗创下的家业就这么败下去了。"叔叔说。

"村里后生们连媳妇都找不到。"我说。

"怪他们没本事，别看一个个牛高马大的，脑壳里尽是豆渣。他们还笑我疯，呸！我干的事都是为了他们呀，只要恢复我孛尔只斤氏的姓，保险女人们急着往这儿嫁。"

"不可能吧。"我有些想笑。

149

"咋不可能,皇室后裔呀!你连这都不懂,亏你还读过大学堂。"叔叔摇摇头,又说,"等家里的事理顺后,我还要到内蒙古去一趟。"

"内蒙古?去干啥?"我大吃一惊。

"去看看祖先放牲口的地方,再寻寻还有铁木建的后代没有,祖上不是十弟兄么?也许还有后代,那些都是我们的骨肉兄弟嘛。我还要去学学蒙文,学习规矩。"叔叔一副重任在肩的庄重。

"那地方很远。"我只好这么说。

"远怕啥?不是有火车么。"

"得花不少钱哩,眼下火车票又涨了价。"

"嘿!"叔叔诡谲地笑笑,说,"我早打听清楚啦,像我这样的坐到天边都不要钱。"

"不会吧。"

"我穿着鞋才一米挂零。不是说有章程,一米二以上的才买票么?"

我哭笑不得,但不得不佩服他的狡诈。看来他是早有准备的了。我问他:

"你还记得原来祠堂里那面鼓吗?"

"鼓?"叔叔一愣,说,"有哇,以前挂在祠堂里的,后来生产队又用它通知人们出工、开会、分粮食。那声音响得很,一高起来震得人心子发抖。"

"现在鼓在哪儿?"

"现在——"叔叔有些尴尬,"土地下放时没人要,我就偷偷拿回来了。后来县文化馆的人来搜集民歌,说他们演出需要一面大鼓就拿走了,给了我二十元钱。"

"爹临死前叮嘱我,要我把它找回来。"

"是得找回来,还得挂在祠堂里,有啥事我好敲敲它,召集族里的人。这钱嘛……"

"我有。"我说。

叔叔尴尬地笑笑,说:"那你明天就进城去跑一趟吧。"

20

进了县城我就去找中学时的同学屠家明,听说他在县委工作。

屠家明果然在县委宣传部上班,见了我他非常热情,忙不迭地让座沏茶,又发了些人世沧桑之类的感慨。寒暄一阵我就说明来意。

"好办好办。"他满有信心,微微一笑,"只要在我们县,又是文化单位就更好办。我们这个衙门的人走出去,还是有人买账的。"

我松了口气:"那就拜托你啦,因为这是家父的遗愿。"

"伯父过世啦?"他盯一眼我臂上的黑纱。

"已经过了头七了。"我说。

"哎呀,真是没想到。"他又叹惋一阵,像突然想起什么似的,拉开抽屉拿出一张照片问我,"这人是你家亲戚吗?"

"是我叔叔。"我一看又是那张给我也寄过的照片。"怎么啦?"我心里一紧。

"嗨,这人真有意思。"屠家明笑道,"我还不知道是你叔叔。他把他的照片满世界寄:国务院、国家民委、国家科委、最高法院……信上啥也不说,只画个箭头指着他的脸,旁边打个大大的问号。弄得大家很紧张了一阵子,省公安厅还专门派来个调查组。"

"他脑子有毛病。"我说。

"毛病?没有吧!后来费了好大劲才找到他,一问,原来他说他是蒙古族,要求改族别。他说他寄照片是让人家想想:为什么他的长相酷似成吉思汗?嘿嘿。这人。"

"他脑子真有毛病,不过改族的事……"

"解决啦。有关部门为此下了个批文,同意余姓的人都改为蒙古族。"

"还真有这回事?"我愕然。

"据县志办的人查阅古籍后说,这儿的确有一支蒙古人的后裔,至于是不是成吉思汗的后裔目前还没有确切的依据。不过你们余姓的人是蒙古族这一点已经确定了。县上对这件事相当重视哩。"

"为什么?"我蒙了。

"于国于民都有利嘛。"屠家明笑道,"你叔叔可以增补为政协委员,你们乡可以改成民族自治乡,县上嘛理所当然地成为老、边、少地区,就可以向上面要钱了嘛。"

"真是莫名其妙。"我听呆了。

下午上班时,屠家明带我去找文化馆长。馆长是个瘦小的中年人，一听说要鼓，馆长头摇得拨浪鼓似的。

"不行不行，那鼓眼下派着用场哩。"

屠家明笑道："你们这么大个单位还缺了这面鼓？"

馆长说："不是那个意思，你不知道，全靠这面鼓给全馆人挣回每月的奖金哩。你要走了鼓就等于从我们口里拖走了五斤猪肉。"

"有那么严重？"屠家明疑惑地问。

"真的。自从我们把这面鼓换到舞厅的爵士鼓架上以后，到我们这儿跳舞的人骤然增多，每天的票都卖完了。以前能卖出去三十张就算不错了。"馆长说。

"你说神了。"屠家明不屑地笑笑。

"屠干事你别笑，我这么大年龄还骗你不成？真是那样的。舞客们说只要那鼓一敲脚就痒，就想跳。那鼓声很奇特，像鞭子抽陀螺似的，抽得人不想停住，晕乎乎地舒坦。我那儿还有几封舞客们写来的感谢信，说跳舞治好了他们的关节炎、抑郁症……不信你到我办公室去看。"馆长很激动。

"我信我信。"屠家明友好地拍拍馆长的肩头说，"这样吧，这鼓再好也是人家祖传的东西，先还给人家。至于你们购制新鼓嘛，打个报告来，我到财政上替你们要。怎么样？"

馆长无话可说，沉吟了好一阵，无可奈何地叹口气说："谁叫是你屠干事来哩？只有忍痛割爱啦，老实说，别说国产的鼓，就是松下日立的鼓都赶不上它。"

"老胡你真逗。"屠家明哈哈大笑。

到家时天已擦黑，母亲已经睡下了。

　　我把鼓搬进我住的房间，点上一盏油灯，打量着这面神奇的鼓。鼓不太大，但很沉，土漆已经斑驳，但鼓桶的缝仍然丝丝入扣密不透风。鼓面光滑细腻，平平如展，中间部分由于长期敲击，有些泛白。其余的部分在灯下闪着象牙般的晕泽。

　　这面不起眼的鼓真有那么神奇么？我抚摸着光滑的鼓面，心里有些怀疑，于是产生了想敲敲这鼓的念头。

　　我到院子里的柴垛上抽出一根云秋棍子，用柴刀将它一断为二，稍微刮刮权当鼓槌。我回到房间，将鼓拖到跟前，用槌一击：

　　咚……一道低沉浑厚的响声从地心传来，震得脚指头麻酥酥地，紧接着，那妙不可言的振荡传到胸腔子里，引起一串共振，耳膜里嗡嗡地响……最后从天灵盖冲出去，飞向空中……

　　我被这奇特的声音迷住了，忍不住双槌齐下，一阵雨点似的敲击——

　　咚咚咚咚咚咚……

　　一串响雷在山谷间回荡……

　　一群骏马从草原上奔过……

　　千军万马在呐喊、在厮杀……

　　老实说，我听过不少的鼓声：欢快热烈的秧歌锣鼓，粗犷奔放的安塞腰鼓，缠绵悱恻的凤阳花鼓，还有疯狂激烈的爵士鼓……但从来没有听到过这样的鼓声，让人周身血液沸腾心跳如雷，让人止不住想跳想大声呼喊大声狂吼肆意发泄……

咚咚咚咚咚咚……

我着了迷似的狂敲。

砰！门被撞开了，一声凄厉的喊叫——

"别敲了！"

21

母亲站在门口，一脸恐怖，瘦弱的身子抖得像一片寒风中的枯叶。

"妈你怎么啦？"我大吃一惊。

母亲惊恐地盯着那面鼓，哆哆嗦嗦地说：

"腰子……你从哪……弄来的？"

"从县文化馆找回来的呀，这是我们家祠堂里的鼓，你不知道吗？"

"我晓得是祠堂里的……你把它弄出去吧。"母亲哀求地说，边说眼睛边瞟着那面鼓，像是看着一匹怪兽。

我走过去，揽住母亲颤抖的肩头，把她扶到火塘边坐下，拨旺了火，又给她倒了碗热茶。母亲的牙在碗上咯咯地磕碰着，喝了几口热茶，她惊魂未定地说：

"腰子你把它弄走，我害怕。"

"为什么？"我大惑不解。

母亲盯着橘红色的火苗，身子仍索索地抖。

"到底怎么回事呀！妈。"我着急地问。

"唉，作孽呀……"母亲长叹一声……

余家祠堂阴森恐怖，几蓬松明嘀嘀地燃着，吱吱地往下淌油。火光映得墙上巨大的黑影摇曳不定。

七八个面目阴沉的汉子盘腿坐在地上，用一只布满裂纹的土碗传递着喝酒。吱吱的咂酒声像是反反复复在石上磨一把利刀。

空气中弥漫着浓烈的酒味儿。

太爷爷靠在祖宗牌位下的梨木椅子上，面色灰白，气喘吁吁，喉咙里响着呲呲的痰音。

今天夜里他要把家族的权柄交给七八个汉子中的一个。他们都是余氏嫡传子孙。

"虎娃——"太爷爷喘喘地喊一声。

"孙子在。"父亲走上去垂手而立。

太爷爷闭上眼，蓄了半天气，睁开眼说："我怕也没几天了，你爹又死得早，你二叔又是那样……这族里的事只有交给你了。"

父亲怯怯地说："孙子年幼，怕担不起这个担子。"

太爷爷摆摆手："你是长孙，又刚成了亲，这个家应该由你顶着。拿酒来。"太爷爷喊一声。一个汉子拎来一瓦罐苞谷酒，斟满一碗递给太爷爷。太爷爷颤颤巍巍端起酒碗说：

"我余氏逃到这里已经六七百年了，传了几十代，到今天才有了这几百口人。这都是祖宗创下的家业。现在我把这几百口人托付给你了，你要对列祖列宗起誓，不能让一个人冻着饿着，把祖宗的骨血传下去。"

父亲接过酒碗，咚地跪下来，抽出裤刀在中指上一抹，鲜血答答地滴进酒碗，然后朝祖宗牌位磕了三个响头，眼含热泪：

"列祖列宗在上，有余擒龙在就有余氏人在……"说完端起酒碗一饮而尽。

太爷爷欣慰地点点头，说："我只有一件事丢不下心，就是你二叔，是个祸害。都怪我当初不遵祖训，娶了娼家女子。听说小畜生近来又入了洋教，我怕我闭了眼后他要闯乱子，坏我余氏名声，因此，在我闭眼前你要把他处置了……"

父亲一震，嗫嚅道："小辈不知该咋办？"

"照祖宗传下来的规矩办！"太爷爷脸一沉，猛烈地咳起来，脸憋得紫涨。

父亲忙上去给他捶着背，满脸大汗：

"可是，小的是晚辈呀……"

太爷爷好半天才缓过气，说："眼下你是一族之长了，为了我余氏的昌盛，千万不能坏了规矩。他明天就要回来了，在我闭眼前我要看着你把这件事办了，不然我死不瞑目。"

"是……"父亲汗如雨下。

第三天夜里，一轮惨白的月亮在浮云中穿行，山风幽幽咽咽，如泣如诉。七八个黑影朝坟山走去。他们去打墓坑。太爷爷从下午就进入了弥留状态，但一口气总落不下去。父亲说先把墓坑掘好，让太爷爷放心。

父亲同二爷爷走在一起。二爷爷昨天才赶着骡子回来。他对太爷爷的病重无所谓。"死了当睡着，都有这一天。"他淡淡地说。

路上，父亲一声不吭，脚下磕磕绊绊的。

二爷爷揶揄道："老大，才成亲就虚成这样啦？左脚碰右脚的。"

父亲嘟哝着："看屎不清路。"

二爷爷笑道："你又不是鸡蒙眼，来，二叔背你，这几天你乏了哩，嘻嘻。"二爷爷抓住父亲的双臂轻轻一抛，父亲就悠悠忽忽地骑到了二爷爷的脖子上。二爷爷边走边哼着曲。二爷爷硕大的脑袋顶着父亲的肚子，二爷爷的领窝里冲出一股浓烈的汗味儿……父亲的腿肚子抖起来。

"你冷呀？老大。"二爷爷问。

"不……二叔你入了洋教了？"

"屎，闹着玩的。老子不想在这鬼地方待了，华牧师答应送我盘缠。"

"你要到哪儿去？"父亲问。

"浪世面去。等我发了财我给你买杆新铳，长河镇马枪匠造的，再大的野牛一枪对穿过。"二爷爷很兴奋。

掘坑时，几个大汉子都不吭声，闷闷地挥着锄，沉闷的响声和金属磕出的火星在黑暗中传来。二爷爷一个人坐在上面休息，父亲说等有了大石头才请他来拱。

到下半夜时，墓坑有一人多深了。汉子们攀住坑沿爬上来，坑底有一块巨石。父亲说："二叔你下去把它弄上来吧。"父亲的声音有些抖。

二爷爷打个哈欠走到坑边一看，讥笑道："这卵样大个石头？老子一只手捂着卵子也要把它拿上来。"二爷爷紧紧腰带，咚地跳进坑里，双手搂住巨石，屈膝下蹲，嗨——地发一声喊，把那块千斤重的巨石举了起来。

就在这时，父亲突然喊一声："干！"几个汉子抬起早已准备好的一张门板砰地盖在坑上。

坑里一声闷响，紧接着是二爷爷愤怒的骂声："狗日的干甚哩？吃胀了么？"

众人没有理会他的骂声，手乱脚忙地抬起一块块巨石往门板上扔。二爷爷在下面拼命摇着门板，吼道："老大，你们开啥玩笑呀，黑咕隆咚的。"

父亲阴沉着脸吼道："快，快些！"汉子们一声不吭，飞快地搬着石块。

二爷爷在下面使劲一拱，门板移开一道缝隙。二爷爷伸出一只手抠住门板使劲摇晃，门板嚓嚓地响起来。

"糟尿了，狗日的劲大哩！"几个汉子一脸恐怖，慌张地盯着父亲。

二爷爷继续摇晃门板，门板一阵晃动，发出可怕的断裂声……

"老大——"几个汉子拔腿想跑。

站下！父亲大喝一声。父亲抽出插在腰上的斧头，满脸流汗，他看准那只骨骼粗大的手掌，举起利斧，眼一闭，使劲挥下去——

——二爷爷一声惨叫，那只巨大的手掌飞出老远，跌落在地上抓住一丛草，剧烈地痉挛……

父亲伏下身子哇哇地呕吐起来……

快天亮时，父亲背着那扇门板走进堂屋，咚地跪下来，呜咽道：

"爷爷，你交代的事办啦……"

太爷爷睁开眼，盯着门板上那张血糊糊的人皮，脸刷地白了，下巴上的胡须疯了似的抖起来。太爷爷眼一闭，两颗浑浊的泪从眼窝里挤出来，喃喃道：

"拿去蒙鼓，以戒后人……"

话没完哇地喷出一口鲜血，手脚一阵乱蹬，绝了气。

22

夕阳西沉时分，我来到了罗老师坟前。我来向他告别，明天一早我就要离开这里了。

罗老师的坟趴在向阳的西坡上，周围是一片碧绿如茵的丝绒草。当初，乡亲们说罗老师怪可怜的，让他躺在这儿暖和，太阳一出来就晒着，说他闲时还可以坐在丝绒草上拉二胡，还可以望着通往山外的小路。那年，罗老师就是背着背包拎着二胡从那条曲曲弯弯的小路爬上山来的。那条小路可以通到他的家乡，虽然至今没有一个人知道他的家乡在哪一方。

罗老师的坟头极其普通，造型同家乡无数的坟头一模一样，黑石头砌就的坟头高高翘起，极像是一头伏地昂首的雄狮，凝视着这片苍凉的大山。岁月流逝，坟头早已芳草萋萋，看上去，犹如狮子颈上的鬃毛。坟头前面有一个用片石围成的方坑，是供烧纸和祭奠的地方，坑里还残留着纸钱的黑灰。每年清明，村里人都要来给他烧几张纸，尽管许多人连罗老师的模样都很模糊了。

站在坟头这里，整个余家庄子尽收眼底。高高低低的石头碉房犹如一堆沉寂天空下的黑石头，眼睁睁地看着鱼子溪从它身旁淌过，欢快地远去。村子周围是一座座高耸入云的大山，山峰波涛般涌向远方，让人忍不住地猜想藏在大山后面极富诱惑力的故事。眼下正是夏季，山腰的原始森林丰厚苍翠，往上看颜色渐次淡下来，到山顶就是晶莹洁白终年不化的积雪。山峰犹如一群身披黛绿色战袍的武士，头上戴着银光闪烁的头盔。蓝天浩瀚无垠又深邃莫测。家乡独有的墨色岩鹰靠着上升的气流定在半空，不知是在思索还是在凝视。

我曾迷惑不解地问过罗老师：为什么山顶离太阳近一些反倒有雪？罗老师惊异地盯着我，半晌才轻轻叹了口气，用柔软的手摩挲着我的头顶说："孩子，你要走出这片大山，你就知道了……"可是，我想告诉长眠在这里的罗老师，我虽然听从他的教诲，走出了这片沉郁的大山，但我不明白的事反而更多了。这是为什么呢？

咚咚咚咚……

村里响起了惊心动魄的鼓声。我知道是叔叔在敲，他要召集人们到祠堂里去，宣布一件重大的事情。

昨天他到城里去了一趟，回来时兴奋不已，他说县长亲自接见了他，对他说县上准备把这里开辟成旅游区，因为这里有雪山有原始森林，更重要的是这里有一支成吉思汗的后裔，至今还保持着淳朴的古风，是目前最热门的旅游项目。

他叫叔叔回来召集村里人开会，换装改名，温习早已荒疏的祭祖跳神等活动，将来为旅游的人们表演……叔叔说这下余姓的人终于出头了。他对我说你也留下来吧，你见过大世面，帮我想想办法。我说我要走，他有些不高兴。他说你再走好远都是余家的人，你的血管里都流着祖先的血，你人出去了灵魂是走不出去的。

他说得我毛骨悚然。

血红的太阳终于被隆隆的鼓声震落，被黑沉沉的大山一口吞掉。周围的一切刹时暗了下来，冥冥中大山的呼吸日益沉重。

我最后望了一眼模糊下去的坟头，心里问一声：罗老师，我能走出这片大山吗？

回答我的只是一阵惊心动魄的鼓声。

1989年10月1日—25日一稿

11月30日改毕于泸定

三月的阳光

三月是个让人难以捉摸的季节。

在这个反复无常的季节里,我带着小三出门远行。

小三很沉。但我知道那坠手的分量来自那只粗糙的红砂石匣子。小三其实很轻,用秤称的话大概不会超过三斤。

小三其实也不小,倘若他尚健在的话,恐怕已近知天命的年纪。叫他小三是因为他一生中扮演过的最辉煌的角色,是革命现代川剧《沙家浜》中的刁小三。那出戏他演得十分投入,甚至有些喧宾夺主。导演曾反复纠正,但一上台他又依然故我。以至于导演用恨铁不成钢的语气点着他胸口说:"你这个刁小三呀……"从此大家都叫他小三,他的大号反而渐渐被人忘了。其实他大号很雅,叫范俊华。

小三是我们的朋友,按一种较为古典的说法就是"忘年交"朋友。那时我们十七八岁,小三已三十多了。小三之所以成为我们的朋友是因为他常常带我们看白戏,有段时间他在天棚上打追光,他就把我们从伙房的侧门带进去,爬上弯弯拐拐的楼梯,来到蛛网密布的天棚上。那里气味很不好闻，堂子里的热气蒸腾上来，有点像烫鸡的气味。但视线很好，舞台上的一切尽收眼底，既可以看到杨子荣在舞台翻跟斗，还能看到杨子荣在后台拧小常宝的脸蛋，这是坐在堂厢里绝对看不到的精彩场面。那种场面让我们体会到了生活的丰富多彩和博大精深。

我们喜欢小三的另一个重要原因，是他的好脾气。他永远都是笑眯眯的。在他面前，我们丝毫没有在其他成年人面前那种拘束。相反，他倒像是我们的小兄弟，我们吹牛聊天时，他从不插话，但却是个忠实的听众。谁讲他就笑眯眯地看着谁，还不时地点头，一副很认真的样子。面对这样的听众，任何口舌笨拙的人都会谈兴倍增。我们"拱猪"时，他就担任罚凉水的司仪，谁输了他就认真地量出一杯凉水。不多不少，人人平等。谁要是喝不下了，说小三你帮我喝，他就咕咕地喝了。每次打牌，他往往是喝得最多的人。

小三只有一个缺点：吝啬。打平伙时他很少出钱，但常常出力。只要把凑拢的钱交给他，一切就是他的事了：割肉打酒炒菜煮饭，一直到最后洗碗。因此我们都非常愿意原谅他这个缺点。何况他还有个需要赡养的瞎眼老母。

小三许多年前死于一次车祸。但他的死因至今还是个谜。

他的瞎眼老母还健在，据说已经八十多岁了，住在一个叫黑竹的小山村里。

街上人流如潮，熙熙攘攘。不知道从哪里一下子冒出这么多人，弄得每天都像节日一般热闹。好像每天都有不少的人不上班，悠闲地逛来逛去。

性急的少女已换上了裙装，约束了一冬的小腿白得耀眼，让人浮想联翩。不少人戴着巴拿马草帽和太阳镜。这与一则报上的消息有关。那则消息忠告人们少晒太阳，说今年太阳黑子活动强烈，会发生大规模磁爆。这种磁爆会影响人们的情绪，直接的后果是诱发癌症和引起犯罪率上升。这则消息刊登在《茶余饭后》报上，这是小城发行量最大的报纸。小城的人们不相信人是猴子变的，却相信报纸和广告。他们常常把一些直奔主题的广告挂在嘴上玩味不已：洁尔阴、脱尔毛、丰尔乳……

仿佛要为那则消息提供佐证，今年春节一过，城里连续发生了几起自杀事件。自杀的方式稀奇古怪，被一些富有幽默感的人说成是自选动作。于是巴拿马草帽和太阳镜的销量直线上升。满街都是草帽和太阳镜的广告。字体拙劣却富有人情味：为了您和家人的幸福，请用"别克"太阳镜。

据说最先自杀的是一个叫"职业杀手"的青年。他虽然叫杀手却从不杀人，只"杀"下了注的台球。据说他能左右开弓并且能打出"背枪"这样的高难动作。他能一枪扫完台面上所有的球，还能打出像足球一样漂亮的香蕉球。总之，他是城里的台球巨星，没有一个人是他的对手。他那精湛的球艺使他过着绅士一般优裕的生活。

但这个职业杀手却在大年初一的早晨，被一个神秘的漂亮女郎"杀翻了"。这个残酷的消息使所有崇拜他的青年沮丧万分。那个春节也因此而黯然失色。

三月的阳光照在身上，背热辣辣地刺痒，怀里却冷气袭人。小三的骨灰匣子冷得像冰。我得抱着这坨冰穿过小城,到长途汽车站,把小三送回到那个叫黑竹的小村。

因为小三的死与我有关。

如果不是小三生前所在的剧团要改行,小三肯定还躺在那间堆道具的破屋里。道具房里有一股腐朽的味道,裂了口的朝靴和秃了头的红缨枪遍地都是。靴筒里不时窜出一只老鼠,身体肥硕眼珠贼亮。小三的骨灰盒就躺在角落里。不知是哪个好心的人在骨灰盒上盖了件褪了色的戏装。大概是七品官的朝服,下摆的花纹是一圈圈的波浪,波浪中间有一轮光芒四射的太阳。

我去取小三那天,团长说他们要开舞厅。我说可以理解。在摇滚乐迪斯科充斥一切的今天,情调古典的旧戏注定日渐萧条。尽管剧团也排一些花花哨哨插科打诨的小段子来讨好观众,但还是回天无力,据说最惨的一场只卖出九张票,使得唱王宝钏的青衣悲从中来,假戏真做,在台上哭了个痛快,成为剧团有史以来最精彩的绝唱。

团长带我去取骨灰匣。一些工人在拆椅子安镭射灯。敲了半辈子川戏锣鼓的老头们在练爵士鼓。那些甩惯了水袖的青衣花旦们在练迪斯科。团长笑着说这是我们的优势,艺术是相通的。我说有道理,不过那鼓好像没敲在点子上面是捅在了腰眼里。团长认真听了听,说主要是还没找到感觉。

我揭开盖在上面的戏装,骨灰盒又冷又潮,沉甸甸的。挪开时,下面有层黑麻麻蠕动的虫子。

"我们都把这事忘了,卖道具时才发现还在这里。"团长有些歉然。

"其实我也忘了。"我安慰他。

"这事本来不该麻烦你的，可是想来想去想不出个法子，又不能丢在垃圾桶里，他又没有亲属了，所以……"

"他还有个八十岁的瞎眼老母。"我说。

"哦哦，是吗……"团长有些尴尬。

其实我也是不久前才听美琪说他母亲还活着。但不知美琪又是从哪里听来的。美琪说这件事时脸上有一种淡淡的伤感。当时我很感动。心想小三也值了，这世上到底还有个女人记得他。小三和美琪之间有过一段故事。一段时间，那个颇有黑色幽默风格的故事为我们消磨了不少乏味的时光。

我捧着小三走出大门时，团长追了上来，把一个纸包塞进我口袋，然后扶着我肩头边走边说："请把这一百元转交给他母亲吧，本来该多给一些，可是，唉唉……"他不说了。他唉唉的时候连拍我两下肩，仿佛余下的话就在这两拍之中，让我去领会。我腾出一只手同他握握："谢谢，我一定转交。"

他转身回去时，我发现这个当年演杨子荣的武生的背已经佝偻了。那时他英俊潇洒，能一气翻二十四个空心跟头，赢得满堂喝彩，看到这一点，我多少有点为小三庆幸。要是他能活到今天，还不知道萎成什么样子了。

除了打打追光，小三有时也跑跑龙套，举着回避肃静牌吼吼堂威。但这种时候很少。因为小三长相很滑稽，小小一张三角脸，鼻子上再涂一团白粉，脸就没了。他一站在台上下面观众就发笑，很不严肃。后来一次偶然的机会，他当上了帮腔。川戏的帮腔很有特色，在角色唱到关键时刻，突然接上去，高亢嘹亮，凄婉缠绵，起到深化剧情和揭示人物内心的作用，所以又叫高腔。

那回是上演革命现代移植川戏《列宁在十月》。帮腔队的领腔扁桃体化脓，撂了挑子。领腔相当于乐队里的首席小提琴，缺了领腔，帮腔队就群龙无首。导演急得想碰墙，转过身见小三在给打鼓的老头打扇，便没好气："扇什么扇？有这工夫还不帮一腔去。"小三嘿嘿笑笑，就站在了帮腔队里。

那出戏第一幕是斯大林到车站迎接流亡归来的列宁。两位领袖握手、拥抱。接着斯大林接过列宁的呢子大衣，做欣喜状，然后喝一段散板："手捧大衣心欢喜，叫一声弗拉基米尔——"

小三忙接上去："伊里呀……奇。"

斯大林又唱："起义的日子已确定，时间就定在——"

小三又接："十一月初呀……七。"

那一腔声如裂帛，响彻云霄，很出效果。下来后导演连连拍着他肩头："不错不错，你那根管管不错嘛。"导演把喉咙叫管管。小三很兴奋，连夜跑来告诉我们。我问他：

"你几时练过嗓子的？"

他忸怩一阵，说："我哪练过，只是小时候帮人家出丧时嚎丧，嚎一次一升米。"

尽管路过商店时我特意进去扯了一截色调温暖的红绸蒙在上面，我把小三带回家时妻子还是一脸恐怖，好像我抱回了一颗炸弹。

"你咋把它弄回来了？"

"他是小三呀。"

"我知道他是小三，可你为什么要把他弄回来？"妻子一脸愤怒。她一生气颧骨就发红，两片薄薄的嘴唇反而失去了血色。这跟她肝火过旺有关系。随着年龄的增加，她的肝火也越来越大。好像全世界人都跟她过不去似的，一肚子委屈。医生说也许是更年期的缘故。我说她才三十五岁。医生笑笑说也不一定，有早有迟，就像山坡上的草，有的黄得迟，有的黄得早。听他这么一说，我的心里顿时一片荒芜。

我只好把小三安顿到走廊里堆蜂窝煤的地方，用一只破纸箱把他罩上。这么干的时候，心里就生出悲凉。我想那些留下遗嘱把骨灰洒掉的人真是聪明到了极点。

一连几天妻子都没给过我好脸色。我想不通她为什么如此反感，那只是一抔骨灰呀，跟她每天从炉子里掏出的煤灰没有两样。这真有点不可思议。要是我死了她会不会也这样？想到这里，我的身子就不由自主地哆嗦起来。

大师兄常常向我抱怨他的婚姻。说当初真是瞎了眼，要是能重来一次他肯定怎么怎么。我说不一定，要是重来一次你照样一头栽进去，就像飞蛾扑火一样。他说不可能。那阵没有这方面的书卖，啥也不懂。我说你根本别信书上瞎说。人的婚姻就像一股没来由的旋头风，把人像沙粒一样刮到天上，落到哪就是哪。在这股旋头风里，你唯一能做的就只是随风而去。

我之所以这么说，是因为二十年前一股旋风把一个叫叶秀琳的女孩刮到了这里。那时她的身份是知识青年，后来成了我的妻子。那时我还是汽车队的一名引擎修理工,以穿劳动布工装为时髦,做着有朝一日能驾驶一辆汽车的梦。

奇怪的是,第一次见到我妻子时,心里涌起的不是情欲,而是一种类似母爱的东西。那时她和美琪依偎在一起,身后是一片收割后的田野。夕阳正缓缓西沉,猩红如血。她们就那样依偎着,显得那么弱小那么孤立无援。她们周围是几具年轻的尸体。如血的夕阳给几张年轻的脸庞抹上一层红光,显得生动无比。

汽车站如同一个巨大的蚁巢。人们进进出出,步履匆忙。多数是进城卖山货的农民和做生意的二道贩子。农民一眼就可以分辨出,他们紧捂着身上装钱的地方,目光警觉而卑微。贩子多数都戴着那种汉奸似的太阳镜。

"买副太阳镜吧,师傅,水晶石的。"一个小贩拦住我,手里扑克牌一样展示着一把太阳镜。

"不买。"我摇摇头。

"买一副吧,才几块钱。少喝一瓶酒,少抽一包烟,保你全家幸福又平安。"他紧跟着我,嘴里唱歌似的念了一串。

"像这样的破镜子我家已经有五副了,差一副就每人两副。"我说。

"那你就凑齐那一副吧。"

"除非不要钱。"

"嘿嘿,师傅你真会说,向你学习向你看齐。买太阳镜啰——"他吆喝着离开了我。

去黑竹的客车开始检票了。乘务员是个穿牛仔裙的年轻姑娘。她用装票钱的坤包在那些一哄而上的农民头上敲着："排队排队！没坐过车吗？一副苕相，把票拿在手上！"那些年纪足以当她父亲的农民立刻规规矩矩排成一排，脸上都露出讨好的笑容。

"牛仔裙"显然很满意自己制造出的气氛，她大大咧咧地撕着票，数牲口一样把人往车厢里赶。也许她太年轻了，她还不知道这些像土地一样卑微老实的农民，有时也会干出惊天动地的事情来。

现在看来，那场血斗也许和太阳黑子有关，只不过那时科学还不像现在这么发达。人们私下里都把那场血斗的原因归罪于知青们捣毁了东门外已有八百年历史的魁星楼。

那是刚刚割完稻子小麦还没播种的时候。知青们趁这个短暂的喘息时间开始互相拜访，他们身上积蓄了过多的疲劳和怨气，显得狂躁而乖戾。你来吃我，我去吃你。吃光了又一起去吃他。都吃光了便四处云游，走村过县，像一群群飞来飞去的蝗虫。

秀琳她们是林家场的知青。兔子不吃窝边草，她们一伙就云游到了石桥铺。

中午时分，四五个男知青骑士一般簇拥着两个女知青，在石桥铺窄窄的街上横着走。赶场的农民都侧身而过。一个叫秋三的见有个农民戴了顶黄军帽，就说："嗨，那人老子有点看不顺眼哩，他也配戴黄军帽么？"一个叫黄皮的接一句："看不惯就整嘛。"擦身过时，秋三就一把揭去了农民头上的黄军帽，露出一颗花花搭搭的癞头来。知青们笑得很开心。

农民急了，一手捂着头一手揪住秋三：

"还我帽子！"

秋三双手一摊："哪有你的裤子？"

农民愣了，果然不在他手里，急得团团寻着："我的帽子，我的帽子……"知青们笑得越发开心。农民突然看见自己的帽子原来夹在秋三的胯下，恼羞成怒，当胸就是一拳。

这一拳使早就手痒了的知青们找到了擦痒处，于是雨点般的拳头落到农民身上。很快那农民就瘫成了堆剔骨肉。秋三踩着他肚子：

"叫爷爷！"

秋三一用劲，一声"爷爷"和一串响屁同时从两处喷了出来。

"是帽子还是裤子？"

"裤……子。"

这时，一个在旁边看了很久的壮汉突然抽出扁担大吼一声："日你的妈哟欺人太甚！"

这登高一呼犹如一点火星溅进火药桶，霎时周围的农民抽出扁担齐声怒吼：

"打——"

形势很快就急转直下，知青们抱头鼠窜落荒而逃，农民们奋起直追。于是在那个秋天的田野上就出现了一幅极其壮观的画面：无数根被汗水浸透的扁担在太阳下闪闪发光，潮水般的呐喊在田野上滚动回荡……

那天我们有幸目睹了那个壮观的场面。我们到石桥铺抢修一辆抛锚车。当呐喊声消失后，空空荡荡的田野上只留下秋三他们几具年轻的尸体和两个紧紧搂抱在一起的少女。

夕阳正在缓缓西沉。

长途客车拥挤不堪，过道上都站满了人，车厢里弥漫着一股浓烈的体臭。不少人一上车就闭上眼打瞌睡，头一点一点地像鸡啄米。

"喂，把这个拿开。"一个满脸横肉的壮汉指着座位上的骨灰匣对我说。

"为什么？"

"人都没坐的它还占个位子？"

"它有票。"我说。

"嘿嘿，你哄我没赶过车是不？"

我把票拿出来让他看。他拿在手里翻来复去看了半天，脸上的肌肉迅速重新组合成一张笑脸："嘿嘿，硬是。让我抱它坐坐行不？"

"你得当心点。"

"哟，啥东西这么重。"

"骨灰匣。"

汉子像遭蛇咬一样跳开，手在衣襟上使劲擦擦，一脸尴尬地往前挤去。

我把头扭向窗外。

车窗外是一片青青的麦田。三月的阳光暖暖照着。一个放水的农民立在田坎上，双手拄着锄柄，仿佛在聆听麦苗嗖唛拔节的声音。一个少妇坐在田坎上喂奶，健康饱满的乳房在阳光下白皙如雪。

小三从不买票乘车，他到哪里去都是到我们车队来搭便车。他不坐驾驶室，即使空着也不坐。他说坐上面空气好不晕车。时间一长我们才知道，他是怕自己的烟劣拿不出手。他只吸一毛五分钱一包的"丰收"牌。那种烟司机只用来临时堵漏水的水箱。

小三说他要攒钱买一只上海表，全钢的，用来找对象，就像钓鱼的饵。他说这是剧团里的人告诉他的经验。我说你不如把钱拿来请我们喝酒，我们替你找一个。他想了一阵说："你们自己都还没有。"

小三那阵已三十多了。按说在女人成堆的剧团里，找个老婆是不太成问题的，但小三还是孑然一身。人长得不怎么样是一个因素，另外名声也不怎么好。

小三进剧团纯属偶然。他父亲是"宝元通"的轿夫，有次送一个客商下贵州，一去就没有回来。据说是被土匪抢了，扔进了乌江。他母亲为此哭瞎了双眼。小三几岁就在乡场上的茶馆里混，替人家跑腿打扇，得几个赏钱。有时也唱唱莲花落，供茶客们开心。

土改那年小三十五岁了，常常替工作组跑腿送信敲锣开会。土改一结束，工作队长见他老实勤快，就问他愿不愿意出去工作，他说愿意。工作队长就在身上摸出个空烟盒，反过来写了几个字，叫他进城去找一个叫赵满仓的人。赵满仓是工委书记，问他会干什么？他说会掺茶打扇。问他还会什么，他想了想说还会打莲花落。工委书记就说那就到川戏团去吧。

那时剧团常常下乡演出，配合中心工作。夜里男男女女都睡戏台。小三年纪小，就睡在中间做分界线。女演员们都娇气，夜里解手都要叫上小三打伴。时间一长，剧团的男演员们就逗小三："俊华你夜里跟她们去看见啥了？"

"啥也没看见。"小三说。

"真的没看见？"

小三急了："真的啥也没看见，只听见唰唰唰的……"

男演员捧腹大笑。见了女演员就怪腔怪调地说："唰唰唰、唰唰唰。"女演员们莫名其妙，后来知道是什么意思了，就涨红了脸，大骂小三不是东西。

后来，老的一批女演员结婚生孩子了，剧团又招了一批学员。女学员一来老的就打招呼："注意那个范俊华，是个怪物。"又不说怎么个怪法。于是女学员见了小三就绕道走。

再后来，全城都知道川戏团有个怪物，夜里趴女厕所看人家屙尿。

其实小三在女人面前胆子极小，虽然他做梦都想要一个女人。

那个血斗之后的傍晚，我们把两个神色呆滞的女知青带回了车队。她们在车厢上还是那样紧紧依偎着，互相搂着腰，一声不吭，好像还没从梦中醒过来。到了车队，把她俩安顿在我的寝室里。她们还是那样一言不发，木呆呆地坐在床沿。直到几个师娘扑进来一把搂着她们时，两人才哇地哭出声来。

师娘们边抹泪边拍着她俩的背:"哭吧女子,哭出来就好了……"看得我们心里酸酸的不是味道。

她们整整哭了好几个小时,又昏昏沉沉地睡了一天一夜,第三天起了床,第一件事就是去锅炉房拎了几桶热水,拉上窗帘洗澡。她们洗了很久,出来时穿着我和大师兄的工作服,湿漉漉的头发用手绢束在脑后,一下子就像老了几岁。

又过了几天,她们才恢复元气。我们才知道矮的那个叫叶秀琳,高的那个叫况美琪。美琪很瘦,脖子细细的,下巴尖尖的,不爱说话,大大的眼睛里总是流露出忧郁。相比之下秀琳要活跃得多。她很爱笑,一笑脸上就显出两个深深的酒窝。她也爱唱歌,唱知青们编的那种歌。那些歌很好听,我们就跟着学。修车时就不停地唱,唱得搞引擎的师傅叶老保半天合不好一道轴瓦,气得把刮刀一扔:"唱个屁呀唱,尽唱些悲惨歌,让人心里不好受。"我们就唱知哥知妹情意深,好像白菜裹得紧……叶老保扑哧笑出声来:"狗日的,小公鸡们开叫了哩……"

那些天的确很快活,每天上班都有经久不衰的话题。当然都是围绕秀琳和美琪的,就连她们晾在铁丝上的衣物都要议论一番。

下了班后,师兄们就忙着收拾自己:梳头刷皮鞋,把黄军帽折出棱角。连大师兄也要用茶缸子在裤子上烫出两道笔直的线。弄完了都端上茶缸子到她们那里去要开水,一坐下屁股就生了根。秀琳会用扑克牌算命。有一次算到我时,她惊讶地说:"你要走桃花运了哩。"说得我心里一阵狂跳。

一个月后我才明白，女人远比男人聪明。

那段时间，也有不少知青来看望她们，碰上就吃饭，走不了就打挤睡。我们那里几乎成了接待站。还不到月底，大师兄悄悄对我说：

"咋办？饭票没有了。"

"拿几片废钢板出去卖吧。"我说。废钢板钢火好，农民都喜欢用来打刀。

"远水救不了近火。下午这顿就没着了。"

我想了一阵说："干脆我们去敲小三一顿饭怎样？"

"小三？铁公鸡一个。"大师兄摇摇头。

"我有办法让他心甘情愿地办顿招待。"我说。

吃过午饭我就到剧团去，小三在睡午觉。我把他叫起来："你想不想要朋友？"

他打个哈欠，眼角挤出泪水："你又来拿老哥子开心了。"

我说："人家好心好意为你好，你还说拿你开心。你不愿那我就走了。"

他一把拉住我："我又没说过不愿意。是哪儿的嘛？"

我说："你晓得林家场两个女知青嘛。她们一直住在队上。出了那件事后她们也不想在林家场待下去了，要在城里找个对象。"

"哦，是知青呀。知青怎么会看得起我？"他有些失望。

"也不一定。你又不是老得来起冬瓜灰，才三十几嘛。那天我们无意中谈起你，其中一个好像很感兴趣哩。"

177

"真的？你们说了我些啥子？"他眼一亮。

"我们说你老实，勤快，又存了不少钱。"

"是么？唉，可惜我买表的钱还没攒够。"他有些惋惜地说。

"人家又不贪图你手表，主要看人老不老实，靠不靠得住。"

"那是那是。我这个人你们是晓得的，奸奸猾猾的事干不来，就是岁数大点。"

"说了半天你到底同不同意见见面嘛？"

"愿意，当然愿意。"

"那好，我下午就带她们来。你把屋子也收拾一下，免得进来就闻到一股脚臭。"

"就是就是。"他立即动手收拾。

吃晚饭前我们一伙就到了剧团。一进门，小三的脸就红到了脖子根："吃瓜子吃瓜子。"倒开水时水从杯口溢了出来，险些烫了手。

我给两个女知青介绍："这是范大哥。"

秀琳盯了他一眼，笑道："认识的，你不就是《智取威虎山》里演匪兵甲的吗？"

小三说："是的是的，你还记得呀。这几天又在排一出新戏。我演里头的一个破坏分子。"

秀琳咯咯地笑道："肯定演得像嘛。"

我赶紧把话岔开："范大哥这人很讲义气，你们以后有什么事找他就是了。"

小三忙说："以后想看戏就来找我，我带你们到天棚上去看。"

又说笑一阵,我们见他们伙食团敲钟了,就对小三使个眼色。小三跟在我身后出了房门。

"怎么样?"我问他。

"你说的究竟是哪一个嘛。"

"就是高的那个。"

"哦,高的那个好,高的那个老老实实的。"他脸上露出喜色。

"好就让人家干坐着么?都啥时候了。"

"哦哦。"他一拍脑袋,"我去打饭。"

"你这个人,头回见面就用水煮萝卜招待人家呀!"我说。

"那你说咋办?"

"拿钱到街上去买。"我说,"你把钱拿来我去办。"

"你们也在这儿吃吗?"他问。

"都这时候了不在这儿吃到哪儿去吃?"

他取下头上那顶片刻不离的黄军帽,从防汗圈的夹缝里取出一张十元的钞票:"我没有零的,只有这张整的了。"

我说:"你拿来,剩下的我找给你。"

我把大师兄叫上,到街上买了一盆回锅肉和一大盆饭,还剩五分钱给两个女知青买了几个水果糖。

回锅肉很过瘾,也许是队上的伙食太清淡了,连两个女知青都大片大片地夹肥肉。小三吃得很少,他只顾用眼光瞟美琪。等他下筷子时,盆里已见了底。

吃过饭,我们打着饱嗝告辞了。小三送了我们好远。大

师兄叫他回去,他说再走走再走走。我知道他的心思,就落下几步对他说:

"看来你这方是没啥了,但还不知道她今天看了人后怎么样。等几天我再给你回话吧。"

"嗯。"他点点头。

走出好远,我回过头去,他还站在路灯下,瘦小的身影像个还未成年的孩子。

客车发出一阵剧烈的喘息后停下了。司机骂骂咧咧地掀开引擎盖检查毛病。

车上大多数人都睡着了。有的龇牙咧嘴,有的嘴角上悬着涎丝,欲坠未坠。人的睡相是丑陋的,但却是真实的。当然恐怕谁也不喜欢这种丑陋的真实吧?

司机跳下车去,在路边的沟里挖了一捧稀泥。我知道这是油泵发热了,他要用稀泥降温。国产车都这样。看来短时间走不了,我便跳下车去透气。

前面的公路转过一座小山包就倏然消失,让人涌出想过去瞧瞧的冲动。虽然明知道转过小山包路又会出现在眼前。路就这样,一头系着跋涉的艰辛,一头系着神秘莫测的玄想。

小三就死在这条路上。确切的地点谁也记不清了,连他的死恐怕也会成为不解之谜了。但谁也不会有兴趣来解这个谜。小三太一般了,像他这样的人就像坡上的野草,一抓一大把。尽管他短暂的生命中也曾有过那么辉煌的一刹那……

那段时间，小三天天都朝车队跑。黄军帽抻得有棱有角，中山装的领口扣得严严实实，下巴上东一道西一道钝剃刀刮出的口子。师兄们都知道了我导演的这出恶作剧，七嘴八舌为这出剧增添效果。

"小三，来段高腔。美琪她们最爱听。"

"是么？唱段啥子？"小三问。

"来段尼姑思凡吧。"

"咋敢唱那个。"小三瞟着美琪。

"不要紧的，小声点就是。"两个女知青笑哈哈地鼓励他。

"好吧，把门关上。"小三清清嗓子开始唱，"小尼姑坐庙堂春心动荡，见门外花红柳绿一片春光——"

一片春光呐——我们齐声帮腔。

小三翘着兰花指，软着腰肢学小尼姑走急急风。我们用嘴替他敲川戏锣鼓：

"汤——钵钵菜——钵钵汤——钵钵菜——钵钵……"

两个女知青笑得前仰后合。

每天晚上他都要让我们开心一阵子。但每回他要走时给我做眼色我都装没看见。他一直找不到机会问那件事。直到美琪她们回乡下的前一天晚上。

那场血斗不了了之。参加斗殴的农民成百上千，事端又是知青挑起的，再说那几年知青的成分也不怎么硬。县知青办出钱把几个死者安葬后这些事就算了结了。美琪她们也要回乡下去了。因为听说不久要招工了得回去挣挣表现。她们走的头天晚上，我们一直玩到深夜，小三走不了就跟我挤一床。他用脚蹬蹬我：

"那件事你问了没有？"

"哪件事呀？"我装着糊涂。

"就是那件事呀，她怎么说？"

"哦哦，你看我这记性。我问过她了。她说她倒没什么……"

"真的？"他呼地坐起来，眼睛在这黑暗中闪闪发亮。

"不过她说还得写信回去征求一下家里的意见。只要家里同意……"

"哦。"他倒下去不吭声了。

美琪她们走后，小三还是经常来，每次来都要拎一些吃的东西，让我找司机给她们捎去。等到只有我一人时，他就紧张地问："来信没有？"我说没有。他就如释重负地松一口气，又充满希望地走了。他一走，那些吃的东西就被我们分享了。

有一次，他甚至提来一个竹壳子暖水瓶："这里面装的是鸡汤。我买了一只乌骨鸡。他们说乌骨鸡熬汤补人哩。"

我哭笑不得，意识到这幕闹剧该收场了，就叹口气说："算了吧。她已经带信来了，说她家里的人叫她不忙考虑这件事，等招了工再说，怕这件事影响她的前途。"

"哦，当然招工要紧……"他并没显出有多么失望，好像预先就知道了会是这个结果。他木讷地愣了一阵，叹口气："还是把鸡汤捎去吧，她太瘦了。"

那一刹那，我有些后悔这个玩笑开得太过火了。"好吧，我一定找人捎去。"我说。

但鸡汤最后还是被我们喝了,因为没有一个司机肯捎这种汤汤水水的东西。

车修好了。司机按按喇叭。四下活动筋骨的人们又陆续回到了车上。

客车继续行驶。

"林家场下车的挤出来。"

"牛仔裙"懒洋洋地喊一句,头也不抬,反复打量着涂满蔻丹的手指。几个要下车的农民慌慌张张地收拾着行李。

我把手伸出去。林家场是那种千篇一律的小村庄。低矮的农舍畏畏缩缩挤在一起。只有学校那几幢砖房显得与众不同,像是那个荒唐年代留下的一个标本。美琪就在那里教书。当知青们大批返城的时候,她已经做了一个农民的妻子。

据说学校那几幢房子的砖瓦就是美琪的丈夫捐助的。这事在城里一时传为美谈,被说成是富了不忘国家的典型。我妻子却不以为然:"钱多了烧得慌,捐一座金山也是农民。"

妻子和美琪已陌如路人。开头几年,美琪进城还常来坐坐。后来妻子有了脸色,她就很少登门了。为这事我说过妻子:"咋能这样?好歹你们一起同过患难。"妻子蛮有道理:"美琪来我欢迎,可是每回来都是亲戚老表一大帮,农村里的人是好缠的么?"

我顿时哑口无言。

许多年来我都为那件事困惑不堪:要是当初我不认识一

个叫石金贵的农民,就不会有那次荒唐的相亲,就不会有那段错误的婚姻,小三也不会死于非命,美琪也不会嫁给农民……总之,一切阴差阳错。而这条错误的链条最初的一环,就是我认识了那个叫石金贵的农民。

其实我同石金贵也只是一面之交。那年他来队上找车,给生产队拉氨水。人生地不熟,调度天天都说没车。他没事干就来看我们修车,帮递递工具抬抬大件,我看他老实,就帮他找了一辆车。他感激不尽,临走时一再说:"师傅以后需要啥尽管说。"大师兄笑道:"他需要个婆娘。""真的?"他问我。"真的,不过要漂亮的。"我说。

没想到他把这句笑话当了真。

秀琳她们走后不久,他风风火火赶来了,进门就说:"刘师傅,那件事办成了。"

"啥事呀?"我有些摸不着头脑。

"婆娘呀。你不是想找个婆娘吗?我给你物色到一个。"他得意地说。

我有些好笑:"漂亮不嘛?"

"漂亮得很,腰杆细细的,眼睛大大的,手又巧,做的鞋子比卖的还巴适。"

"哎呀,可惜了可惜了。"我无限惋惜地说,"你早又不来说,我已经有对象了。"

他像挨了一棒似的傻了:"你有了?那咋办……那咋办……"

"什么咋办?"

"唉,我给人家说定了的,今天见面呀,你说这咋办嘛。"他双手一摊,脸上沁出了密密麻麻的汗珠子。

"你说人不在就是了嘛。"

"我都替你应下了。她家三亲六眷都来了,你不去我咋交代嘛。"

我一愣:"你也是吃饭都不长的人了,做事咋这么荒唐,又不是买只鸡,你怎么就替我应下了?"

他嘴张了张,一句话也说不出,呆坐在那里。过了一阵,他又可怜巴巴地央求我:

"刘师傅,麻烦你走一趟嘛,就算给我个面子。去看一眼也算,答不答应由你。"

"不去不去,去了尴尬得很。"我一口拒绝。

"你不去我就完屎了。"他打着哭腔。

"为啥?你是不是得了人家好处?"

我又好气又好笑,看他那样子又有点可怜,想了一阵就说:"这样吧,我有个朋友,也还没结婚,就是岁数大点,能不能叫他去?"

他眼一亮:"在哪儿?是干啥的?"

"川戏团的。"

他想了一阵,无可奈何地说:"好吧,也只好这样了。"

小三一听这事也很突然:"现在就去?"

"去看看吧,能成就成。"我说。

"就这样去吗?"他声音有些抖。

"换件衣裳吧,再带点钱,走街上过时买两瓶酒带上。"

他手忙脚乱地换衣裳，又探头在床下寻皮鞋……我心里突然有些不忍，但一想说不定这次也是个机会。我把他拉到一旁："到了那里自己拿主意。不行千万不要勉强。"

"嗯嗯。"他乱点着头。

第三天下午小三才回来。

"搞成啦？"我问。

"嗯。"小三笑笑。

我松了口气："你硬是交桃花运了呢，马到成功。难怪人家背地里叫你马跃。找了个漂亮老婆？"

"不是那一家。"小三说。

我愣了："怎么又钻出另一家来了？"

"我也不知道，只知道她爹是队长。"

小三说那天他跟石金贵坐车到了女方家，一屋子都是人。石金贵对一个五十多岁的汉子说："来了。"那汉子就站起来招呼他们坐下，递烟倒茶，小三也把礼物送过去，汉子客气一阵接下了。一屋子人眼鼓鼓地打量着小三。那汉子问了小三的职业岁数，小三一一作答，之后就没话了，气氛有点沉闷。过了一阵，屋里的人阴一个阳一个走光了。汉子脸色有些难看，说金贵你来一下有几句话给你说。石金贵就随他进里间去了。两人嘀咕了一阵，石金贵红着脸出来了，招呼小三："我们走吧。"小三就跟着他出来了。

走出门，石金贵骂道："狗日的老杂毛，他说你是结过婚的……呔！"

小三说："麻烦你了，我这就搭个车回去了。"

石金贵有点难堪，说："来都来了，到我家吃点饭再走嘛。"到了石金贵家，石金贵叫他女人煮点红苕稀饭，又对小三说："你就在这儿喝点开水，我出去一趟。"

稀饭都端上桌了，石金贵才兴冲冲地回来："快吃快吃吃了到夏家去。"

"去干啥？"小三问。

"相亲呀，那家女子还是不孬。"

"不去了不去了。"小三忙说。

"咦，哪有这样空起一双手就回去的？不给你说定一个我心头过不去。你是刘师傅的朋友也就是我的朋友，刘师傅关照过我的。"

吃过饭小三只得又跟他去了。

第二家的当家人是个老者，很客气，称小三为范老师。小三刚要解释，石金贵在桌子下直踩他的脚，他就没吭声了。石金贵就说范老师本事大得很，城里头好多女子追他他都不干，他嫌城里女子好吃懒做……范老师又节约，这些年存了不少钱……他说这些的时候，小三发现他对面的厢房里躲了个人在打量他。那间厢房很黑，他看不清楚人。过了一阵，老者走进厢房，等他出来时已是满脸笑容：

"今天不走了，快去割两斤肉。"

石金贵撞撞他悄声说："搞成了。"

小三说他没想到这么容易就成了，心头反而有些空落落的。

吃饭时，又来了几个客人，男女都有。老者一一介绍：这是舅舅，这是表叔，这是二姑姑……小三一一招呼过。老者笑道:"请呀,莫客气,以后就是一家人了嘛……"

第二天又留小三玩了一天。

"你见到女的没有?"

"看到一眼,吃饭的时候。"

"人怎样嘛?"

"没说过话。石金贵说很能干,手又巧,做的鞋比公司卖的还巴适。还说她今年才二十岁,还有点文化,算得清工分。我约她星期天进城来玩,你们来看嘛。"

我没吭声,心里隐隐觉得这事情哪里有些不对劲。

客车在肖家湾下了许多人,又上了许多人,仍然是满满一车。

小三的女人就是这儿的人。我还是那年吃喜酒来过,多年不见,这儿已变得面目全非了。公路两旁立满了仓促盖起的砖混楼房,门口都立着大大的招牌:停车食宿。这里有一条公路通往林区,拉木料的汽车川流不息。每家饭店门口都站着一两个浓妆艳抹的年轻女子,才三月间就穿上了那种很薄很透的衣裙,曲线毕现。据说这些都是招牌女,很受司机们欢迎,因而肖家湾这个最穷的地方一跃而成全县首富。

小三的女人不知在干什么?不过肯定不会在"招牌女"之列。如果她还健在的话,也到了当老板娘的年纪了。但我始终忘不了她那双滴溜溜转的眼珠……

那个星期天,我约上大师兄到川戏团去,去时小三的对象已经到了。

小三忙介绍:"这是夏大秀,这是刘伟,这是辛明,是车队的，我的好朋友。"

那女子莞尔："以后找车要麻烦二位师傅了。"

"那还用说。"我说。

坐下来细心一瞧，似乎老相了些，远不止二十岁。一张寡骨脸，颧骨很高，嘴唇薄菲菲的。说不上漂亮，但也不难看。两只眼睛很有精神，滴溜溜转。

刚说了几句话，剧团的人就不断进来打岔："小三要点开水。""小三要点鞋油。"嘴里说着眼睛却在夏大秀身上溜，脸上都挂着暧昧的笑。我怕这些活宝没完没了地纠缠，就说："干脆到街上走走吧，大秀也难得进城来一趟。"

夏大秀对逛商店很感兴趣，这家出来那家进去，看得又仔细，一步一步地挪。在卖布的柜台前，她摩挲着黑灯芯绒不忍离去："这布好厚实。给老年人做衣裳最合适了，又经脏又经磨。我们乡下看不到这种布……"

小三说："可能要布票吧？"

她说："布票不稀罕，我身上就有好几丈，就是揣的钱不够……算了，走吧。"

"那就扯嘛。"小三揭下帽子取钱。

"你钱咋放在那儿？"夏大秀埋怨他。

"这儿才保险。"小三笑道。

逛了几条街，夏大秀手里已抱不下了，额头上满是汗珠。我说时间不早了我们吃饭去吧。到了饭馆门口我正要掏钱，小三一把攥住我的手腕："今天该我请客。买啥子菜你们说。"

夏大秀瞅瞅菜牌子，说："尽是些油垮垮的菜，我想吃碗面。"

小三看看我们，有些为难。

我说："那就吃面吧。"

进了面馆，我们三个找位子坐下，小三去买牌子，夏大秀对他说："买素面，不要买馅子面。"转过身她又悄悄对我们说："馅子面的馅子是卖剩的肉剁的。"

"噢。你知道？"大师兄问。

"我们那儿的馆子里都这么干。"

"太缺德了。"大师兄说。

下午送走了夏大秀，小三问我们：

"你们觉得怎样？"

"我觉得过于精明了，你又那么老实，今后肯定不是她的下饭菜。你说呢？"我问大师兄。

大师兄说："那些我倒不觉得，只是感到她那张寡骨脸有一股晦气。"

"那咋办呢……"小三有些沮丧。

我们商量一阵，决定让他先稳住，也不要过于加温，再看段时间。要是这段时间有更合适的，那件事就算了。

小三想了半天，说："好吧，我听你们的。"

没过几天，事情突然有了转机，秀琳到队上来了。美琪却没来。

"来找你们帮个忙。"她刚坐下来就说。

"没问题，有啥尽管说。"我说。

"帮美琪介绍个对象。"

"这事好办，师兄们都是光棍，要人才有人才，要身体有身体,你看中哪个选哪个。"我笑道。

她也笑了:"你们这些油嘴滑舌的她一个都瞧不上。她心里已经有人了,只是请你们去说说。"

"是谁?"

"小三。"

"小三?"我以为听错了。

"就是剧团那个小三嘛。美琪说他老实。"

一刹间,我还真有点嫉妒小三,这小子真有桃花运。不知美琪怎么看上他了……

"就是岁数大了点。"我说。

"岁数大些靠得住,知道心疼人。你没听人家说吗,嫁给老猴子过些好日子,嫁给小猴子挨些好坨子。"

"你这再教育受得不错嘛。"我笑道。

"不开玩笑了。这忙你们到底帮不帮?"

"这忙不帮都成。小三正急着找个对象哩。你叫美琪星期天来一趟吧,我让他们见见面,准保一说就成。不过……美琪她为啥要这么急着找呢?"

"唉。"秀琳叹口气,"说来话长。美琪命苦,父母早亡,自小跟着哥嫂过。下乡后她哥每月给她寄五元钱。嫂嫂很凶,为这事常和她哥打架,还闹离婚。美琪可怜她哥,想找个依靠。人老点丑点无所谓,只要待她好。"

她一走我就去找小三,把这个好消息告诉他。小三正在捆道具,说明天要下乡巡回演出。听我一说,他像个傻子似的愣了,半天不说话,手里的绳子索索地抖……

"高兴疯啦?"我碰碰他。

"可我这又要下乡……"

"那不要紧,我已经给秀琳说定了,她下星期进城来,到时你请天假赶回来就是。这回有没有你的戏?"

他摇摇头:"还是管道具,打杂。"

"那不正好。下星期天一定要赶回来呀。"我反复叮咛他。

"误不了。"他说。

到了约定的日子,美琪一早就来了。一个多月不见,美琪更瘦了,眼圈发青,脸色十分憔悴。

"你也别太顾工分了,身体要紧。看你瘦成这样了。"我说。

"哪里,病了几天。"她笑笑。

"秀琳怎么没陪你来?"

"我们俩反正只能走一个,喂了口猪。"

"小三可能要下午才能赶回来,他们下乡巡回演出去了。"我告诉她。

"不急。"她说。

结果太阳快落山了小三都没来。美琪有些失望,她急着要赶回去。

"这小三,也许是没请准假吧?"我说。

"没关系。我早估计到会是这样……"美琪笑了笑,笑得很凄凉。

"为什么?"我听她话里有话。

"那天秀琳没给你说过?"

"说什么?"

"那件事……"

"哪件事……"我摇摇头。

她低下头,过了半天才抬起来,抬起头来时已是泪水盈眶:"我已经有了……"

"哦?"我一震,"谁的?"

"秋三……"

我想起了几个月前夕阳下的那片田野。

"该把它处理了。"我说。

她摇摇头:"那样他就一无所有了。"

我心里沉甸甸的,一句安慰她的话也想不出,只好默默陪她到车站赶车。临上车前,她从身上摸出封信来:

"差点把这事忘了。秀琳给你的。"

那是我和秀琳之间的第一封信。内容已经忘了。只有两句话还记得:海内存知己,天涯若比邻。那时的语言既丰富又贫乏。

半个月后小三才回来。我问他:

"那天你怎么失约?"

他叹了口气,说:"那天恰好巡回到肖家湾。我想这件事迟早得跟她说,我就对她说了。她说你要反悔我就上吊。全村都知道我找了个城头的干部,我脸往哪儿搁?后来,她又闹到了团里。团长说我这是流氓行为,说如果那样就要处分我……"

"唉,不回来也好……"我就把美琪发生的事告诉了他。

他听后怔住了,半天没说话。

不久他就和夏大秀结了婚。结婚后，我们的交往就渐渐少了。

黑竹终于到了。

我活动一下坐得酸胀的腰腿，抱着骨灰匣下了车。下去后才知道这儿只是个招呼站。黑竹村离这儿还有好几里路。正犯愁时，那个同车来的壮汉背个大背篓走了过来：

"你要到黑竹？"

"是的。"我点点头。

"跟我走吧。我也到黑竹。"

路上他问我："你到黑竹哪家去？"

我说："范俊华家。"

"你抱的就是他的骨灰么？"他瞥着我怀里的骨灰匣子问。

"嗯，是他的。我把他送回去。"

"拿来，放在背篓里，你那样抱起好吃力。"

"太谢谢了。"想起车上的一幕我有些不好意思。"你认识他？"我问。

"我们两个是老庚，从小一起玩的。那阵我们下田捉黄鳝，他胆小，只敢给我照火把。"

"噢，他母亲还好吗？"

"那老太婆真活得，牙都掉光了，今年又长出两颗大牙来，你说怪不怪？唉，也多亏了俊华他婆娘，每年都要来看一转，住几天。"

"你说是夏大秀？"

"名字我不晓得，每年来都把小三的娃娃带回来。那娃才乖哟，哪像俊华瘦得像根干豇豆。"

我脸有些发烫。夏大秀的形象一下子变了，能像这样也实在不容易了。人哪，真是一眼望不穿。

"人没屁意思。"壮汉摇摇头，"你看，死了那么大点匣匣就装完了。那年他出去工作时，工作队也叫过我去，我舍不得我妈就没屁去。要是去了怕也死在外头了。"

"那也不一定，他是意外车祸死的。"

"他们说是遇鬼了。说是被他爹的游魂抓去了。他爹当年就死在外头，连尸骨都没找到。"他神秘地说。

"那就不知道了。"

"他身子太弱了。他死那年我在城头碰到过他一回，脸煞白，戴顶黄帽子。"

他竟记得那么清楚。我有些感动。

我最后一次见到小三是那年冬天的一个黄昏。我从一个朋友家出来骑车回车队，见一个人蹲在公路边上，到跟前一看是小三。我捏了车闸问："你在这儿干啥？"

"拦个车回去。"他说。

"你也不要跑得太勤了，看你瘦得魂都没有了。"我说。小三结婚后，每月发工资那天他女人就到剧团来，给小三留下十五元伙食费其余的全拿走，还要叫他每个星期天回去帮挣工分。小三把烟都戒了。

"有点事……"他有些不好意思。

我把车支在路旁，想帮他拦辆车。好歹我是汽车行道的，认识的司机比他多。但一连过了好几辆车都不认识。眼看天就要黑了，我说今天太晚了，干脆你明天一早到队上来，我帮你找辆车。

他说："你有事先忙去吧，我再等等。"

"好吧。"我见他执意要等车，以为他真有急事，就说："走不了明天到队上来。"我刚跨了几步，他又把我叫住。我用脚尖点着地问："还有啥事吗？"

他脸刷地红了："身上带钱没有？"

"要多少？"

"五元。"

"拿十元去吧。"

"不，五元就够了。"他接过钱，小心地塞进军帽防汗圈的夹缝里，"发工资我就还你。"

"还个啥。"我挥挥手，蹬车一溜烟跑了。

直到今天，我还为那天的事懊悔。当时我该坚决拦住他就好了，后面的悲剧也就不会发生了。可那天我却慌着回去看电影。

据说我刚走几分钟他就拦到了一辆车。确切地说，是拦到了一辆将他载向死亡之车。

"俊华他究竟是咋死的？"

当我们坐在路边歇气时，壮汉问我。我说我也是后来听人家说的……

司机苏天龙说那天合该出事。下午他装氨水到红旗公社，十公里之内连爆了两次轮胎，出城时天已快黑了。这时路边有个人挥手拦车，他一看这人有些面熟，经常到车队来，就刹了一脚，伸出头去说：

"下面坐满了。"

小三说："我坐上头行不？"

苏天龙说："上头冷得很。"

小三说："没关系，我搞惯了的。"

苏天龙就让他上了车。当时车厢上还搭了个女的，是红旗公社的人，进城看了病回去。拉氨水的车厢中间放置了一个装氨水的扁圆形铁罐，两边空出的间隙恰好能站一个人。小三和那女人就一人站一边，中间隔着氨水罐。

快到林家场时，天已黑尽了。苏天龙正加足油门疯跑，忽然有人在上面呼呼地敲驾驶室的顶棚。他以为有谁要下来，就停下了车。

"师傅师傅。"那个女的很惊慌地问他，"你刚才是不是还搭了个男的？"

"是搭了一个，你看见的嘛。"苏天龙说。

"他不见了。"

苏天龙拉开车门撑上去一看，小三果然不见了，只有那个女的一人。

"他多久不见的？"苏天龙问那个女的。

"我也不清楚。上车时他蹲在那边，还要我也蹲下来，说对着站风大得很。我蹲下来打了阵瞌睡，睁开眼时他就不见了。"

"你没看见他跳过车吧？"

"没看见。"

"怪事。"苏天龙想，从城关到这儿三十多公里，一直都是平路，车速都在五六十码左右。这么快的车速他不可能跳车，除非是找死……他想这事有些蹊跷，就原地调了个头开回去找。

苏天龙开着大灯慢慢地行驶，叫搭车的人注意看公路两边。往回开了约莫两公里，公路中间有一团血迹，但没见人。顺着血迹又往前开了几十公尺，小三倒在公路中间。

他们下车围过去，小三一脸是血，鼻孔里噗噗地往外喷着血泡……

"妈唉——"那个女的尖叫一声。

"赶快把他抬上车去！"苏天龙吩咐两个坐驾驶室里的搭车人。那两人刚伸出手去，就听见黑暗中响起一声严厉地喝叫：

"不许动！"

霎时，十几道雪亮的光柱耀花了眼。苏天龙用手挡住光一瞧，他们已处于一群持枪士兵的包围之中……

"你不是在给我讲电影里发生的事吧？"听到这里我不由发出一声疑问。

苏天龙苦苦一笑，用烟蒂续燃一支烟，深深地吸了一口："不是，当时看见雪亮的刺刀脸都吓白了。"

他们被带进路旁一片桉树林。桉树林里到处藏着持枪的士兵，许多人头上都戴着树枝编成的环，使他们与丛林融为一体。

在一座简易帐篷里，他们接受了审问。问话的人是一个魁伟的中年军人，一脸络腮胡，语气简捷而严厉。当他听完苏天龙结结巴巴的述说之后，立刻发出两道简短的命令：

"卫生员！抢救！"

"通信员！立即与塔城方向联络！"

小三被抬了进来，在几支手电光下接受检查。那个卫生员有一张娃娃脸，他听了听小三的心跳，翻了翻眼睑，碰一下脚跟：

"报告一号，伤员颅骨破裂，失血过多，如果不能立即送大医院抢救，需要马上输血。"

一号皱皱眉头，看看苏天龙他们几个，又看看手表，手一挥：

"通知各连，凡是O型血的都到指挥部待命！"一号一手扶腰一手解开领扣。

命令很快传达下去，不一会儿，帐篷外排成一条长龙，都往上捋着袖管露出胳膊。

娃娃脸用急救包给小三包扎，然后用一支大针管从士兵身上抽出血注入到小三体内……

与此同时，一条电话线迅速牵进了帐篷，电话铃骤然响起，在寂静的夜里分外惊心动魄。

血不停地注入小三体内，又迅速从头上的伤口里渗透出来，把雪白的包扎布浸染得鲜红。与此同时，小三鼻孔里喷出的血泡渐渐弱小。

娃娃兵脸上布满了晶亮的汗珠。

就在城里的灯火在黑暗中显现出来时，小三在娃娃脸的怀里停止了呼吸。

苏天龙说那天他走出帐篷，望着星光灿烂的天空，心里突然涌起一种想哭的感觉。他说他将车速提高到了一百码而毫无恐惧。

后来才知道，那天他们遇上的是一支昼伏夜行的拉练部队！

"小三究竟是怎么掉下去的？"我问。

"不知道。"苏天龙摇摇头。

"会不会是车上那个女人？"

"不可能。在这之前她和小三互不相识，甚至连面也没见过。再说她是个女的，很难想象她把小三掀下去，除非小三那时已经死了。"

"会不会是他睡着了掉下去的呢？我想总应该找出个令人信服的理由来。"

"也不可能。"苏天龙说，"拉氨水的车虽然没装后挡板，但车厢头离车厢尾足足有五米长，即使他睡迷糊了，栽第一个跟头时就应该醒过来。从车头到车尾要滚三次才可能掉下去。"

"唉，人是命癫痫头是病。"听到这里，壮汉不由发出一声深深的叹息。这时，我们已经看到了那个叫黑竹的小山村。

这是个群山环抱的小山村。质感粗糙的石屋掩映在墨绿的竹林之中，显得宁静而祥和。夕阳正在缓缓西沉，透过云层的光柱使得这个群山环绕的山村更加扑朔迷离。

"我到家了。"壮汉把骨灰匣递给我，"你顺着村道过去，看见墙边有个晒太阳的老太婆，那就是俊华的妈，她天天都这样。夜里过来睡吧，她家连个多余的铺都没有。"

我谢过壮汉，朝村里走去。村道曲折而宁静，星星点点地散布着牛粪和麦秸。在一间破旧的石屋前，我看见了小三的妈。我认出了她，因为我一眼就看见了她那双布满云翳暗淡无光的眼珠。她正倚着石墙一动不动，落日的余晖把她塑成一具古铜色的根雕。

我走近她，正想着该如何称呼她，老太婆突然开了口："你是城里来的吧？"

我大吃一惊："你怎么知道？"

"你的脚步声轻飘飘的，村里没人这样走路。他们在我跟前来来去去几十年了，谁的脚步声一听就知道。"老太婆咧嘴一笑，粉红色的牙床上果然长出了米粒大小的新牙。在她说话时，她那两片干枯透明的耳朵急速地抖动着。

"我是俊华的朋友，我把他送回来了。"

"在哪儿……让我摸摸。"老太婆伸出两手往前探着。

我把骨灰匣递过去，她那青筋毕露的枯手在石头匣子上摩挲出一片干涩的沙沙声……

"这娃比他爹强，好歹有个匣子睡。"她喃喃地说。

"我想让他葬在家乡好一点。"我说。

"其实就让他住在城里还好。他们那儿的菜真香，煮青菜都放那么多油。"她咂咂嘴。

"是不是请人打个坑？"我问她。

"他走了快两年了吧？"她答非所问。

"不止，快二十年了。"我说。

"是么？我觉得没多久嘛……那天他们来接我，说俊华得了重病。我一听就知道他已经去了，去寻他爹去了。头晚上我就梦见他,光着脑袋一脸的血,对我说妈我冷……那回是我第一次进城,还是沾我那孝顺儿子的光。城里头人多得不得了,不知咋的,走路都轻飘飘的,像踮着脚。又不偷东西,干吗像个贼似的……"

老太婆絮絮叨叨地说着,干涩的眼窝正对着我,看得我身上一阵阵发冷。虽然我知道她什么也看不见,但那两个干涩的眼窝里像有两束穿透力极强的光……

我们知道小三的死讯时,已是第二天中午了。丢下工具我们就朝剧团跑。一进大门就见院中间停着小三,四周围了一块紫色的旧幕布。

小三直挺挺躺在一张门板上。瘦小的身躯显得更小,比一个孩子大不了多少。他脸色青白,大概后脑勺陷进去了,头往后仰,尖尖的下巴指着天空,那样子让人感到很累。

"该给他垫个枕头。"我对团长说。

"算了吧,弄脏可惜了,活人还要用嘛。"

"谁说的?"

"他女人。"

"她来了?"

"在他屋里收拾东西……"团长摇摇头。

我找了个枕头给小三枕上。他的脖子僵直冰冷。我感到手指上传来一阵哆嗦,那一霎间,我第一次对死亡感到恐惧。死似乎太容易了,就像弹一个烟头。

下午,小三的瞎子妈妈来了。不过,她的平静使我们感到意外。她没有哭,也没有闹,只是把小三从头摸到脚,又从脚摸到头……嘴里反复说着一句话："我俊华是个孝顺儿呀，每月都给我钱……我儿孝顺呀……"

商量后事时我们就提出，小三的妈靠小三供养，团里应解决生活费，团长一口答应了，可是第二天早上又变了卦，他说按规定只能一次性补发十个月的工资，也就是四百来元钱。

小三的女人一听这话脸就变了："不管咋样这钱该给我。"

小三的妈一句话说不出，只是眨着干涩的眼窝。

我们心里有些不忍，提议是不是夏大秀和小三的妈一人一半。

夏大秀说："我肚里已经有了他的种。"

气氛一下子僵了。

陪同小三母亲一起来的生产队干部呼地站起来："不要不要，那点钱抵卵用！大婶你放心，村里一人腾一口就够你老人家吃的了，我们走。"

小三的妈一走，夏大秀也走了。

太阳已落到了山后，暮色汹涌而来。山风贴着地皮掠过，使她一头白发飘散如女巫。老太婆许久没有说话，我仔细一看，她已经靠着石墙沉沉入睡了。

那天夜里我只好到壮汉家投宿。知道他姓张，叫张富兴。我请他第二天帮挖个墓穴，他满口答应。

那一夜我辗转难眠。

第二天清晨，一阵悦耳的鸟鸣将我吵醒了。我披衣出门,原来张家的房后就有一丛竹林。无数的山雀在竹枝上蹦跳啼啭。那竹子很怪,身上布满黑色的斑痕,怪不得叫黑竹。

我沿村道信步走去。清晨的山村爽朗而静谧,淡淡的晨雾和蓝色的炊烟融为一体。不时碰见到溪边汲水的少女,羞涩地笑笑便埋头疾走……

我又来到了小三家门前。老太婆仍然坐在那儿,好像没挪过窝似的,连姿势都同昨天一样。

"我在等太阳。"她说。

"你吃过早饭了吗?"我问她。

"我一天只吃一顿,你坐吧。"她拍拍旁边一块光滑油亮的青石,"太阳就要来了。"

我坐下来,石头凉爽宜人。

"他们在挖坑了。"她说。

我仔细一听,山坡上果然传来哐哐的掘土声,声音短促而沉闷。

"我叫他们挖在水子地里,那是块宝地呀,他爹五十年前就看准了的。可惜他没福气,死在外头,当孤魂野鬼……唉,我死了叫他们也把我埋在那儿,挨着我那孝顺儿子。"

"你这么硬朗,说这些话还早哩。"

"唉,老天爷不叫我死有啥法?他非要我活受罪。我几次要去,阎王老爷都不收我呀,你看……"她抓起我的手放在她头上,我的手触到了一块块坚硬的疤……像蜜蜂蜇过的梨。

"我的力气不够了。"她深深叹口气。

我顿时感到毛骨悚然。原来死也并不容易！

太阳出来了，三月的阳光透过摇曳的竹枝洒在她沟壑密布的脸上。她舒了口气，从墙洞里摸出把断了不少齿的篦子，一下一下刮着稀疏的白发，篦出一层厚厚的头屑，然后用乌黑的长指甲一刮，刮出一串悦耳的响声，银色的头屑便在阳光里飞舞如画。

吃过早饭，张大哥说墓穴掘好了。我们便到小三家去抱骨灰匣。

"等等，让我也去。"老太婆说。

"算了吧，那么陡的坡。"我劝她。

"让我送送他。"老太婆扶着墙壁站起来，我发现她的腰几乎折成了九十度。

"把地上的背篼给我拿来。"她说。

我四下看看，门口有一个小巧的竹篓，像牲口戴的嘴笼，里面有块圆溜溜的卵石。我把卵石取出来，把背篓递给她。她掂了掂说：

"把石头装上。"

我不解地望望张大哥。张大哥笑道："给她装上吧，她背上要坠个重的才走得稳。"

我把卵石装进去，又把背篓放在她背上，老太婆果然立稳了，那块石头像是一块平衡器。她拄根棍子，一步一步往坡上爬。

路上张大哥告诉我，老太婆几十年一直这样。她在门口坐腻了就背上卵石四处走，走到哪家就住几天。临走时，人们把石头取出来，给她换上相同重量的食物。

"这儿的人真厚道。"我感慨不已。

"唉,她也活得不易呀。"张大哥摇摇头。

墓穴不大。张大哥说按这儿的规矩,埋骨灰不能砌坟,只砌一个尖尖的骨灰塔。我说就照这儿的规矩办吧。墓穴旁边坐着个老者,默默地吸烟。张大哥说他是村里的阴阳先生,听说后主动来帮忙的。我把挎包里带来的酒和烟拿出来,请他们吃。阴阳先生笑道:

"安放好匣子再喝吧。"

接着他叫我把骨灰匣放进墓穴,他眯着一只眼吊脉,让我随他的手势挪动骨灰匣子。不一会儿,他放下手,说:

"行哩,蹬山紧靠山稳,面对元宝山,子孙做状元,守着关山口,龙脉流不走……"

我拍拍手上的尘土,正准备跳上来,老太婆突然说:"把这个给他装进去……"她摸摸索索地从怀里拿出个布卷,一层层打开,最后拿出一张揉得皱巴巴的照片:

"这是他儿子的照片。可怜我娃,儿子还在娘肚子里他就走了,一眼也没看到。"

我接过照片一看,照片上是一个抱着孩子的女人,再仔细一看,那女人根本不是夏大秀,而是美琪!

"这照片是……"

"媳妇来时给我的,说是娃满一岁时照的。"

我揭开骨灰匣,把照片连同满腹的疑惑丢进去。就在揭开匣盖的一刹,又一颗呼啸的子弹穿过心脏!我赶紧抬头一看:张大哥和阴阳先生正忙着喝酒、吸烟。只有老太婆干涩的眼窝正对着这边,幸好她什么也看不见。

骨灰匣子里是空的!

回去的路上,我在林家场下了车。

进村的路上,正碰上放学。欢呼雀跃的村童们犹如放出圈的羊群,搅起团团呛人的尘土。我抓住身边的一个男孩,问他:

"况老师在哪儿住?"

"在学校住。"他挣脱就跑开了。

学校很好找,它的屋顶与众不同。我顺着坑坑洼洼的小道走进校门。放学后的校园异常宁静,操场里空无一人,只有几只觅食的鸡。教室的窗玻璃返射着夕照,十分耀眼。

在一幢门口有菜畦的平房前,我看见了美琪,她围着围裙,正弓身在菜畦里掐葱。

"美琪……"我朝她喊一声。

她一愣,直起腰盯着我,半天才回过神:"哟,是你……快,快进屋。"

她把我让进屋,手忙脚乱地张罗茶水。她留着齐耳短发,眼角有了细纹,但气色不错,比以前胖多了,腰身有些丰腴。

"你怎么想起到这儿来了?"她在我面前放下一盆水,要我洗洗尘土。

"路过这里,顺便来看看。"

"有啥看的,你看我,一身的土,简直和村婆子一样了。"她解下围裙,拍打着身上。

"你怎么难得进城?"我问她。

"不想去,哪儿都不想去。眼不见心不烦,再说我也住惯了。""你这小家还是不错嘛。"

"马马虎虎过得去。你坐着喝会儿茶,我去做饭。"她拴上围裙到厨房去了。

我四下打量着,房间不大,但收拾得井井有条。墙角里堆着几样农具,墙上有个镜框,里面杂乱无章地放着许多照片。其中有一张我在黑竹见过:美琪抱着一个胖嘟嘟的孩子在学校门口,饱满的胸脯上有一圈奶渍。还有一张是美琪和秀琳的合影,两人都穿着军装,手里捧着一本语录,神态严肃。这张照片我家里原来也有,后来被妻子烧了。她说一看见那时的傻样心里就有气。她连一点过去的痕迹都不愿保留,不知她心里是怎么想的。

吃饭时,美琪的丈夫和孩子们都回来了。她丈夫是个壮实的汉子,笑得很憨厚。她有三个孩子,大的两个是男孩,最小的是女儿,最大的那个眉眼活像秋三。

美琪搞了一大桌菜,不停地劝我吃。她说猪是自家喂的,鸡也是圈里抓的。她丈夫话很少,只是不住地劝我喝酒。

吃过饭,天已快黑了。她丈夫抱一床棉被出去了,临出门时对我笑了笑。美琪说他要到窑上去睡,正是关火的时候,不敢离人。

几个孩子吃完饭也到村里玩去了。美琪收拾好碗筷,就把椅子和茶水端到院子里,说:

"坐外面吧,外面凉爽些。"

院子里有一株葡萄,枝干苍劲,已经绽出了嫩绿的新芽。晚风轻轻拂过，葡萄藤就随风摇曳。远山渐渐朦胧。

好一阵我们谁也没有话说，沉浸在往事的回想之中，谁都避免提到那个敏感的话题。天慢慢黑了下来，春天的夜空清朗而纯粹。一道流星拖着长长的尾巴倏地划过，转瞬即逝。

"我把小三的骨灰送回去了。"我终于打破了沉默。

"噢。他母亲还好吧？"

"还好。老人还提到了你……"

"是么。"她低下头。

"你为什么要那样？"

她久久没有吭声。过了好一阵，她抬起头，眼里有了闪动的泪花：

"小三是为我死的……"

"不会吧？"我感到十分意外。

"是的。只有我才知道。这件事已经在我心里闷了二十年了……"她端起杯子喝一口水，牙齿在杯壁上咯咯碰响。

"小三死那天早晨，当时我还不知道。学校里有两个孩子在打架，我把他们叫到办公室，一问才知道，他们上学时捡到了一顶军帽，都说是自己先看到的，为争帽子就打了起来。我把帽子收上来一看，就认识是小三的军帽。"

"你怎么知道那就是小三的军帽？"

"我在防汗圈里找出了一张五元的钞票。"

"那也不能说小三是为你死的呀。"

"小三每个月的那一天都要给我送五元钱来。每次都是从帽子里取出来。"

"噢。"

"那是最艰难的日子,肚子一天比一天大,人们的眼光像刀子一样割人……几次我都想一步纵到河里算了。小三劝我,他说养个娃娃也不易,他说他的瞎子妈从小把他带大也吃了不少苦头。有一次他在山坡上玩,惹怒了一窝牛角蜂。听见他的哭声,他母亲连滚带爬地跑来,眼睛看不见,就扑在他身上,用身子遮住他,差点让蜂子蜇死了。过后腰肿得比水桶还粗……我说养了这孩子这辈子我就哪儿也去不成了。他叹口气,说想穿了住哪儿都一样。他说他出来工作时,他母亲对他说,人能处处活,草能处处生……到现在自己才懂了这话。"

"是呀,人就和山上的草一个样。"我眼前又出现了小三的瞎眼妈腰上坠着一块卵石奋力往山上爬的一幕。

"有时我真想对那大孩子说,你其实有三个父亲,一个是现在的,一个是秋三,还有一个是小三。"美琪幽幽地说。

我不由打了个寒颤,夜已经深了,村子里寂静无声,头顶上的星星稀疏而明亮。在这个星光闪烁的夜晚,我终于窥见了小三死亡之谜……

他上车时蹲在前面,背靠车厢板,把身子蜷成一团以抵御刺骨的寒风。他叫同车的女人也蹲下来。"这样好得多。"他说。在汽车的轰隆声中,他迷迷糊糊睡着了……当他猝然醒来时,心里怦怦地跳,他以为自己坐过了头,赶紧撑起身来一看——一阵强劲的风揭掉了他的帽子。他本能地伸出手去抓，帽子里有五元钱，让一个女人能活下去的五元钱。帽子在空中翻着跟头，像飞舞的蝴蝶一样挑逗着他，以至于使他忘记了自己在飞驰的汽车上……他就那样扑进了永恒的黑暗……

"你困了吧？"美琪掐断了我的思念。

"嗯，不……"我有些恍惚。

"睡吧，你和大孩子住一屋吧。"她说。

当我躺在床上时，一点睡意也没有了。她的大儿子还没回来。美琪说他没考上学校，也不愿跟他爹学烧砖瓦，就这样成天瞎混。也不知道以后咋办，她忧心忡忡。

一直到深夜，那个三个父亲的儿子才大摇大摆地回来了，嘴里哼着曲儿。

"哪里玩去了？"我问他。

"看录像。"他脚蹬脚地蹬掉皮鞋，躺到床上，"来不来根倒床烟？"他问我。

"不要。什么片子演这么久？"

"《射雕英雄传》。每天放十集。"

"多少钱？"

"不贵，五元。"他长长地打个哈欠。

不一会儿，屋里就响起了山摇地动的鼾声。

年轻人的瞌睡真好。我羡慕地想，同时用棉被捂住了头。

第二天早晨，美琪送我去赶回城的汽车。汽车还没来，公路边上稀稀落落站着几个等车的人。清晨的阳光把他们的影子长长地拖在地上。

"你这一去恐怕难得来了。"美琪说。

"会来的,我想以后每年还是到黑竹去一趟,至少在他母亲在世的时候不间断。"

"这下好了。你把他送回了家,以后去时也有个烧纸的地方了。"

"可惜骨灰匣里是空的。"这句话我没敢说出来。有时候撒谎并不一定是件坏事。

"这些年来,那件事一直压在我心头,到现在我一见汽车头就发晕。"美琪苦苦一笑。

"其实也不是你的错,命运像一阵狂风,人就像风中的一根小草。在命运的旋风里,人唯一能做的就是随风而去,落地生根。"

"是这样。"她点点头。

这时汽车来了。一路鸣着喇叭。

难堪的岁月

民以食为天

——古人语录

闲时吃稀,忙时吃干,杂以番薯南瓜之类

——毛泽东语录

新三年,旧三年,缝缝补补又三年

——我父亲语录

1

上面那三条语录被我用仿宋体恭恭正正地抄在一本布面日记本上。日记本是紫红色的,样式古板笨拙但质地结实。封面上用烫金字印着:中苏友好万岁。这本日记是进初中那年母亲送给我记日记的。而她又是在师专读书时于一次同苏联专家的联欢会上,一个叫什么夫的送她的。但她只在扉页上写下了一句话就把它深埋在箱子里,浸满了樟脑丸的气味。那句话是:好儿女志在四方。大概那时的墨水质量很差,字迹已经发黄。但看得出字体非常飘逸俊秀,很有点蓬勃向上的气势。

不过,我并没有按母亲的愿望天天记日记,以提高令人头痛的作文成绩,而是用它夹了邮票。那时我酷爱集邮,把我父亲的一部脂砚斋线装本《红楼梦》偷出去同一个坏老头换了五十多套邮票,把日记本撑得胖鼓鼓的。为此付出的代价是屁股被父亲抽得一个星期不能挨板凳。后来我兴趣又发生了转移,我从小就有这种见异思迁的坏毛病,便用五十多套邮票换了一套《三国演义》连环画,日记本又才消瘦下来,从此就躺在放连环画的破箱子里休养生息。

我之所以要抄上面第一条语录,实在是由于我对那句话佩服得五体投地。古人真是太深刻了,短短五个字就概括出了人的本质。每每我咀嚼这五个字时,眼前就出现了我父亲每月五号发工资那天的情景,那时,他半蹲半跪地伏在床前,把他和我母亲的薪俸一古脑儿倾在床上,用焦灼的口气吩咐我拿来家里那把缠着胶布的乌木算盘,之后就挥苍蝇似的让我躲开。他啪啪活动着指关节,沾着口水一张一张地数钱。数一次在算盘上记下数目,连数三次没有差错他才吁出一口气,搓搓手,把花花绿绿的钞票分成三堆:最大的一堆是我们全家的生活费;其次是给我爷爷和外婆的月俸,每人五元;最小的一堆是他的烟钱,通常也只有五元。

把一切弄妥帖后,父亲才如释重负地站起来,擂擂腰,从他的钱堆里抽出一毛钱，用极豪迈的口气说："老大，去给我买十根烟来！"我接过钱就一趟子跑到巷口那个摆烟摊的老头那里，递过钱也豪迈地说："买十根'红安乐'！"父亲认定只抽这种烟，他说价廉物美。不知出于什么心理，父亲买烟从不整盒整盒地买，而是十支十支地买。

上面的第二条语录，我起初根本不相信是毛主席他老人家说的，倒像是出自于一位精于持家而又唠唠叨叨的农村老太太之口。后来在一本相当权威的书里印证了确是老人家亲口所说之后，我才恭恭正正地抄了下来。后来增加了阅历，才知道老人家这一类的教诲还很多。

至于为什么要抄上第三条我父亲的语录，决不是想把我父亲列入伟人一类，他顶多算个扫盲匠人，相当于旧社会的塾师一类。他一生中最辉煌的顶点也不过是做了城区中心小学的校长，行政级别相当于股级。

我之所以要抄上父亲的语录，完全是耳濡目染的缘故。从我记事起，他就常常把这句话挂在嘴上。就像眼下人们把"钱"字挂在嘴上一样。在那些个温馨而神秘，充满着一股火炭般温暖的除夕之夜，母亲总要给我和妹妹比试新衣服，好让我们以崭新的面貌在大年初一出现在街坊邻居跟前。衣服通常是蓝卡其布缝就，总是缝得又宽又大，袖子长长地要往上挽三道。我和妹妹穿起新衣服的样子就显得很滑稽，像两个清朝的小官吏甩着马蹄袖准备下跪参见皇上。我甩着甩着袖子就噘起了嘴，这时父亲就踱过来，吱吱地吸着"红安乐"，口里吟哦有声："新三年，旧三年，缝缝补补又三年。"母亲就接嘴："就是嘛，娃娃长得快，今年大明年就合适了。要穿九年呢。"我不再说什么，但心里委屈得很。我们家无论什么都不允许刚刚合适，总有一种"超前意识"。比如我拿着一毛五分钱到巷口尹麻子那里去剃头，母亲总要反复叮咛："给尹师傅说剪高些，记住，剪高些。"有了母亲这句话，尹麻子就一边放心地和别人神吹海聊，一边用推子在我头上肆意驰骋，只给我留下脑顶上一团头发，像顶着块锅盖。等其余的不毛之地再茂盛起来约需两个月时间。这样，每两个月我就为父亲省下了十五支"红安乐"香烟。但由此我也得到了一个不甚雅观的外号："马桶子盖"。母亲为我和妹妹做鞋也做得挺大，穿进去划船一般，走起路来踢踢踏踏，像刮着地皮。为防止脱落，母亲就在鞋帮上钉上两根棉带子系绕在脚踝上。鞋尖上还用生牛皮剪了五个分币大小的圆形缝上去，像五只圆睁的眼睛，以对付五根时时想脱颖而出的脚趾尖。这种鞋叫老虎鞋，也叫踢倒山，异常结实，眼下是不容易见到了，据说在陕北的山村里还时兴这种鞋。我长大后常常感到迷惑不解：我母亲，一个大茶商的女儿，一个西南国立师专的高才生，何以能无师自通地会做陕北老娘们做的老虎鞋呢？看来生活真是伟大，正如一位伟人所说的那样：生活是一位高明的雕塑家。

2

我母亲的这种超前意识还体现在许多细微方面。直到现在，她每天收拾房间时还要有意无意地从父亲烟盒里抽出一两支烟藏在别处。等父亲烟光了抓耳搔头哈欠连天时，她会出乎意料地从什么地方拿出一把散烟卷来。这时我父亲就两眼放光,惊喜得连连搓手。但更多的时候是她自己也搁忘了,直到我们找东西拉开抽屉或是打开柜子时,就会扑出一股呛人的霉味,烟卷已经发霉了。母亲这种超前意识在倥偬的岁月里曾使我们全家得益非浅,但她一生中至少也因此有过两次惨痛的教训。

第一次是生我妹妹时,她私下积攒的一百多斤粮票在某天早晨突然变成了一堆废纸。由于她当时正坐月子,父亲不敢把这个悲惨的消息告诉她,而是从自己每天七两米的定量中抠出二两给生了妹妹胃口大开的母亲,自己则上山挖面狗苕吃。一个月下来,母亲胖了父亲也胖了。母亲胖是每天多吃了二两米加上躺在床上静养不动的缘故,而父亲的胖却是脚上的肉一按一个坑,半天不复原。当时这种病很普遍,叫黄肿病,和现在的肥胖病完全不同。后来母亲一谈起此事就大动感情,含情脉脉地盯着父亲佝偻的背说:"人啦,就得看紧要处几步……"如果说第一次教训让母亲对父亲的人品有了更深层次的认识,那么第二次教训则体现了母亲那种舍死忘生不顾一切的母爱,但这一次教训却让母亲彻底垮了。

第二次教训完全是为了小我十岁的三弟。

据父亲心情好时开玩笑的说法,三弟是"文化大革命"的丰硕成果。1966年我父亲刚从乡下调到城市就碰上了"文化大革命"。一夜之间他就成了不齿于人类的狗屎堆。那些尚处于变音期说话像小公鸡一样的红小兵们,把全校老师集中关在饭堂里,门口用扫帚蘸墨汁写着"牛圈"两个赫然大字。在"牛圈"里,"牛"们要天天大声诵读几遍《敦促杜聿明投降书》。我父亲天资聪慧，三岁能背唐诗，五岁会诵《楚辞》，所以头一个能闭卷背诵这篇雄文。为了体现给出路的政策，他被提前放出给造反派熬贴大字报的糨糊。

那时，父亲每天从粮站拖回一袋扫仓面，在学校挂钟的老柳树下用一口大锅搅糨糊。他干得兢兢业业一丝不苟，很快技术就达到炉火纯青的地步，糨糊搅得又清又粘，很得造反派的赞赏。而那段时间我们家也常吃白面烙饼。父亲熬了几个月糨糊后，气色好多了。也许是闲暇无事加上常吃烙饼的缘故，他使我母亲在不惑之年又生下了我三弟。

弟弟生得高大漂亮，皮肤红白细腻。同他相比，我和妹妹简直是两枚干涩的青果子。许多人对此迷惑不解，背后肯定还有一些下流的猜测。连母亲有时都困惑地盯着他，不相信这么伟颀英俊的少年是从她皱巴巴的肚子里生出来的。我想恐怕和父亲那段时间常吃白面烙饼不无关系。但这个漂亮的弟弟读书却是一塌糊涂，他初中毕业连考三次都名落孙山，使父亲这个小城里的老教育家丢尽了脸。最后一次父亲严厉地说："这回再考不上就别进这个家门！"弟弟冷笑一声说："我现在就走。"果真就走了。一去就不见踪影。一个星期后，正当全家焦急万分走投无路时，父亲收到一封信，信纸上歪歪扭扭的几个鲜红的大字：不自由，勿宁死！父亲脸一下子就黄了。从此再不敢逼他用功，相反对他客客气气，好像他不是他的儿子而是他的小兄弟。吃完饭还要殷情地递给他一根烟卷。弟弟也厚颜无耻地接过来，叼在嘴上，一副无赖相。

为了让这个漂亮而无赖的弟弟有个归宿，母亲这个视教育为生命的老教师决定放弃自己心爱的事业，让弟弟顶替自己。为此，一辈子教化人要光明磊落的母亲不得不求助于她的一个学生，让那学生当医生的父亲为自己开了一张患有肺结核的证明。就在一切手续都已具备的时候，她又有些犹豫，她教的是毕业班，怕临时换人会影响学生的升学。她刚办完病休手续还没来得及办弟弟的顶替手续，上面就来了文件：国家干部不允许子女顶替。教师属于国家干部。

母亲一夜间头上就有了白发。

而弟弟那个小无赖却显得很高兴。

父亲则默默地拿出祖传的乌木算盘，啪啪地算了好一阵账，异常悲壮地对母亲说：你这一退每年要损失二百三十五元柒角叁分钱！可买一百多条"红安乐"！

他念念不忘"红安乐"。

从许多方面来看，父亲的行为同他那辉煌的学历很不相称。他临解放那年毕业于华西财经大学，那是一所利用庚子赔款建立的老牌大学，有许多英美客座教授。虽然父亲或多或少还残留着一点绅士风度：喜爱古典诗词，打桥牌时坚持用英语叫牌，定时收听国家外汇局公布的外汇牌价……但更多的方面却像那些庸俗的小市民。尤其是他那锱铢必较的坏脾气在他退休后发挥得淋漓尽致。每次他到总务室去领工资都要不厌其烦地逐行审查每一项金额，还要把钞票数三次以上。弄得那个体态风流的女出纳脸色极难看。他不像那些大大咧咧的老头们把工资往老婆手里一塞就诸事不问，颐养天年。他要亲自掌握经济大权，每天我母亲上菜市回来都要向他报账。

我曾不止一次地研究过我父母双方的家谱，想要从中找出我们家风的遗传基因，结果总是大失所望。不管父亲还是母亲的血统里都不具备这种现代的"超前意识"。一直到我卷进那桩令人迷惑不解的"花生枯"事件时，我才发现，我们家的许许多多事情同60年代那段生活以及那个叫"敲梆石"的山村都有着千丝万缕的联系。

3

对我介入那桩"花生枯"公案，妻子至今耿耿于怀。"正事不做，豆腐里放醋。"她说。因为从那天起，我就很少写那些深化改革、端正党风、承包租赁之类的消息报道，稿费通知单也像冬天的候鸟一样稀少起来。这些收入虽然零零星星，却是妻子想添置彩电、冰箱的重要来源。有句话说：富人进天国比骆驼钻针眼还难。而我们这类仅靠死工资活命的家庭想跻身现代化比大象钻针眼还难。我只好对妻子实行"鸵鸟政策"，大讲生活积累厚积薄发之类的空洞道理，并对她施以温存和安慰：这桩公案弄清楚了足足可以写部长篇小说哩！其经济效益远远超过那些豆腐干文章。妻子马上展眉一笑，又满怀信心地承担起全部家务。

但我在她睡熟后常常望着天花板发怔，我发觉要弄清楚这桩公案其实很难。我甚至怀疑自己是否能坚持到底。

三个月前的一天，有人往我办公室打电话，约我下班后到城里新开的"处女"咖啡厅会面，说有要事相告。当时办公室的同人们就开玩笑，说我肯定有了艳遇什么的。我说打电话的是个男人，而且听声音岁数还不小。他们就说，那是有什么发财的生意吧？我说胡扯，我这辈子只做过一回生意，那就是用父亲的一套脂砚斋《红楼梦》同一个坏老头换了五十几套邮票，被父亲抽肿了屁股，从此改邪归正。何况我现在是一身正气两袖清风的党政干部。

大家就嘀嘀地笑。笑得很暧昧。

"处女"咖啡厅与其名相去甚远，装饰得花花哨哨，倒像是一位浓装艳抹的少妇。小小的门厅上不住地闪烁着血红的霓虹灯：处女、处女……像是一张一合的血盆大口。每次路过那里我都要加快步子，生怕那个血盆大口把我吸进去。每个月妻子发给我的零花钱除了买烟恐怕连买杯咖啡都不够。

一个五十来岁的人在门口等我。

从装束上看，此人的职业介乎于眼下走红的经理或是企业家之间。一件米色风衣里罩着藏青色条纹西服，系着一条紫红色的名牌领带。脸上皮肤白皙但松弛灰暗，让人想起纵欲过度的夜生活。但鼻梁上那副质地考究的金丝眼镜使他看上去更像一个机关干部，甚至是肩负一定责任的那种干部。不过他一开口我就迅速确定了他的身份：肯定是个同我父亲一样迂腐落魄的旧知识分子。

"你就是高世兄吧？久仰久仰。"他热情地伸出手。他的手细腻绵软，但缺乏力度。

"你是……"我拼命搜索着记忆。

"走，进去谈进去谈。"他亲热地揽着我肩头往厅堂里走。

里面是一排排火车座,灯光幽暗气氛神秘,让人产生走私、暗娼、黑社会这一类联想。刚坐下来,一个打扮得同门厅一样夸张的女子端来两杯咖啡,托盘里还有一张"雀巢"商标,以示是正宗货。她转身时,被紧身丝裤包紧的臀部同样夸张地扭动,充满了挑逗意味。

"你找我来有什么事?"我啜一口领导咖啡新潮流的"雀巢",发觉味道并非"好极了",倒是有点像刷锅水。

"你真的不记得我了么?"他有些惊讶,感慨地摩挲着面颊说:"我是庄世贤呀!那阵在敞梆石小学,你不记得了么?我教过你算术的……"

"噢噢。"我使劲回忆着。上算术课的事情始终想不起,倒是另外一些更久远的事情从脑海深处浮现出来……我坐在学校的操坝里晒太阳,那时我肯定还小,因为还在穿开裆裤。庄叔叔去伙房打开水,在我面前蹲下,捏着我暴露无遗的小雀雀,笑嘻嘻地问:

"老大,这是啥?"

"雀雀嘛。"

"拿来做啥用?"

"撒尿呀。"

"还有呢?"

"还有……不知道了。"

"做种,知道吗?"

"做……种?"

"哎,对了。记住,是长大了做种用的。"

我回去后就撩开裤裆问父亲:"爸爸,这是长大了做种用的吗？"

"下流！"父亲狠狠给我一巴掌。

看来，与其说他是我的算术老师，还不如说是我的性启蒙老师更为确切一点。我赶紧欠欠身："哦，是庄老师。你现在……"大概在我读三年级时他就突然消失了。好像是他当时牵进了一桩似乎不甚光彩的事情。

"坐下快坐下。"他按按我肩头，从西服插袋里摸出一张名片递过来。

名片印刷精美，散发出一股淡淡的幽香，上面赫然写着：

振华信息开发公司总经理
庄世贤
地址：炉城状元巷九号

"哦哦，庄经理。"我顿时肃然起敬。

"不敢当不敢当！"他连连摆手，"混口饭吃吧，哈哈……"

"这年头，能混到这一步也不错了。"

"哪里，只能说过得去。"他说。接着他又问我："你母亲还好吧？"

"还好。她前几年就病休了。"

"她有病？"他显得很关心的样子。

"不不。没啥大病。当初主要是想让我弟弟顶替她才病退的。"

"哦……"他微微颔首若有所思。

"庄叔叔怎么不到家里来玩？父亲去年也退休了，成天都在家里。"我说。

"以后来以后来。"他笑笑，又说，"世兄的文笔不错呀，你的好多锦绣文章我都拜读过了，不错。不错。"

"哪里哪里，不值一提。"我连连摆手，心理上却多少有些平衡。

"唉，我们是日薄西山喽，不像你们，后生可畏呀。"突然，他话锋一转，"所以，今天请你来，就是想请世兄帮个忙……不知世兄是否肯……"他笑着盯着我。

"这有啥说的，只要我能办到。好歹你还教过我几天，滴水之恩当涌泉相报嘛。"

"你能办到。"他用食指点着我心口说，"而且只有你能办到，所以我才找你。"

"哦，到底是啥事呀？"我来了兴趣。

"唉，不堪回首，不堪回首……"他搔着花白的头发，头屑纷纷扬扬飘下来……

4

1961年4月30日那天是星期天。

早上9点，敲梆石小学的校园里静悄悄的。大多数老师都还在睡觉。星期天开两顿饭，能睡过一顿把两顿合成一顿吃，似乎是很过瘾的一件事，反正又不上课。

那时，我母亲临产已经发作，妹妹在她肚子里拼命往外挤。我听见她对父亲说：

"哎……我有点不对了，你去叫叫银秀吧……"银秀是村里一个利索能干的女人，她儿子天生跟我同班。

我听见父亲咕噜了一声就窸窸窣窣地穿衣服，又打了很长一个哈欠。

那时，庄世贤已经起来了，正用一把缺了齿的木梳刮着蓬蓬的头发。他今天要到区上去。昨天区里带来信，说"五一"劳动节来了，区供销社优待每个教师一饼花生枯，叫派人去背。我父亲就派庄世贤跑一趟。

庄世贤走进伙房时，给学校摇铃兼做饭的曾聋子才刚刚起来，怔怔地坐在灶孔前缠裹脚。灶孔里飘出一缕有气无力的青烟。

"有吃的么？聋子。"他问。

"这么早，锅才烧燃呢。"聋子说。

"我要到区上去。"他有些懊丧，很响地吞了口口水。

"还有几个冷洋芋，要不要？"

"要。"他从口袋里掏出饭票。

曾聋子用吊在腰上的钥匙打开柜子，饭盆里还有四五个冷洋芋，又皱又小。曾聋子晃荡着盆子说："算二两吧，其实三两还不止呢。"

他连连称谢把洋芋揣到中山装的口袋里，走出去时往"小球藻"培养池里冲了泡尿。小球藻刚捞过，星星点点地浮在棕红色的尿液上。马时珍说这东西营养价值极高，含有丰富的"叶绿素"。只不过用它蒸出的馍始终有股尿骚味。

4月是个令人沮丧的季节。大地刚刚返青，树木才抽出叶子,苞谷还没出土,赤裸裸的土地显得苍黄而疲惫。地里什么吃的也没有,死一般沉寂。

刚走出村口,他就坐下来喘气。昨天他没吃晚饭,早早地睡了。这个月的饭票已经不多了,得一顿一顿挤出来才能维持到月底。都怪那天一时兴起同"太平洋"打赌,白白输了五斤饭票。"太平洋"是教体育的,据说在全县教师集训时曾喝完一盆稀饭而名声大噪,被人冠以"太平洋"的美称。他不相信这个传闻:"不可能,一盆稀饭呀……"那是一个阳光灿烂的下午,他同"太平洋"、马时珍一起在学校的墙根下晒太阳。曾聋子已经在烧饭了,空气里弥漫着一股让人垂涎欲滴的饭香味。

太平洋没睁眼,喉头蠕动了一下,淡淡地说:"现在我一盆干饭都吃得完!"

"吹死牛。"他不屑地笑笑。

"吃不完是孙子。"

"除非你长了个牛胃。"

"我反正能吃完。"太平洋坚持说。

"别争啦。"马时珍突然睁开眼,"你们干脆打个赌吧,我当中间人。"

"就看他舍得不。""太平洋"咕地咽口唾沫。

"撑死了别怪我!"他哗地掏出饭票。

他们从曾聋子那里称了一盆饭,足足五斤,冒着诱人的香味。"太平洋"兴奋地搓搓手,像是面对着一桌丰盛的筵席。他迫不及待地从别钢笔的那个地方摘下一把硕大的勺子,手抖得很厉害……开始他吃得很快,流星赶月一般,盆子里的饭迅速减少……约摸还剩下五分之一时,"太平洋"显得吃力了,半天才咽下一口。

"吃不完别硬撑,当心把胃撑破了。"马时珍有些担心。

他暗暗有些兴奋,他赢定了! 五斤饭票呀!

但"太平洋"似乎不肯认输,仍然顽强地往嘴里填着,每咽下一口都要把脖子伸得老长,眼珠吓人地往外一鼓,那情景让人想起填鸭或是灌香肠。但最终他还是把那盆饭吃光了!

要不是亲眼见到,真让人难以置信。

我和马时珍惊得目瞪口呆……

这时他咽了口唾沫,从兜里掏出个洋芋,恋恋不舍地咬一口,一种妙不可言的滋味立刻电流般传遍全身。他让那团粉甜的东西在嘴里停留了许久才吞下去,胃里立刻燃起了饥火。

他吃完那块洋芋就动了身,虽然还想吃,但剩下的几个洋芋还要对付十多里山路。在坡上他看见了村里放牛的哑巴,正专心地在土里掘着什么。据说哑巴会寻地下埋的东西。全村只有他没瘦,憨憨的脸还是黑红黑红的。

一只头羊站在光秃秃的石包上,凝目远望,像哲人一样的胡子微微翘起。

他走拢供销社榨油房时,太阳已经当顶。他靠在被太阳晒暖了的墙边喘气,突然闻到了一股甜丝丝的香味,头一下子就晕了……

"那天我一闻那股奇妙的香味,我就知道管不住自己了。"庄世贤轻轻叹了口气。

暮色在外面浓重起来,街灯已经亮了。那个屁股扭得韵味十足的女招待过来替我们拉亮了柔和的蜡烛灯。庄世贤面前那碟卷心蛋糕一点也没有动,他又挥手要来两杯热气腾腾的咖啡。

"那是花生的香味呀!花生,多么美妙的东西。尽管被榨去了油,用蒲草包着的花生枯还是一种不可多得的美味。总比曾聋子的小球藻、马时珍的面狗苔强。我拿出你父亲开的介绍信,上面写着:请按规定供应我校7人花生枯。你父亲也许是被你母亲的事搅得心神不安,那个重要的数字'7'字竟没有用大写……我的心怦怦地跳起来。太阳热辣辣地晒着,我浑身淌着虚汗,腿肚子不住地哆嗦。我四下看看,周围一个人也没有,只有太阳在天上虚伪地热烈……我就掏出钢笔在'7'字上面加了一段小弧。

"九饼花生枯足足有好几十斤,把我背出一身大汗。我磨蹭到天黑才回到学校。幸好一个人也没碰见。我先把两饼花生枯藏到学校堆杂物的那间小屋里一张断了腿的课桌下面,然后才背着剩下的花生枯交到曾聋子那里去。"

"就是厕所旁边那间小屋么?"我插问道。

"对对,就是那间小屋。你知道它是从来不上锁的,只用一根铁丝扭着门鼻子,平时很少有人去。我想先放在那里等到半夜才去取。但那天夜里你母亲就生了。你家里折腾了一夜。我一直没有机会。"

他接下来谈到的才是问题的关键。

"第二天早晨我还在睡觉，门上响起的敲门声。我打开门一看，你父亲，区供销社的魏主任，还有区公安特派员徐福田站在门口。你父亲脸色很难看。我一见那张条子在你父亲手里就知道坏事了！我就说：'东西在杂物房里。'可是当我带着你父亲他们打开杂物房时，那两饼花生枯却不翼而飞了。十天后，我就离开了学校。被送去劳教。三年劳教期满后我就当上了'弹簧'，一直'弹'到现在。这些年来，我赶马车拉大锯砸碎石啥都干过……"他手抖抖地端起咖啡一气喝下，重重地出了口粗气。

"你的意思是要我对父亲说，替你平反么？"我问道。

"不不。根本无反可平。"他连忙说，"当年送我劳教的理由并没有提花生枯的事，而是思想右倾品质不好。这是一个很含混的概念。虽然也有理由平反，但我不想去劳那些神。这几十年的苦难难道是一纸平反书就能补偿的么？"

"那么你的意思是……"我有些困惑。

"我主要是想知道，"他精神顿时一振，从茶几上探过身来，用食指在我胸前点着，"那两饼花生枯到底是谁吃了！"

"可是……弄清这个又有啥意义呢？不就两饼花生枯么？"我更加迷惑不解。

"我并没有吃过两饼花生枯，根据物质不灭定律，那么就一定有人吃了那两饼花生枯！我就是想知道是谁吃了那两饼花生枯。"他显得有些激动，咝咝地猛吸着香烟，手指颤抖不已，"这些年来，这个念头一直困挠着我。每到夜深人静时我就苦苦思索，仔细回忆当时的每一个细节，分析每一种可能的情况。在三年劳教生活中，思索这个问题甚至成了支撑我活下去的唯一乐趣。我今年已经五十多岁了，心脏也有毛病，我怕哪个时候突然就会倒下来，我不愿意带着这个困惑走进坟墓，所以我才来求助于你……"他眼巴巴地望着我，脖子上有股细细的筋脉在不停地搏动。

"好吧。我试试看。"我说。我实在不愿意让那双渴求的眼睛流出失望的神色。

5

从那堆县志办借来的资料里抬起头来，我揉了揉酸胀的眼珠，顺手推开了窗户。

一股清爽的凉风挟着幽香迎面扑来。窗外是一片蓬勃的菜籽地。油菜正开花，像一片金色的湖水在微风中荡漾。金黄色的波浪逶迤到对面山脚下便戛然而止。山坡上是一片白森森的坟头，密密麻麻层层叠叠，占满了一面荒坡。每当夜幕降临，坟地里就闪烁着星星点点的磷火，偶尔还传来夜猫子凄厉的叫声，让人毛根子发麻。一到晚上，妻子就不许开这扇窗户，并挂上一块火红色的窗帘布。她说对面山坡上阴气太重，红能压邪。对她这种类似村妇般的愚昧举动我虽然不以为然，但也没有充分的理由来说服她，因为关于这片坟地还流传着许多令人毛骨悚然的传说。

据说有个中学生，高考前夕为了集中精力就悄悄到那片坟地里去复习。到了中午，他边看书边掏出馍来啃，就听见有人在他耳边说："给我吃点馍吧，我饿极了……"他抬头四望连个人影也没有。他刚低下头看书那声音又响起来了，而且还不止一个声音，四面都在喊："给我吃点给我吃点。"他一哆嗦，馒头滚到地上，立刻分成了几块，像有许多无形的手在撕扯……他猛然想起这片坟地的传说，吓得冒出一身冷汗，不要命地往回逃，刚跑拢屋就一头栽倒在地，人事不醒……

还说有个附近的农民，傍晚时分给麦田放水。他刚走到承包地边就看见一群人在他地里捋麦穗吃。他勃然大怒，挥起锄头跑过去，跑拢跟前却又不见了人影，人又在地的另一头捋麦穗吃。他又撵过去……第二天早晨，太阳快出山了他还没回去，家里人来寻他时，他仍挥着锄头在地里奔跑呼号。麦田已夷为平地……

一阵凉风袭来，我倏地打了个冷战。桌上的资料哗哗翻动，我赶紧关上了窗户。

认真说，起初我并没有把庄世贤托我的事怎么放在心上。几十年前的事了，又仅仅是两饼屁钱不值的花生枯。我总怀疑他不是更年期综合征就是多年孤独漂泊的生活造成心理有些变态。但是在我仔细分析了他提供的当时的一些情况后，我发现事情恐怕不那么简单，二十八年前那天夜里发生的事里肯定包藏着一个秘密。而且这个秘密很可能还牵涉到我的父母！

据庄世贤提供的情况分析，当时敲梆石小学有七个老师和一个校工。代课的刘老师和校工曾聋子都是本地人，晚上都不在学校里住宿。另一个教音乐的女老师林玉芳，她的爱人在区上，那天恰好是星期天她也回去了。因此，那天晚上有可能取走花生枯的只有这几个人：我父亲，我母亲，庄世贤本人，教自然的马时珍，还有"太平洋"。严格地说还包括我。据庄世贤说，农民是不可能的，因为当时学校喂了条守菜地的恶狗。那狗很势利，专咬农民装束的人。而穿干部服的即使是第一次来它也摇头摆尾，十分驯良。农民仇恨地给这条狗取了个名字——黄世仁。"黄世仁"就拴在那间杂物房门口。

剩下来的这六个人中应首先排除我母亲，她那时正在极度痛苦和极度幸福中挣扎。庄世贤也暂时可以排除，除非他真是心理变态或是吃饱了撑的。接下来应该排除的是我。那天白天我为争一根肉骨头同村子里的天生打了一架，晚上父亲又狠揍了我一顿。因此，我含着满腹冤屈早早地就睡了。第二天醒来时，我母亲枕边已经多了个妹妹。那么，确切地说，拿了那两饼花生枯的人就在这三人中间：我父亲、马时珍和"太平洋"，他们三个都有"作案"时间。并且据庄世贤透露：那天晚上他一直注意着从宿舍到杂物房那条小路，在晚上8点到12点之间，我父亲、"太平洋"、马时珍都曾从那条路走过。12点以后的情况他就不知道了，他实在熬不过疲乏就睡了。

看起来要想弄清楚这件事似乎也并不复杂，范围就只有这么大，三个人中间总有一个人，并且目前这三个人都还健在。我父亲不用多说，马时珍现在县教育局供职，"太平洋"虽已改行到县体委任摔跤教练，但也还在这个城里。使我充满信心的还有一点，那就是事过近三十年的今天，这几个当事人恐怕已具备了承认两饼花生枯的胸襟和气度，何况庄世贤并不要谁来承担什么责任,他只是想解开这个谜而已。

这一点很重要。

6

我首先从熟悉这几个人的情况入手。

我幸运地在母亲的相册里找到了一张发黄的照片,是敲梆石小学的全体教师在学校的操坝里拍的。背景是一座土高炉,有点像眼下大街上卖烤红薯的那种大炉子,只是要稍大一点。据母亲说学校那天炼出了第一炉钢,为纪念这个伟大的时刻就拍了这张照片。是用我父亲那部折叠式蔡司相机拍的。

应该承认,从照片上看,年轻时的父亲无疑是其中最具风采的。天庭饱满双眼有神,白衬衫的袖子高高挽在肘上,梳着那阵时兴的小分头。除装束略显土气外,其飘逸俊秀的气质是我们几个子女不能望其项背的。弟弟虽然比他高大白皙,但常常流露出一股愚顽之气。父亲这股钟灵之气据说得益于世传的书香门弟。他祖父我曾祖是晚清进士,点过翰林。他父亲我祖父曾留学于日本早稻田大学,专攻经济,回国后曾在华大任过几天教,嫌世风日下拂袖而归,土改时因家中有几十亩薄田被划成地主,但民愤不大。1960年我这位教授兼地主的祖父曾来过一回。在我印象中他既不像教授也不像地主,倒像个和蔼的农村老头。他给我带来的礼物是一本柳公权字帖和一袋红苕干。红苕干用沙炒过，香甜酥脆，那滋味至今还让我垂涎不已。

母亲那时显得很文静，穿一件卡腰的列宁装，梳着两条小刷把辫子。很难让人相信她就是现在天天同小贩们讨价还价的我母亲。但母亲那时眼神很忧郁。

马时珍是那种长相毫无特色很难让人记住的人，这种人一旦混入人流就如同鱼儿放进大海，极难分辨出来。起初听名字我以为他是个女的，结果照片上却是个男人。母亲说这不是他的真名，是外号。他本名马世真，因他酷爱研究《本草纲目》，一有空就到山上采集草药，有时也给当地农民配一些解表发汗之类的方子，倒也管用。庄世贤就给他改个外号：马时珍。他的这种业余研究在1961年时达到了顶峰。他考证出敲梆石周围的山上至少有五十种药草未写入《本草纲目》，其中二十多种不仅可入药，且可食用。他和曾聋子的关系最好，曾聋子是当地土医，粗通接骨斗臼，两人爱好相投一拍即合。曾聋子为他的研究大开方便之门，学校伙房开过饭后就成了他的试验室。他像个炼丹士一样在锅里熬煎那些采来的草药，弄得整个学校像开药房似的充斥着一股苦涩的草药味。据母亲说，他的研究成果至少使敲梆石村许多人免于饿倒。因为他找到了一种当地叫面狗苕的野生植物，其味道不亚于红苕，只不过要狠狠地煮好几个小时。他第一回试验时就由于火候不够而险些出事，到现在母亲讲起来还忍俊不禁。

马时珍那天从山上挖回一背篼面狗苕时欣喜若狂，兴冲冲地跑进伙房叫曾聋子快把锅腾出来，他要试验。曾聋子一看说马老师万万使不得，这面狗苔有毒。他说曾聋子你不懂，这东西学名叫"苘"，《本草》上有记载：苘生于丘峦，其根类薯，性甘而温中和湿，健脾胃。曾聋子一听有书为证就服了，说等我把猪食煮好再说。

　　曾聋子把猪食舀起来后把锅涮了三道，马时珍就迫不及待地把面狗苔倒进去煮。约莫煮了个把钟头香气渐渐溢出，马时珍就揭开锅盖用一根筷子穿了吃，连声说："好吃好吃，聋子你不吃么？"聋子留了一手客气道："我现在还不饿你先吃。"马时珍也不劝他，一气吃了二十多根才缓口气笑道："曾聋子你狗日的奸，你怕中毒哩。我先吃个样子给你看看。"曾聋子笑笑说："哪里哟，我的命还有你的值钱么？我主要是……"他说着说着就发现马时珍有些不对劲了，眼珠定定的，手脚麻颤口吐白沫，歪歪地就倒过去了。曾聋子吓坏了连连狂呼："马老师中毒了！马老师中毒了！"

　　我父亲他们闻声赶到时，马时珍已经开始抽搐。父亲说赶快送区医院吧。"太平洋"说十多里路呢怕来不及了。多亏我母亲有经验，她说食物中毒只要吐出来就好了。曾聋子一听忙说这个我有办法。他跳出去找来一个大箩筐，让马时珍伏在上面，然后用一根大麻绳把箩筐悬在梁上，不停地旋转。转了几分钟后马时珍就像晕车一样哇哇地吐了一地……父亲松了口气就夸奖曾聋子："聋子你还真有办法。"曾聋子就嘿嘿地笑。马时珍却不领他的情，他清醒后看到满地的呕吐物就连声埋怨："聋子你不该把我弄吐的，我忘了给你说苘含生物碱，有轻微的麻醉作用，过一阵就好了。你看你把我弄吐作甚？茹吐了还能挖到，可是下午我还吃了二两米饭呀，一起吐了，多可惜！"

后来他锲而不舍继续实验，终于搞清了面狗苕只要煮上三个小时以上毒性就完全消失，并把这项成果悄悄告诉了曾聋子，曾聋子又悄悄告诉了当地农民。一时，满山都有人在掘面狗苕。当地农民简直把他当成了救命恩人。

但父亲对他印象似乎不怎么好。他说这个人不知怎么混到教师队伍里，满脑子农民意识，又爱贪小便宜。他每次回家探亲都要抓一把，连学校的废报纸都要夹一捆回去。母亲却为他辩解。她私下告诉我，马时珍家里很穷，他的家乡是一个以红苕为主食的苦寒地方。煮一大锅红苕人吃猪也吃，只不过人吃大的猪吃小的。过年过节最好的饭食就是红苕稀饭。刚分到县上时都在县招待所吃饭，不定量。他看见一桶桶的白米饭摆在那里眼珠都绿了，每顿狠撑三大碗饭后还要压紧一碗带回寝室，偷偷晒成饭干，凑满一口袋后就往家里寄。但这个人很勤快，织毛衣补衣服这些女人们干的活他都会干，尤其种菜喂猪十分在行。学校当时喂的两头猪就是他的主意。也多亏了他，不然生你妹妹时哪来的奶水？

由此看来，马时珍当列为第一嫌疑对象。一个为了肚皮连死都不惧的人，两饼花生枯对他的诱惑力就可想而知了。

7

"太平洋"站在父亲和马时珍之间，浓眉大眼身坯粗壮，一眼就看出是属于大大咧咧乐乐哈哈的那类人。他憨厚地笑着,牙齿很白。照片上只有他笑得最自然。穿一件球衣,胸前印着"三中"两个大字。母亲说他毕业于重庆三中,已经考上了武汉体育学院田径系。一天上街,碰上西康省教育厅的人到重庆招聘教师,他听人家说那地方是边区,很艰苦,有些地方还要骑马,他就报了名。他说他很想骑一匹骏马在蓝天白云下奔跑。当时有一首很著名的流行歌曲,里面唱道:"蓝蓝的天上白云飘,白云下面马儿跑……"歌词很美很浪漫。那阵的人也很浪漫。分到县上后他到处去寻马骑,没有寻到骏马只看到了一种很瘦小的毛驴。他有点遗憾,但并不后悔,照样乐乐哈哈地过日子。

"太平洋"的本名叫代吉祥。他食量奇大被传为美谈,但这种优势在60年代却让他大吃苦头。那时还有尊师重教的遗风,教师每月定量比机关干部多两斤,但每月口粮只够他吃半个来月,若是放开肚子吃还不够。主要是缺少油荤,人的胃被撑成了草肚子。因此他常常吃不饱,眼里时时流露出想攫取一切的贪婪。他有一个大号饭缸子,约莫有八磅暖瓶那么粗,一把特大的勺子插在上衣口袋里。每次打回饭尽管已饿得头晕目眩,他并不急于吃掉,而是从灶孔里撮出些火子把饭缸子搁上,掺满水慢慢地煮。直到煮得饭膨胀得不能再膨胀时,他才从口袋里掏出个小瓶子往饭里洒一点炒过的盐,然后用大勺子一勺一勺地享用。那个时候,他脸上就呈现出一种无以伦比的幸福之状。母亲说他吃完饭刮缸子的声音最让人受不了,就像是用指甲刮玻璃。每次一听见这声音她就牙根子发酸身子激起一层鸡皮疙瘩,连学校的那两头猪都难受得直用头撞猪圈。他刮得很仔细,连缸子缝隙里的残渣也逃不掉。曾聋子常常夸奖他刮过的缸子比用水洗过的还要干净。

"太平洋"最不满意的是上体育课。他向我父亲提出过多次要求换人。他说上体育课热量消耗太大实在受不了。我父亲没有同意。但我记得太平洋似乎只教会了我们立正稍息向左转向右转之后就没再教过别的。通常是一上体育课他就抱两只篮球让我们自己玩，而他就坐在墙根下恹恹地晒太阳。晒暖了身子他就从头上揭下帽子，从帽子里取出一叠花花绿绿的纸来。那叠纸全是各种罐头的商标，印刷精美形象逼真，全是重庆冠生园的产品：有猪肉、蛋卷、清蒸火腿、红烧猪肉、五香凤尾鱼、油淋鸭子、琥珀肉等好几十种。他把商标摆在地上，调整成一桌丰盛的宴席，然后就用膝头抵着肚子，手托着下巴，眯缝着眼睛细细把玩，不时仰起头紧闭双眼，只听见咕地一声，喉结就急促地蠕动着……

母亲说他自称这是"精神会餐"。每次政治学习之前他都要慷慨地让大家"会一次餐"。但那种餐不会还好，越会越难受，清口水止不住地往上冒。有一次"会过餐"后，我父亲读灭"四害"的文件连续出了几次错，莫名其妙地把消灭苍蝇老鼠念成了红烧苍蝇老鼠。有时母亲见他饿得实在难受，就趁父亲不在时把他喊到我家，煮些南瓜牛皮菜之类的给他吃。因此他对我母亲很敬重。他是唯一不叫我母亲"宋老师"而是叫大姐的。有年中秋节，区供销社优供每个教师二两伊拉克蜜枣。我是先知道伊拉克枣子才知道有伊拉克这个国家的。到现在我都想不通为啥那时要从伊拉克进口蜜枣。父亲把枣子买回来后提议："先不分吧？等明晚上大家一起赏月时再吃吧，银秀还送来几只梨，刚好一人一只。"大家说要得要得，我们也学苏学士，来个明月几时有，把枣问青天。父亲就当着众人的面把枣子数清后锁在了文件柜里，晚上，我父亲正在洗脚时"太平洋"来了，蹲在旁边憨厚地笑着。

"代老师有事？"父亲问他。

"嘿嘿。"他不好意思地搔着头说，"校长，我从来没吃过伊拉克枣子，不知是啥味道。我先尝一颗吧，明晚上我少吃一颗行不？"

父亲说："其实我也没吃过，味道肯定不错，还是等明天吃吧，赏月吃枣其乐无穷。"

"就一颗吧……""太平洋"可怜巴巴地说。

父亲沉吟了一阵，说："好吧。"

父亲回来刚上床他又来了，把门敲得咚咚地响。父亲穿个裤衩打开门问："你还有啥事？"

他嘻皮笑脸地说："校长，刚才那颗枣子我还没尝出味道就吞下去了……"

"你的意思是还想吃一颗？"父亲脸色很难看，瘦伶伶的光腿微微颤抖。

"就一颗，最后一颗。""太平洋"嘿嘿地笑着把腿伸进来不让我父亲关门。

父亲铁青着脸说："走吧，最后一颗！"

父亲回来上床还没睡着，还在同母亲说话，门上又咚咚地响起了敲门声。我睡在外间，就喊父亲："爸爸，代叔叔又来了。"

父亲沉默了一阵，恼怒地说："你这个人咋这么不能控制自己？你走你走，我是不会再起来给你取的，不像话。"

但"太平洋"似乎不达目的决不罢休，他把嘴对在门缝上，语气十分坚决："校长再麻烦你一回，你干脆把我那份枣子一齐给我算了。今天是吃明天也是吃。不然今晚上我睡不着，眼一闭尽想到枣子。"

母亲小声对父亲说："你起来给他算了，省得一次次折腾，闹着睡不成觉倒是小事，受了凉就麻烦了。"

第二天晚上他很知趣地没来赏月，而是早早地上床睡了。母亲叫我给他送梨去时，他大睁着眼睛躺在床上，问我："他们枣子吃完没有？"我说："还没。这是分给你的梨。"

他紧闭着眼，脸上像肚子痛一样难受。他说："梨你吃吧，我不想吃。"

"你肚子痛吗代叔叔？"我问他。

他疲惫地笑笑，说："我不是不想吃是不敢吃。我怕一吃东西肚子饿得更难受。"

结果那只梨让我吃了。我躲在厕所里吃的。

据母亲说，"太平洋"除了贪吃这点其实是好人，很随和，同谁都打得拢堆，心地也很善良，休息时间常常去银秀家帮干点重活。他只是同庄世贤有隔阂，是那回赌吃饭闹翻的。当时"太平洋"吃完五斤饭后胃胀得难受，坐在伙房里一步也不敢挪动。庄世贤阴沉着脸也不走，掏出一柄断了把的锑勺子放到灶孔里烧，烧烫了就往一把赛璐珞牙刷把上戳。他想用牙刷把续长勺子把。勺子断茬往牙刷把里戳时，冒出一股难闻的青烟。那青烟袅袅地飘过去，直往"太平洋"鼻孔里钻。"太平洋"一闻到那气味就稳不住了，"哇"的一声打枪一样把吃下去的饭全喷了出来。

庄世贤呼地跳起来，激动得浑身发抖："你输了！你吐了！还我五斤饭票！"

"太平洋"涨红了脸，顾不得抹去嘴角上的食物残渣，急忙说："谁叫你放毒气谁叫你放毒气？我是先吃完了的大家都看见的！"

"不管不管，你反正吐了。讲好半个小时之内不许吐的。"庄世贤兴奋得连连搓手。

"你不弄那臭东西我会吐么？不信你再拿五斤饭来，吃不完我见人就钻裆。"

两个人各执其理相持不下，差点打了起来，吓得曾聋子忙去喊我父亲。我父亲跑来后狠狠地刮了他俩一顿，还让他们在民主生活会上检讨。从此，"太平洋"便对庄世贤耿耿于怀。逢人就说：庄世贤阴险得很，放毒气！后来，当庄世贤因花生枯事被送去劳教时，他便拍手称快：我早说过的，这个人阴险得很。

从这点看，那两饼花生枯又有可能是"太平洋"拿的……当时他正蹲在厕所里拉屎，听见杂物房门响了一下。他提着裤子出来时看见了庄世贤的背影，心里就嘀咕：这个人阴险得很。于是他系好裤子钻进杂物屋去，就发现了那两饼花生枯。晚上他就偷偷把花生枯搬回去，躲在被窝里掰馍馍一样吃了个痛快……当然这只是我的推想。是否如此还得进一步调查。但我很不希望就是这样的结果。

8

从照片上看，庄世贤显得有些落落寡欢？他站得稍微离开大家一点，双手插在裤兜里，肩头微微耸起，脸上有些忧郁。但显得很有风度。对于他的事母亲谈得极少，似乎有什么难言之隐。经我再三打听，她才含含糊糊地说了一些。

她说庄世贤是为了逃婚跑出来参加工作的。他家是省城有名的富商，家资万贯。他在大学念书时家里给他说了个门当户对的亲事，他很不满意。当时他很崇拜巴金小说《家》里的觉慧，一怒之下便跑出来参加了革命。那时已临近解放，他先在土改工作队当文书，后来不知为什么又弄下来当了教师。母亲说庄世贤这个人聪明得很，琴棋书画样样来，尤其是胡琴拉得极好。那时在敲梆石小学，每天晚上他坐在黑洞洞的房间里拉二胡，灯也不点，拉得如泣如诉回肠荡气。他最爱拉的是刘天华的《病中吟》和《江河水》。有天晚上，父亲到区上开会去了。母亲一人在家，恰好蜡烛点完了，母亲就早早地躺到了床上。黑暗中庄世贤的二胡声从窗口飘了进来……她听着听着泪水就涌了出来，她想这个人心里一定很苦。但父亲每次一听见庄世贤拉二胡就说"这个人思想灰得很……"但平时他又爱和庄世贤一起谈文学。父亲喜欢古典诗词，尤其爱柳永的艳词。庄世贤看过不少书，古今中外无所不晓，两人钻到一起如鱼得水十分投机，常常聊到深夜，弄得一屋子着了火似的烟气弥漫。我记得有些时间庄叔叔一吃完晚饭就到我家来，每回来都要给我带样小礼物：一盒蜡笔一张洋画片或是几张邮票。他一来父亲就高兴地喊我母亲：泡茶泡茶……然后他们就边喝茶边海阔天空神聊。那时母亲就坐在一旁织毛衣，听他们神聊。不时抬起头看他们一眼。我通常是听着听着就伏在父亲膝上睡着了。有天夜里我醒来时庄叔叔已经走了，父亲阴沉着脸坐在椅子上吸烟，母亲在一旁嘤嘤地哭……后来，庄叔叔就不来了。

据母亲说庄世贤的群众关系不太好，主要是因为他那张嘴。他口齿伶俐，谈吐诙谐风趣，开会时常常讲一些笑话笑得人们肚子发痛。有时又太刻薄，人们笑了过后又记恨他。他古典章回小说读得不少，常常把老师们的囧事编成章回来取笑。他编排马时珍和曾聋子：

　　尝百草　马时珍舍生忘死
　　煮大粪　曾聋子义不容辞

他编排"太平洋"和我父亲：

　　啖蜜枣　"太平洋"三敲月下门
　　惊美梦　高校长七窍生紫烟

就连老实巴交的女老师林玉芳他也不放过。林玉芳是教唱歌的，但声音有些左。吃饭时他就敲着碗摇头晃脑地吟道：

　　林妹妹不习六艺
　　贝多芬痛哭九泉

笑得吃饭的人们把饭都喷了出来……林玉芳哭着来找我父亲，父亲强忍着笑说："这个庄老师真不像话，林老师你先回去，我一定批评他。"等林玉芳走后，他对母亲说："唉，这个庄世贤呀，聪明不用在正路上。"

母亲笑道："林老师的嗓子也实在有点……"

父亲说："再怎么样也不该这样讽刺人家嘛，林老师是工农出身的教师，政治上又在积极要求进步，影响多不好？"

母亲说："恐怕庄老师是有口无心的，他这个人就是爱开个玩笑。"

父亲一下就变了脸："什么意思？你为什么总是替庄世贤辩护？"

母亲一下子就不吭声了。

"其实他这个人真是有口无心的，说过就忘了，人家就要记恨他一辈子。"母亲叹了口气说，"其实他教书很有一套。那阵兴搞教学观摩，全区的老师都来听他讲过课。你父亲听了他讲课后还对我说过：'这个人放在这里真是大材小用了，我看他教中学都不成问题。'……唉，可惜就是聪明一世糊涂一时，1961年为两饼花生枯就把前途断送了……"

"前几天我碰见他了。他还代问你好呢。"

"哦……"母亲一震，"我有好些年没见过他了。还是那年上市场买菜，见一个卖鱼的很面熟，我走过去问他价钱，他却把破草帽拉下来遮了脸，一声不吭。我想这人真怪……走出好远我才猛然想起来这不是庄世贤吗？等我再回去时他已经不见了。后来就再没见过他了。唉，也不知这些年他是咋熬过的……"

"他说他没吃过那两饼花生枯。"我说。

"是么？"母亲一怔，"这我就不清楚了，那时我在坐月子。我满月时他已经被送走了。"

9

还得说说敲梆石这个地方。

说起"唐蕃古道"，一般人只知道经青海到西藏那一条。却不知还有一条比那条道更古的"唐蕃古道"。那就是由四川经康巴到西藏的"川藏古道"。川藏古道开始于汉代，曾是藏汉茶马互市的重要通道。炉城就曾是这条古道上的一个重要驿站。

西出炉城，顺着碉门到岗安的茶马大道走到"猛回头"这个地方，如果你真的以为山已穷水已尽而回头的话，那你就领略不到敲梆石那具有异国情调的独特风光了。你只要硬着头皮往前再走几步，就会发现陡峭的石壁间裂开了一道缝隙，像两扇被风吹开的门扉。这两扇石壁叫关门石。从关门石进去，沿着蜿蜒蛇行的小路再走两个小时，眼前豁然一亮，一块纺锤形的山间小盆地就出现在眼前。那就是敲梆石。

盆地里土地肥沃人烟稠密，很有点陶渊明笔下"桃花源"的味道。只不过遍及盆地的不是妖娆的桃树，而是高大挺拔的"法国棕榈"。村里农舍低矮破旧,皆用乱石砌就。奇特的是牲口棚和堆粮食的廊房却造得很大,但都空着。其间一座小巧玲珑的教堂脱颖而出,细锐的尖顶直刺苍穹,与低矮灰暗的农舍形成强烈的对比。

1924年,法国传教士安拉达奉罗马教廷之命到东方开辟教区。他骑一匹瘦驴走到这里时,发现这里山青水绿,周围雪峰皑皑,风景十分秀丽,很有点阿尔卑斯山的味道,心里怦然一动。于是就用二十两银子向余土司买了块地皮,盖起了这座天主教堂,还建了一座小电站。发电机器全是从法国运来,拆散了用牲口驮进山的。那些秀丽的棕榈树自然也是安神父从异邦带来的种子。看来外国传教士中也不乏具有开拓精神的人。据说安神父开始传教时谁也不敢去,怕被这个黄发绿眼的洋人骗去吃了。后来安神父就用物资刺激的方法:男人做一回礼拜给一片阿司匹林,女的做一回礼拜给一张麻纱手绢。男人们疑心那白色的药片里有毒,都不去。妇女们却十分喜爱那些织物,踊跃得很。再后来信徒们全是妇女了。安神父就说这里的男人们罪孽深重,将来进不了天国。

敲梆石村得名于横卧在村口那块条形巨石。据村里老人讲,那块青白条纹相间的石头是镇山之宝,用烟袋轻轻一磕就会发出当当的响声。声音清脆激越,在山间传得极远。随着当当的响声,还会从石头下面跑出一群银色的小鸡,由一只同样银色的母鸡带着,围着敲梆石咯咯地转。后来那群银鸡被安神父捉走了,石头也就敲不响了。这些当然只是传说。但那时我们放学后经常在敲梆石上玩,上面的确有许多被烟袋啄出的凹坑。

1950年安神父被驱逐回国后,电站无人看管,农民就把机器上的铁卸去打锄头镰刀。教堂成了农会斗地主的地方,1958年又变成了村里的公共食堂。门上贴着我父亲奔放的柳体对联:敞开肚皮吃饭,鼓足干劲生产。横批是:社会主义好。那段日子教堂里真是热闹空前:每顿开饭摆好几十桌,几大箩热腾腾的白米饭气派地放在过道上,随便舀。村里人携老扶幼蜂拥而来,连学校的老师也编成一桌。可惜好景不长,食堂只办了几十天就开不起饭了。食堂垮了后教堂也空了,只遗下旧房子肉骨头。

安神父除了留下教堂、棕榈树,还留下一个黄发碧眼的哑巴男孩。哑巴的母亲因同外国神父睡觉被农会斗争后,羞愧得投水而死。哑巴就由生产队养着,从小给队里放羊。村里人都叫他白多多。后来读了几本外国小说,我就怀疑白多多恐怕是"彼得罗"之误。

哑巴虽无爹无娘,但生命力极强,一年四季就那身衣服,冬天冷慌了顶多钻在羊群里睡觉,从不生病。1960年村里许多人都瘦得像鬼,只有哑巴依然茁壮红黑。父亲说可能是血缘太远有杂交优势的缘故。但我知道的原因是哑巴全仗他放牧的那只头羊。

那天上马时珍的自然课,讲果实子房细胞。马老师就近举例:梨子外面那层甜甜的可食部分就是果肉,里面的核就是种子……讲到这里他咕地吞了口口水,很响。于是满教室一片吞咽声。邻座的天生就用膀子撞撞我:"你看哑巴。"我从窗子望出去,外面是一块收获了的洋芋地,哑巴的羊散放在地里。其余的羊都在地坎上啃草,只有那只黑色的头羊在地里嗅来嗅去。哑巴蹑手蹑脚跟在后面。头羊嗅到一处就用角撬着土……撬着撬着哑巴猛一膀子把头羊撞开,在羊撬过的土里掏出块漏网的洋芋来,就着泥两口就吃了下去,白厉厉的牙齿闪闪发光……下课后,我们就偷偷尾随在哑巴后面,哑巴一撞开羊我们就撞开哑巴,从土里抢洋芋。哑巴也不恼,只嘿嘿地傻笑。

10

天生从小就是条犟牛。

由于父亲是校长,村里的孩子们都不敢惹我。连大人们对我都客客气气的,唯独天生例外。那回他打了我后,我跑回去向父亲告状。没想到父亲却狠揍了我一顿屁股,还瞪着眼珠骂我:"狗东西!这么小就学着欺负人……"

那时天生成绩很好,父亲非常喜欢他。他的一篇作文被父亲推荐到少年报去登了出来,得了三元钱稿费,他给妹妹买了块高级点心。母亲常拿他教育我:"要像人家天生那样有志气。"

他后来考上了地区农校,犟脾气依然未改。那时农村的学生都是背苞谷面去在学校伙房换饭票。有天吃饭时,几个城里的学生见他在窗口打饭就故意说:"都是这些苞谷虫,让我们吃'金裹银'(玉米面混大米做的饭)。"他当时脸就白了,后来就在宿舍门口用三块石头垒了个灶,自己做饭,一直到毕业。

毕业后由于他成绩优异，县农业局想把他留下来，但他坚持要回去，在乡上当了一名农技员，后来被选为乡长，政绩甚佳。去年县长换届选举时，因他年轻有为，县委推荐他为县长候选人，结果他以压倒多数的选票击败了对手。

天生就当了县长。

天生当选那天，我父亲破例喝了两杯酒。他教的学生中出了个县长，这对他灰暗的一生不能说不是个安慰。他搔着通红的脖子说："从小看大呀，那时候我就发现这个人不一般，日后必成大气候。"弟弟姿势优雅地啜了口酒，冷笑一声说："未必，这年头掺假的事多着哩。"弟弟年纪不大却是个彻底的虚无主义者，他谁也不信啥也不信，只信他自己。顶替的事黄了以后，全家人都在为他的工作着急，可他照样天天上街打台球玩电子游戏，像是该这么着似的。后来还是托父亲的一个学生才在县宾馆给他找了个工作。他工资不多活得比谁都滋润，抽高级烟穿时髦衣服玩各种新潮花样。母亲曾担忧地要我说说他："才参加工作经济上一定要清白。"他笑嘻嘻地告诉我："大哥你放心，我隔夜的茶不喝犯法的事不干。这年头，来钱的不费力，费力的不一定来钱，全凭跟着感觉走。感觉知道吗？跟着感觉走，紧紧抓住梦的手，道路越来越宽越来……"他竟唱了起来在房间里翩翩起舞，脚像在棉花上踩。有时我发现这个漂亮的弟弟其实挺聪明。他玩"魂斗罗"能一直打到第八个画面，弄得街上摆电子游戏机的一见到他就发怵。他能如数家珍一气说出欧洲有名的足球俱乐部并对每个超级球星的身价了如指掌。似乎他工作也干得不坏，那天他们宾馆的经理还高兴地对父亲说，自从弟弟当了业务员后宾馆餐厅部的营业额翻了一番。出于职业的习惯我问他采取了什么措施。他却懒洋洋地说："屁的措施，还不是靠哥们儿够朋友，拉了不少会议来。"有一次弟弟给父亲带回一张请柬，邀请父亲出席一个宴会。父亲疑惑地说："我一个退休教师去干吗？"弟弟说："去吧去吧，都是社会名流，请你们去共商改革大计。"父亲非常激动，忙叫母亲把他那套毛料中山装翻出来，又刮脸又擦皮鞋，忙得一塌糊涂。谁知父亲去了以后有许多人都不认识。也没开什么座谈会而是直接入席，并安排他同几个小青年一桌。父亲彬彬有礼闷头吃完后回来就问弟弟："老三你说是社会名流，我咋觉得同桌的那几个年轻人中有一个像是县政府开车的，还有一个像是食品公司卖肉的……"

弟弟大大咧咧地说："爸，实话对你说了吧，那几个都是哥儿们，关系户。今天开会的那家客户多出两桌没人吃，我就把你们叫去了。怎么样？味道还不错吧？"

"你……"父亲倏地紫涨了脸。

"咋啦？让你白吃一顿还不乐意？"

"胡尿整！那么贵的席桌……像你们这样整再大的家业都要吃垮呀！"父亲痛心疾首。

"爸你真是，"弟弟遗憾地摇摇头，"你老呆在家里，你不知道，外面的世界真精彩……"他又嘻皮笑脸地唱一句。

"混账！"父亲气得浑身发抖。

母亲见状赶紧把弟弟掀出门去。可他边走还在边唱：

"我俩……太不公平，爱和恨……全由你操纵……"

父亲颓然倒在沙发上，连连搔着头："罪过呀罪过，咋就养下了这样的孽种……"

弟弟常常这样把父亲气得脸青面黑浑身发抖。妹妹入党那天，我们全家都向她表示祝贺。弟弟却阴阳怪气地说："好哇，这下我们群众组织更加纯洁了。"骇得母亲赶紧去捂他的嘴。

有时我看不惯也说他几句，劝他别太玩世不恭了。他却说："大哥你抬举我了，我修练得还不够。玩世不恭是门高深的艺术，要有很高的修养才能达到那种境界。"我说你胡尿扯。他说："你不信？你看，这年头的人不是愁工资愁职称就是愁住房，啥都有了的又愁活不长。怕地震怕癌症怕得艾滋病。只有我，冷眼向洋看世界……"我虽然很不以为然，但夜里躺在床上仔细一想，不由得冒出一身冷汗。

11

父亲靠在沙发上睡着了，嘴角上垂着一丝透明的口涎。电视屏幕上，一位美女正用嫩如笋尖的手指摩挲着白嫩的脸颊，显示某种采用宫廷秘方制造的化妆品的神奇。母亲还在厨房里收拾，锅瓢碗碟磕碰出叮叮的声响。

我想趁这个时候同父亲谈谈那件事。

父亲退休后心绪很坏，除了帮母亲喂喂鸡外，多数时间是仰靠在沙发上发怔，常常莫名其妙地发火。母亲怕他憋出毛病就劝他出去走走，到学校会会老同事们。父亲去过一回就不再去了，他说他怕血压升高心脏受不了。"成何体统！成何体统哟……"他愤愤地说，"教书育人的地方搞得乌烟瘴气像个自由市场似的，到处是卖冰棍汽水花生糖的，还开什么服务公司……课不认真备书不好好教，误人子弟呀……"我劝他："爸你也别生气，不在其位不谋其政嘛。"他眼一瞪："在其位是他们那样整法么？我那时连想都不敢想呀。"弟弟冷不丁插一句："这说明你还有自知之明，退得英明退得及时，其实你早该退了。"母亲狠狠瞪他一眼："还不去把鸡喂了。"

从那以后，父亲就一蹶不振。有一天他不知从什么地方翻出个毛主席像章，端端正正地别在胸口上。弟弟对我挤挤眼低声说："老头子还挺怀念过去的。"我正色道："别说得那么残酷，他们虽然老了，但他们也年轻过。一个人的一生毕竟有许多美好的东西值得怀念。"弟弟瘪瘪嘴，冷冷地说："怀念个屁！打你屁股还说是娘疼你！""你……"我勃然大怒。弟弟耸耸肩转身溜了，还像个小流氓似的嘘着口哨。

我轻轻坐到父亲对面。

父亲在这一两年间一下子老了。头上的白发越来越多。脸上也有了像死亡阴影一样的老人斑……我心头不由一阵发酸。

父亲睁开了眼。"是你？老大。"他抹去嘴角上的口涎，长长地打了个哈欠。"我咋就睡过去了呢？几点了？"他看看表。

"爸，"我恳切地说，"现在的事不必过于认真，你还是到处走走吧,别老待在家里,最好是培养一两样兴趣,比如打打门球什么的。"

父亲没吭声。过了一阵他突然问我:"老大,这段时间我都在琢磨,我们过去是不是太傻了?那时不要谁动员,争着朝艰苦的地方走,不让去的还哭鼻子闹情绪……有点好事都争着往外推。那时我连续三次把调工资的机会让给了别人,心里还觉得挺高兴,你说傻不傻?"

"话可不能这么说,一代人毕竟有一代人的追求。"我说。

"唉,那阵在敲梆石,饿得腿都浮肿了还要坚持上课,晚上还得在煤油灯下批改作业。有段时间煤油也脱销了,只好用铁丝穿了蓖麻籽点上改作业。你妈的眼睛就是那时熏坏的。"

听他说到这里,我就问:"爸,那时你在敲梆石小学当校长时,有个叫庄世贤的老师你还记得吗?"

父亲一怔:"怎么记不得,那个人品质不好,1961年被开除公职送去劳教了。"

"听说他仅仅因为两饼花生枯就被送去劳教了,是这样的吗?"

父亲没吭声,沉默了一会儿说:"现在看来处理得是重了些,可是当时的情况不同呀,战争年代谁掰老百姓一个苞谷都要枪毙的。"

"那时毕竟不是战争年代嘛。"我说。

"可那阵农民一天才二两黄谷。"

"但是,据我所知,那两饼花生枯他并没吃成。

而是……"

"他没吃谁吃了？难道是……你打听这些事干什么？"父亲警惕起来，诧异地盯着我。

"我想弄清楚那两饼花生枯究竟是谁吃了。"

"几十年的事了谁还说得清？再说弄清楚又怎么样呢？"父亲突然提高了声音。

"你们父子俩在吵什么呀？"母亲慌忙从厨房里跑了出来。

"就算是他没吃，他那种行为也是极端错误的。哼……"父亲站起身，气冲冲地进去了。

"你不要在他面前提这个人。"母亲说。

"为什么？"

"唉，有些事一辈子也说不清。"母亲叹了口气，眼光十分迷惘。

"那天夜里，就是你生妹妹那天夜里，爸爸出去过吗？"我问母亲。

"好像是出去过。"

"他出去干什么你还记得吗？"

母亲想了想，说："那天是银秀接的生，就是天生的妈。你爸爸帮她收拾好后就出去了。"

"他出去干什么？"

"埋胎盘……银秀说那东西要埋了才好。他就弄出去埋了。我问他埋哪里了，他说埋在厕所旁边的菜地里了。"

"哦。是这样。"我松了口气。

12

我在笔记本上暂时划掉了父亲的名字。现在调查对象只剩两个了。我决定先去找"太平洋"。他那摔跤队刚从省里比赛回来，拿了块铜牌。我可以借采访他的机会顺便问问这件事。

"太平洋"还是胖乎乎乐哈哈的样子，只不过比照片上老多了。我一进门他就打着哈哈：

"嘀嘀，大记者来啦。干你们这行的真是狗鼻子，人刚到家你就闻到啦。"

"来祝贺你们载誉归来嘛。"我笑着说。

"载个屁。来来，站着干啥？坐呀。"他把我推到沙发上坐下，忙着沏茶递烟。

"怎么？省运会拿铜牌还不高兴？"我问。

"嘿嘿。看你不是外人我才给你交个底。"他凑过来压低嗓门，"这块铜牌是缺牙齿咬虱子碰上的。第一轮轮空，第二轮对方看电影去了没赶上，弃权。第三轮关键时刻对方突然抽筋，所以才一路过关。"

"哦！是这样。"我拿出采访本。

"你千万不能捅出去！""太平洋"做了个警告的手势说，"你就这样写：在县委县政府的亲切关怀下，在县体委的正确领导下，在有关部门的大力协助下怎么怎么就行了。"

"你简直是在面授机宜了。"我笑道。

"本来嘛，现在的事复杂得很，哪一路都是神，得罪了谁都过不去。""太平洋"摇摇头。

"就知道吹。"他爱人从里屋出来拦住了他的话头，对我笑笑，又把一瓶药放在他面前："连吃药也要人家提醒。"

我一看是"胃仙"就问："怎么啦，胃不舒服？"

他倒出几片药丢进口里，苦着脸吞下去，说："老毛病了。这次会上的伙食太油腻，全是整鸡整鱼，吃了胃子就受不了。"

我想起他当年吃五斤米饭的雄风不由感慨万分，世上的事就是这样难尽人意。那时他胃口那样好又没东西消化，现在吃食多了胃又不行了。"干你们这行的真辛苦呀，东奔西跑的。"我说。

他摇摇头："哪里的话，再苦都比当教师强。幸好我改了行。不然像你父亲……哦，你父亲好吗？"

"他退休后身体还好，只是精神差点。"

"唉，他真是迂到家了。是我早不干了。你看马时珍，文教局一个科长，就管个招生，比他妈县长还吃得开。你父亲当了几十年校长又怎么样？连到老干部俱乐部打牌的资格都没有。还不如庄世贤，虽说当了几十年'弹簧'，可现在人家是经理，谁都争着同他握手。"

"你见过庄世贤？"我抓住机会问一句。

"没有，我不和他打交道，那个人阴险得很。"太平洋不屑地摆摆手。

"你还记着他放毒气的事吧？"

"你也知道这事？嘿嘿，"他不好意思地笑笑，"就从那回起我的胃就不行了。"

"他藏花生枯那晚上的事你还记得吗？"

"你问这个干什么？"他满脸狐疑。

我把庄世贤找我的事说了一遍。

"怎么，他还想打击报复？"

"他没有这意思，只是想弄清楚。"

"也可能不是他吃的。"他沉吟一下又说，"你想，头天晚上他刚藏了，第二天还没起床区上的人就到了。从他寝室里也没搜出来。想起来他也真不值得，那东西现在连猪都不吃。"

"那天晚上你出去过吗？"我问。

"怎么，你怀疑我？"他有点不高兴。

"受人之托忠人之事而已，那天晚上在学校的人我都要问问。连我父亲也不例外。"

他不吭声了，用拳头支着下巴沉思。过了一阵他问我："一定得知道吗？"

"要是你不介意的话……"

"好吧。"他把手里的烟头往烟灰缸里使劲一旋，说，"我们出去走走吧。"

在体委田径场的草地上，我们席地而坐。

"你知道银秀吗？"他问我。

"知道。就是天生县长的妈吧。"

"对，就是她。那时她刚死了丈夫不久，一个人拖两个孩子。但她很能干，咬紧牙挨日子，还处处想到我们。她说我们是老师，过去是供到家神牌位上的。那些年生产队分个啥她都要叫队里把我们算上。她知道我饭量大常常吃不饱，就经常叫我上她家去，想尽办法要让我吃点东西。哪怕是煮野菜她也要叫天生来喊我。时间一长，我就……"他突然涨红了脸，瞥我一眼，"你不会笑话我吧。"

"不，我能理解，每个人都有自己值得珍藏的感情。"我说。

"那天晚上，我又悄悄到她那儿去了，可是她不在。听天生说，她是给你母亲接生去了。我等了很久银秀都没回来，我就说天生你带着妹妹先睡吧，我走了……回来时我看见一个人悄悄地朝厕所那边走去，手里还拿了把锄头。"

"是我父亲吧。"

"不是。"

"是谁？"

"马时珍。"

"是他？"

"对。是他。我怕他追问我这么晚到哪去了，我就避开他从另一边回去了。"

13

回到家时，母亲正在生气，眼睛红红的，好像刚哭过。弟弟腰上挂着个迷你录音机，头上戴着立体声耳机，正在房间里走滑步。看上去像是一段无声电影。

"三弟，你又惹妈生气了？"我问他。

"可不是，"妈恨恨地说，"我叫他陪我到粮店把家里节约的粮票全买成粮回来，他不但不去，还说我老糊涂了……我辛辛苦苦为了啥？还不为这个家。"母亲的眼又红了。

"三弟你太不像话了，连帮家里做这点小事都不肯。"我生气地从他头上扯下耳机。

"大哥你不知道，"三弟辩解道，"妈叫把全部节约的都买回来，一千多斤呢！犯得着吗？"

"怎么犯不着？这几天人家都在买，都说是要涨价呢。"母亲说。

"涨就涨呗，生在涨价的时代就得适应涨价。你能把一辈子吃的粮都买回来吗？买回来生虫怎么办？还不是白白扔钱。这不是愚蠢吗！"弟弟振振有词。

"滚滚滚！"母亲气得直跺脚，"你们这些没心肝的，屎一把尿一把把你们拖大，一个个牛高马大的，连这点小事都不肯帮我做……"

我忙说："妈你别生气，我陪你去吧，我这就去借架子车。"

弟弟说："借架子车干吗？不嫌累？你们先去把票开上，我去弄辆汽车来拖。"

路上，母亲悄悄告诉我："听说上面来文件了，以前结余的粮票全都要作废哩。"

"不可能吧。"我说，这么大的事情上面不会草率从事的，也许是谣言。"

"你别这么说，那可不一定。1960年我就吃过一回亏，一百多斤粮票全作废了。那可是我从牙缝里省下来的呀，就想着生你妹妹时多点粮催奶。我满月后你爷爷才告诉我,气得我哭了好几场。"母亲说。

"现在不像那阵了。再说即使作废了也没啥,反正每月的定量都吃不完。"我安慰她。

"你也别这么说。"母亲神秘地看看左右,低声对我说,"听人家说我们国家又遇到难处啦。还说大兴安岭烧林子,到处发大水,人家说弄不好又要像1960年那样。唉,可千万别再像那样了。那过的是叫啥日子哟……昨天夜里我心焦得一宿没闭眼。"母亲忧心忡忡地叹了口气。

我望着母亲斑白的双鬓和布满血丝的双眼,心里不由一阵揪心的酸。母亲这辈子没过上几天顺心日子。到现在每天晚上在厨房里洗脚还舍不得开灯,宁愿摸黑……为了节约几分钱,她每天在市场上走来走去,声嘶力竭地同小贩们讨价还价,累得回到家半天都不想动……刹时,我望着粮店门口蜂拥而至的人流,望着许许多多像我母亲一样的母亲们,心里突然冒出个念头:我真诚地祈求上帝保佑保佑我母亲过几天舒心日子。至少在她有生之年。

上帝能听见吗?

14

正如"太平洋"所说那样,马时珍看来的确混得不错。光是那套山峰般雄伟的组合式家具就不是一般人敢问津的。但是家中那些拥挤不堪土洋相杂的摆设,又隐隐透出土财主一般的愚笨和得意。我去时他正在悬肘挥毫,一件银灰色的羊毛开衫紧裹着发福的肚子,不多的几根头发整整齐齐地往后梳着。阳光透过窗幔柔和地洒在书桌上,使他看上去很有点鸿儒的风采。看见我他谦恭地笑笑,用嘴努努沙发,示意我稍等片刻。

我干脆走过去看他写字。

他闭目运气,挥洒自如,写的是一帧横幅,上书"齐天乐"三个大字。字体浑厚圆润,于温良敦厚间又透出不屈不挠的韧劲,让人想起大象那沉重坚定的步伐。

"好字!方寸之间显出气象万千。看来马叔叔这字是很有点功力的。"我称赞道。

"哪里哪里,老弟过奖了。"马时珍放下笔,头稍朝后仰仰,凝目端详着自己的杰作,脸上露出满意的笑容。

"马叔叔,这是给谁写的呀?"我问。

"老县长的嘛。那天他在街上碰到我,非要我给他写幅字。我想了好久才想出这三个字。难哇,老革命水平又高。"马时珍取出一方石印,用嘴哈哈气,仔细地在落款处按下去。

"不错,字好字义也佳。退休了就该享享清福,与天同乐嘛。"

"你别看他退休了,走在街上糟老头子一个,能量大得很哩。"马时珍意味深长地笑笑。

我也笑了,又问他:"马叔叔,你现在还研究《本草纲目》吗?"

"早就不弄了。"马时珍挥挥手,"那还不是困难年代为了填饱肚子才弄那玩意儿。你想,那时我是一个人民教师国家干部，成天满山乱窜像老娘们似的弄那些野草草像啥话？影响多不好。说是研究草药就是另外回事了，名正言顺嘛。哈哈……"他解嘲地笑一声。

"你还记得那年你吃面狗苕中毒的事吗？"我问他。眼前这个谈吐儒雅风度翩翩的人怎么也和印象中那个伏在飞旋的箩筐上哇哇呕吐的人联系不起来，我甚至怀疑那只是一种幻觉。

"怎么不记得，那回要不是你母亲和曾聋子，吾墓之木拱矣。哈哈……"马时珍打了个哈哈，用短胖的手指梳着稀疏的头发。

"你吃过花生枯吗？"我突然问一句。

"花生枯？"马时珍一愣，"没有，从来没吃过。那是喂猪的东西。庄世贤倒是吃过，但是付出的代价太高了。大可不必，大可不必呀。前几天我在街上碰到他还对他说，逝者如斯，还是向前看吧。"

"但是，听说他并没有吃过那两饼花生枯，而是被另一个人吃了。"我说得很慢，边说边仔细捕捉他脸上的变化。

马时珍浅浅一笑："吃不吃并不重要，关键是他碰上了那个时候，也就是说撞到枪口上了。古往今来比他冤屈的多得很嘛，你怪谁去？怪了谁又怎么样？就算是给你又平反又昭雪，但你的青春你的前途你的一切全都完了，又有什么意义？生命属于人只有一次，每个人都不能草率地对待自己的生命。所以说，你们年轻人现在做事情一定要思之又思，慎之又慎呀。"他用一副过来人的口气对我说。

也许是这间屋子窗户全闭着，屋子里家具又多，我感到有些透不过气来。我用力揉着胀痛的太阳穴,漫不经心地问道:"马叔叔,庄世贤藏花生枯那晚上你扛着锄头干什么去了?"

"我?谁说的?"他意外地一震。

"我看见的……"我咽了口唾沫。

"你那么晚了还没睡?"他满脸狐疑。

"那天晚上,我妈妈生我妹妹,家里很吵,我睡不着。我出来撒尿时就看见你朝杂物房那边去了。"我决定把谎撒到底。

"哦……哈——你看我这记性。"他尴尬地拍着额头,想了一阵,说:"对,是有这么回事,那天晚上我是到那边去过。"

"你是去——"我想一针见血地点出来,可话到嘴边又咽了回去。

"说起来惭愧呀,"他仰靠在沙发上,眉头微皱,指关节在扶手上叩击着,"你知道那时我在研究《本草纲目》。那天晚上你母亲生孩子我就知道胎盘肯定要扔。《本草》载:胎盘,人之胞衣矣,性温,集人之精华,食之大补元神,延年益寿。我等你父亲把胎盘埋到了菜地里,就去把它挖了回来。"

"吃了?"我一阵恶心。

"不,做了药。"马时珍有些窘。

我昏昏沉沉走到大街上时,天色已近黄昏。沿大街散步的人很多,大多数都是夫妇俩加一个孩子的现代标准家庭。孩子们花枝招展,大人们衣冠楚楚神态悠闲。男的吸着烟或是背着手，女的织着毛衣或是睨视着穿得比自己还漂亮的女人……也许是从马时珍那里带来的恶心还在继续，我心情极坏，恍恍惚惚觉得这些衣冠楚楚的人们一到夜里都会脱去华丽的衣服，露出老鼠一样尖锐的牙齿在黑暗里四处逡巡，吃腐鼠啃死尸，尖利的牙齿闪着寒光……

"又上哪去抢新闻呀？这么急。"一个人拦住了我。我抬头一看原来是天生。

"哦，是县长大人呀。怎么，微服出访私察民情还是与民同乐？"我开个玩笑。

"扯尿蛋！"他在我肩头上擂一拳，"吃了饭消消胀，你到哪去呀，急匆匆的。"

"也没个准，随便逛逛。"

"那好，到我那儿去坐一屁股。"

"算了吧……"我看到散步的人们都放慢了脚步竖起了耳朵意味深长地朝这边看，心里有些不自在。

"咋啦？怕沾上你了？"他冷笑一声说，"我进城几个月了你也不来坐坐。其他的不说，好歹我们还是光屁股就在一起玩的朋友。我也知道我这县长当得窝囊，一个农村来的土包子罢了。再洗涮身上都有股腥味儿。"

我心里一烫："你说哪儿去了，走吧。"

15

天生住的是单身宿舍。他妻子是农民，还在敲梆石老家种地。

没有女人的家就像一个下等旅馆，房间里充斥着一股浓重的男人特有的汗味。角落里有个煤油炉。地板上堆着一些从家里背来的蔫巴巴的白菜。屋中间有几只苍蝇在盘旋。

天生探身在床下摸出一瓶酒来，又从抽屉里捧出几把花生说："来，今天我们两兄弟好好喝一台，虽说都在一块天底下，也难得见一次面。"他用牙磕开酒瓶盖，找了半天只有一个杯子，便顺手揭下温水瓶盖。

"你一县之长，日理万机，忙得一塌糊涂哪有时间嘛。"我笑道。

他吱地咂一口酒，说："尽忙他妈在刀背上了。白天不是当小媳妇陪上面来的人，就是当婆婆断那些扯尿不清的官司。晚上吧，你想哪去散散心连朋友都没有。你走到哪家去都把人家弄得紧紧张张的，你不如抬屁股走了还好，免得弄得人家挺累你自己也挺累，干脆回来睡大觉。"

我见他真没把我当外人，就敞了怀说："你这是木匠戴枷，自作自受，谁叫你竞选当县长来着？"

"我先哪知道有这么难呀！"他沮丧地说。

"其实，要不是为了我母亲，我才不出来竞选这劳什子县长呢。我父亲死后就我母亲一个人拖我们兄妹俩。一个女人你不知道有多难……"天生又猛地灌一口酒，辣得哈哈地揉着胸口。

"我知道。那天我到'太平洋'那儿去，他还说起那年烧老鼠肉给你们吃的事呢。"我说。

"其实他那天一拿来我就知道是老鼠肉。说句实话，那天晚上烧鼠肉的滋味真不错，比我们平时弄进肚子里的那些东西强多了。你知道我们平时吃些啥吗？"

"面狗苔嘛，我也吃过。"

"那算是上品了。后来面狗苔挖绝了我们就吃仙人掌根根，还吃过白墡泥。"

"白墡泥？"

"就是一种白泥巴，又白又细，看上去就像上等面粉似的，吃起来一点味道也没有，纯粹是哄肚皮，但那东西吃了拉不出屎。"

"简直不可思议。"我喃喃地说。

"那几年，不可思议的事多着呢……"天生晃荡着酒杯，凝视着清澈透明的酒液，像是要从里面看出什么似的。

"……有天夜里，我妈拉了一夜的手磨子，把头天挖回的仙人掌根磨成了面粉。早上她就用仙人掌面粉做了一锅面条，叫我吃了去读书。那东西你没吃过。要说世界上有什么是最难吃的话，我敢说就是仙人掌粉做的面条。那东西又滑又韧咬不断筋，像是嚼着橡皮，只能囫囵吞下去。我妈把面条擀长了些，我吞进一半在肚子里另一半还在碗里，我头一埋肚子里那一半又滑出来了，像是吐的蛔虫。连续几次我火了，把碗一推：我不尿吃了。我妈叹口气说你不吃这吃啥呀？我说我要吃苞谷粑粑。我妈说苞谷还是嫩苗苗拿啥给你吃呀？我说我不管，我要吃苞谷粑。母亲用菜刀把面条砍断说，天生听妈的话，赶快吃了上学去吧，学校都敲钟了。我把碗往地上使劲一掼说，我不吃这鬼东西我也不去读书！我妈气极了啪地给我一巴掌，骂道：不争气的东西你不读书你对得起你死去的爹吗？你不读书你去给我死呀！我脸上顿时火辣辣地痛，眼泪就滚了出来。我说你给我做顿净苞谷粑吃我就去死。母亲一把抱着我，跪在地上哭着说：儿呀，妈实在没法去弄苞谷面呀，妈只有身上的肉，你想啃就啃两口吧……结果那天我还是没去上学。我走到半路上见哑巴在地里掘地蚕子烧来吃，我就跟他一起掘。估计是放学的时候了我就回家去。回去时我就看到了一辈子也忘不了的那一幕……"

"你看到啥了？"我问。

天生的手剧烈地抖起来，酒洒了出来……

他回去时厨房里没有人。桌子上放了一碗苞谷面糊糊，散发出诱人的香味。他像饿狼一样端起碗呼呼地喝着。那美妙得无与伦比的滋味刺激得头都晕了。他一口气喝完后用舌头把沾在碗上的糊糊也舔了个干净。肚里还是很饿。他揭开锅盖锅里是空的。心里就有些委屈：妈和妹妹吃饱了哩，才给我剩下这一小碗。这时他似乎听见猪圈里有呻吟的声音，他跑过去一看，头轰地大了……

他母亲趴在地上，头抵着猪槽，屁股撅起，正让他妹妹给她掏粪……

他心里一哆嗦："妈……"

他母亲慌忙站起来，笑着说："儿啊，读书累了吧，厨屋里有碗苞谷糊糊，我去讨了碗苞谷面……"

天生血红着眼一口气把杯里的酒喝干，说："从那天起我就发了誓，要发愤读书，这辈子一定要让母亲过上好日子！"

"你为啥不把老人家接进城来住几天呢？"我喉头上涌

起一团热辣辣的东西。

"城里？哈哈……"他用血红的眼珠盯着我，"城里是她住的地方吗？我好歹是个县长，人家都不把我放在眼里……"

天生醉了。我赶快把他扶到床上躺下。

那天晚上我没敢回家，和他抵足而眠。半夜我渴醒过来，天生不在床上而是站在窗前，双臂抱胸，望着窗外黑乎乎的群山，头发被夜风撩起，钢针似的竖着……

16

按照庄世贤给我的名片上的地址，我在状元巷穿了几个来回都没找到那家"振华信息开发公司"。最后一次我按门牌号数一家一家数去，数到九号门前却是一幢低矮破旧的民房。我正迷惑不解徘徊不定时，门口一个晒太阳的老太婆睁开眼问："你找哪一个？"

"找庄经理。振华信息开发公司的庄世贤经理。"我掏出名片说。

老太婆想了半天，说："你莫不是找庄二杆吧？就在你跟前。"她指指我面前那扇门。

我见这门与我想象的实在相去甚远，便有些踌躇，举起手来欲敲未敲。

"你推开门往里走就是。"老太婆说

我推开嘎嘎作响的门，穿过一条黑乎乎的过道，来到一间亮着电灯的屋子里。房间不大但挤满了人。有的坐在凳子上有的还靠在床上。屋子里烟雾腾腾空气浑浊。

庄世贤坐在屋中间的桌子上照着本子念着什么,见我进去点点头:"你来啦,先坐坐。我们正在开信息发布会,快完了。"

一个蓄长发的青年挪挪屁股给我腾出个位子。我刚坐下他就递过一支烟:"老兄在哪里发财?"我说我不发财,我找庄经理有点私事。他笑笑就不再理我了。

庄世贤清清喉咙又继续讲:

"刚才说的是中药材方面的情况。现在我介绍一下建材方面的行情。从各种迹象看,中央这次压缩基本建设投资规模是下了决心的,我们县上肯定也跑不脱。因此,尽管目前钢材水泥玻璃仍然十分走俏,但春节过后销路肯定会趋于疲软。所以这方面的货不宜盲目吃进。手头有货的赶紧抛出……至于百货方面的销售行情,我们这里是中低档走俏,高档滞销。低档的市场主要是农村,中档市场在城里。尤其是款式新颖价格又不贵的新潮服装十分抢手。我昨天在市场上转了转,丝质闪光健美裤和超短裙很受欢迎,进多少销多少。"

"妈的,都想亮大腿。"长头发插一句。

轰——屋子里的人都笑了,笑得十分猥亵。

"庄经理,"一个胖子大声说,"你前次让我进的五百套啥'三点式',摆了几个月一套都卖屎不出去。你说拿来咋办?"

"拿给你老婆穿嘛。"有人笑道。

"嘻!他老婆那身肥肉穿那玩艺儿绝了。"

"像他妈个缠丝兔。"

哈哈——又是一阵大笑。

"我说你们别打岔。"庄世贤双手往下按按,"黄胖子你别急。我得到一个可靠的消息,省青春健美队过几天要到这里来巡回演出。另据我的一个朋友、县体委摔跤队的代教练透露,县体委正在筹办健美训练班。你放心,到今年夏天你那批货肯定抢手,卖不脱你再来找我。"

我望着庄世贤飞快翻动的嘴唇和上下蠕动的喉结,心里有些不是滋味。我想起他在那张照片上的样子:英俊潇洒,很有点诗人的气质。而眼前这个庄世贤却像一个精明的小贩,喋喋不休地推销着他的信息,向这些腰缠万贯但智商极低的人传授生财之道……尽管如此,我还是觉得他比我父亲活得自在,活得充实。那么,那两饼花生枯对他来说究竟是祸还是福呢?

那些人走后留下了一地的痰迹和烟蒂。庄世贤敲敲壁板对隔壁的人说:"人都走了你过来收拾一下,顺便泡杯茶过来。"

一个四十多岁的女人端着杯茶进来放在我面前。那女人从装束到长相都十分干净利落。

"这是我爱人。这是县广播局的小高,就是高校长的大公子。"庄世贤介绍着。

女人对我笑笑说请喝茶,然后十分麻利地把屋子收拾干净就退出去了。

"你们公司有好多人?"我问。

"就我们一家人。我是总经理她是副经理,还有个女儿是办公室主任。"他诙谐地笑道。

"贵公司经济效益如何？"我也笑着说。

"一般。能维持一家人的生活。像这样来听一次信息发布交费五元。如果信息及时对路还可以按比例分红。"

"这种时候多不多？"

"一把石子扔麻雀，总要碰上两个。"

"你信息的来源呢？"

"那儿。"他指着墙上的报纸。

我才发现这间屋子四面墙壁都挂满了报纸，全是《市场报》《信息报》《经济参考》《乡镇百业信息报》之类的，墙上还贴有一张当天的外汇牌价表。

"你这方法还挺便宜的嘛，现成的信息。"

"不便宜呀，世兄。信息成千上万，市场瞬息万变，你得广泛浏览仔细筛选。剔除虚假的，排除无用的，选出有价值的。还得结合本地的情况综合分析，整整一门学问呢。又不是街上测字算命的摊子，仅凭一张利嘴。"他笑着说。

"你不如把规模搞大一些，让那些国营企业也来听听你发布的信息，免得他们亏得来连裤子都穿不起。你收入也要多一些嘛。"我向他建议。

"不妥不妥。"庄世贤连连摆手，"树大招风言多必失，像这样小打小闹够吃就行了。要那么多钱干啥？又不能带进棺材。再说……嘿嘿。"他意味深长地摇摇头。

看来那两饼花生枯对他的教训真是深入骨髓。我突然想起来这儿的目的，就说："庄叔叔，那件事我调查过了。"

"哦？"他马上集中精力盯着我。

"恐怕要让你失望……"接着我就把这几天跑的情况以及我对调查结果的分析都详详细细地告诉了他。

他听完后久久没有说话,而是凝视着墙壁上一块形状奇特的水渍。过了好一阵他才如释重负一般说:"在我来找你帮忙之前,我就估计到会是这种结果。"

"那你为什么还要来找我?"我有些诧异。

他没有回答,而是对我笑笑:"不过也好,至少从这里面我又搜集到了一条宝贵的信息。"

"什么信息?"

他微笑不语,从抽屉里摸出一沓钞票说:"世兄,这五十块钱是付给你的调查费,请笑纳。至于你对我的帮助,我将铭记在心。"

"这……"我愕然。

"太微薄了,实在不好意思……"

"庄叔叔。"我正色道,"难道我们之间的关系是非谈钱不可的吗?"

他一愣,脸上显出感动,说:"那好,我也就不强人所难了。不过我还是要送你两条信息。我这个人不白占别人的便宜。"

我笑道:"我又不做生意。"

他说:"不做生意居家过日子也用得着的。你记记。第一,由于汽油紧张,运输公司大部分汽车要停驶,所以一些日用品可能会暂时脱销,比如盐巴火柴卫生纸之类,你最好储备一点。第二,最近市场上的毛肚千万别买,全是福尔马林浸泡过的,吃了轻者瞎眼重者送命。"

我突然想起母亲的焦虑，就问："庄叔叔，你看这粮票会不会作废？我妈为这事很发愁。"

他想了想说："我看不会。自古以来粮食就是中国历代政权的基础，粮价一乱政权就乱了，我想上边不会如此轻率的。再说最近报纸上对这事也有反映。回去转告你母亲：'不是风动不是幡动，仁者心动。'最好有空时练练气功，心静万事空。"

走出门我才发现街沿的梧桐树上钉着块牌子：振华信息开发公司由此去，牌子的箭头就指着我走出的那道门。但那块牌子很寒碜又瑟缩在树枝丛中，难怪我刚才没有发现。

17

一夜我都抱着那两饼花生枯在东藏西藏……藏这儿也不是藏那儿也不是……突然街上一个人指着我大声喊：抓小偷！抓小偷……于是满街的人都朝我追来，跑在最前面的是马时珍。我拼命地奔跑但双腿沉重得像坠着铅块，那两饼花生枯也重如山峦……最后一辆警车呼啸着朝我冲来……我大叫一声惊醒过来。闹钟铃叮叮地响着……

昏昏沉沉地走进办公室，科长大有深意地看看表说："今天上午开城区机关职工大会，县长点名要你去。"我想肯定是传达什么重要文件，于是赶紧收拾起采访包朝会场跑去。

一进会场我就敏感到今天的气氛有些不寻常。县政府礼堂里黑压压地坐满了人，人们交头接耳都显得十分兴奋。

闹哄哄有如一只巨大的蜂巢。为了抢镜头我尽量挤到了最前排。

主席台上不像以往梁山英雄排座次一般坐满县上的显要人物,而是空空如也。只摆了一张方桌,桌上堆着一堆干馒头,还有一个盛满了鸡鸭肘子之类的大菜盆,还有一堆东西用报纸盖着看不出是什么。我正想问旁边的人今天究竟开什么会时,天生走到麦克风前。刹时全场鸦雀无声,就像是一只噪声极大的收音机突然关上了电门。

天生用嘴吹吹麦克风,麦克风呜地发出一声啸叫。会场里发出一阵哄笑。天生涨红了脸生气地把麦克风推到一边,说:

"喂,开会了!"

奇怪的是,不用麦克风他的声音听起来却显得极不真实。他环视一下会场大声说:

"大家都看清桌子上摆的东西了吧,有鸡有肉还有馒头。但今天决不是请大家来会餐的。"

哄——下面又爆发一阵笑声。

天生接着说:"这些东西是今天早晨放在我门口的,还有一封信。下面我给大家念念。"他清清喉咙抽出信纸,"尊敬的县长阁下,这些美味的食品是我们从县政府招待所的泔水缸里捞出来的,那是您和您的属下经常用餐的地方。这些馒头是从县中学的宿舍周围捡来的,那是你们的少爷小姐们读书的地方。我们之所以要把这些东西送给您,是因为我们觉得在您的领导下,我们县上的生活已超过了世界发达国家水平!这实在是一件功德无量的大好事,完全应当载入史册！同时，我们又深感忧虑：这样美味的食品你们都咽不下去，肯定是由于操劳过度肠胃出了问题。为使领导们健康长寿胃口常开，我们特献上宫廷秘方一个：每天清早起来面对东方，双手展开五指插于耳朵上方，连续扇动九十九次，嘴里配之以哼哼声……效果极佳……"

哄——礼堂里爆发出一阵潮水般的大笑。

"笑什么？"天生大吼一声，"你们还好意思笑！我觉得比挨一耳光还难受。群众有意见只能用这种方式来表示，这说明了什么？你们知不知道我们县有些地方农民连口粮都还不够，还要吃面狗苔？你们知不知道，我们有些单位一桌宴席的钱就够一个农民吃一年？你们吃着这些山珍海味的时候难道心里就不动一下吗？"

会场里静悄悄的。

天生喝了几口水，稳定了一下情绪又说："我给大家讲个真实的故事……二十八年前，一个年轻的农村妇女带着她的两个孩子从城里讨饭回去。那时城里人也没啥吃的，他们讨了一天只讨到一碗煮熟的蚕豆。就是这碗蚕豆当母亲的一颗也舍不得吃，而是用它哄两个孩子走路。她像唤狗一样放几粒蚕豆在路边上，朝两个娃娃喊：快来呀吃蚕豆……等两个孩子走拢时她又赶到前面如法泡制。快到家时两个孩子实在走不动了，蚕豆也吃完了。为了不让两个孩子饿死在路上，那母亲就从路边折了根荆条，像驱赶牲口一样赶着两个孩子走……走过一座破烂的茅屋时，一个白发苍苍枯瘦如柴的老婆婆坐在门口，见两个孩子哭哭啼啼就对母亲说，你不要打他们了，他们都饿得走不动了。那母亲说，不走饿死在路边吗？老婆婆叹了口气说，你等一下我给你们点东西。过了一阵那老婆婆从屋里抱了一块东西出来说，家里人都奔命去了，就留下我一人。一个好心的人给我送来了两饼花生枯，我吃了一饼。这饼吃完就该我到阴间去了……我也活够了，多活几天少活几天差不多。娃娃们的日子还长。你把这饼花生枯拿去吧……那个母亲跪了下来，泪流满面，叫两个孩子也跪了下来，向白发苍苍的老婆婆咚咚咚地磕了三个响头……"

天生突然提高了声音："那两个孩子中有一个就是我。要不是那饼花生枯也许我今天就不会站在这里讲话了。一饼花生枯救了两条人命。但它并不是什么奇特的东西。我今天专门拿了一饼来。"他揭开报纸举起一块黑乎乎的东西说，"这就是花生枯，大家有兴趣可以尝尝。二十八年前，一饼花生枯救了我的命。今天，群众又用另一种方式向我敲响了警钟。现在，我代表政府向他们表示深深地感谢和崇高的敬意！"

天生深深地弯下了腰。

会场静了一刻，突然爆发出一阵猛烈的掌声……

我激动地走上台去，从那饼花生枯上掰下一块放进嘴里。

那东西同花生的色香味相去甚远。粗嘎嘎地像嚼着木渣，而且还有一股淡淡的苦涩味。

18

　　我决定到敲梆石去一趟。

　　那两饼本来已陷入一团乱麻的花生枯突然又有了新的线索。是谁给那位白发苍苍的老婆婆的呢？虽然我也清醒地意识到，那个白发苍苍的老婆婆很可能已不在人间了，早已成为了一堆白骨。那两饼花生枯之谜恐怕也被她带入了坟墓。就像自古以来世界上就存在着许多解不开的疑团一样，只给人们留下无尽的好奇和猜想。但我还是决定去一趟，去看看那个童年生活过的地方，尤其想见见天生的妈妈，那个极不寻常的母亲。

　　敲梆石村还不通公路，据说是因为关门石太难搬掉了。我在碉门就跳下公共汽车徒步走去。一路上溪水淙淙微风拂面，倒不觉怎么累。

　　走进村口我在敲梆石旁停了下来。敲梆石还是那个样子，静静地卧在村口，青白相间的表面上布满了鸡蛋大的凹坑。我抚摸着一个个光滑如玉的凹坑，心中感慨不已。不知有多少代人为了这个美丽的传说而满怀希望地用烟锅、石块敲击着它，总想有一次会敲出那当当的声音……尽管有许多聪明的人也知道这石头其实只是从大山躯体上剥离下来的一块，根本不可能敲响，但谁也不愿揭穿它……

　　村子还是老样子，除了添了不少新农舍外，几乎同几十年前一模一样，就像一张发黄的照片。新修的农舍牲口棚和廊房依然造得很宽大，但愿里面不再空空如也。树皮龟裂发黑，有如化石一般古老的核桃树上，依然悬挂着新收的苞谷秆。一头老牛卧在树下消消停停地嚼草,像是咀嚼着久远的岁月。洒满麦秸的村道上,一只猪悠闲地甩着尾巴拱食……刹时,一缕淡淡的伤感浮上心头。

当,当,当……钟声在山谷间回荡着。这清脆激越的声音把我从沉思中震醒,我快步向村中走去。

天生家还是在老地方,我推开虚掩的院门走进去。阳光洒满院子,十分清爽静谧。一个面貌酷似天生的小男孩在地上专心地玩土。

"你叫什么名字?"我捏捏小男孩的脸蛋。小男孩惊恐地盯着我,"哇"的一声哭了……一个长得很清秀的年轻女人闻声从里面走出来。

"你婆婆在家吗?我是城里来的。"我估计她是天生的妻子,就笑着问她。

"她上教堂去了。"

"教堂?去干啥呀?"

"做礼拜。"女人的眼睛很亮。

我猛然想起今天是星期天,学校不上课。那么刚才的钟声就是教堂的钟声了。

"她还信教?"我惊奇而又迷惑。

"眼下政府准许哩……"女人垂下眼睑,局促地在围裙上擦着手。

"哦……天生知道吗?"

她摇摇头。稍顷,她又说:"婆婆不叫告诉他。其实婆婆是为他才去祷告的。"

"为什么?"

"婆婆怕他脾气犟，万一……"她不说了，眼里掠过一丝忧虑的阴影。

小男孩兴致盎然地玩着泥土，阳光从树叶里筛下一片浑圆的光斑在他脸上跳跃。

"我去看看。"我说。

"喝口水再去吧。"

"不啦，等会儿我还要来。"

村巷里很静，许多家门上都挂着锁，大概人都到地里去了。门楣上的春联已褪了色，内容都差不多。一个坐在门槛上编竹筐的汉子问我：

"收花椒么？"

"不。"我记不起他是谁了。

"真资格的正路花椒。"

"我是来寻人的。"

"哦。"汉子有些失望，埋下头继续编筐。

远远地，我听见一片嘤嘤嗡嗡的诵经声，像蜂鸣，又像风儿掠过树梢。教堂门洞开着，远看像是一张掉光了牙齿的嘴。一群野鸽子噗噗地从钟楼上飞起来，灰色的翅膀拍击着阳光，在村子上空盘旋。

教堂里光线很暗，站了一阵，里面的一切才慢慢地显现出来：教堂里空空如也，没有庄重鲜亮的圣器，也没有布道的牧师，只有一张污黑破旧的圣母圣子图。圣像前有两盏油灯，灯苗跳动不定，一群人面对圣像跪在地板上，几乎都是老人和妇女。嘴里都念念有词，但听不清楚念的什么，像是呻吟，又像是哼着一曲哀婉的咏叹调。人丛中，我看见了天生的母亲，她头发已经斑白了，背也有些伛偻，眼角上布满了细密的皱纹，只有虔诚宁静的眼神里还能捕捉到一丝残存的风韵……

一种难以言说的酸楚涌上心头，我悄悄地退了出来。

在一块刚掘过的洋芋地里，我看见了哑巴，他专心地在地里掘着什么，旁边立着一只哲人般沉思的头羊。

"白多多！"我大喊一声。

他仿佛没有听见，也许他根本就听不见。我拍拍他肩头，他漠然地盯着我。

哑巴老多了，一头乱蓬蓬的黄发犹如冬日的枯草，骨骼粗大的脸膛上蒙着一层尘土，只有那双眼睛还是湖水一般幽蓝。

突然，哑巴认出了我，他显出激动的神色，嘴里哇哩哇啦地嚷着。他从刚才掘的土里掏出个洋芋，在衣襟上擦去泥土递给我，脸上露出憨厚的笑……

一刹间，我心里被什么猛击一下，泪水涌出了眼眶，眼前的一切模糊起来……

1986年7月写于泸定
1989年10月改毕

围攻古碉

一 古碉传奇

要不是那个姓氏相当拗口的北京大学教授的来信，小舅舅在1974年那段惊心动魄的爱情生活早已被尘封在记忆中了。

那个叫令狐思危的教授是研究人类学的专家，他来信说，他毕生都在研究一个曾经在北方称雄一时、但后来又神秘消失了的叫"柞人"的民族。据他研究，柞人曾经是古鲜卑人的一支。后来突厥东进，柞人沿鲜水南下，不久就消失在岷江、大渡河一带了。令狐教授还说，最近西北沙漠深处的一支石油钻井队，在钻油井时，挖掘出一批有价值的文物，其中有一卷古老的羊皮地图，上面画着不少古怪的文字和图案。那些文字至今无人认识，但其中一个图案很像我县核桃坪寨的一座古碉，因此，他要求我们提供一些古碉的照片和资料。

县志办马主任一瘸一瘸地拿着这封信来时，嘴里抱怨不休：这些教授都是吃饱了撑的，什么不好研究，偏要研究这些破玩意儿。有时间还不如研究一种能飞的汽车，遇到塌方一飞就过去了。这些年，由于山上的树砍光了，塌方成了我们这里司空见惯的事，马主任的腿就是这次去省城开会回来，遇上塌方，汽车开不过去，只好徒步经过塌方区，结果被一块飞石击伤的。马主任说，小茂你家不是核桃坪的嘛，你回去找老年人问问，给人家回个信，好歹人家是北京的大教授。

　　叫核桃坪的小山村坐落在大渡河北岸陡峭的山崖上，脚下是一块肥沃的冲积扇，村子里的土地就在那片肥沃的冲积扇上。从村里到地里劳作，要经过一段大约十五分钟的陡峭山路。我曾问过外公，为什么不把村子就近建在冲积扇上，每天走两段陡峭的山路多累呀。外公说，累一点儿总比丢了命好。大学毕业后，我分到县志办工作，在看了大量的资料后，我才明白了外公说的话。大渡河中段崩岭山一带峡谷，过去是强盗土匪出没之地，每到收获季节，强盗们便呼啸而至，抢粮食，抢女人，抢一切可抢的东西。因此，为了安全，这一带的村子都建在陡峭的山崖上。而且用石头砌成的碉房一家挨一家紧紧靠在一起，每户人家在建房时都必须遵守一个约定俗成的规定：除了大门之外，必须在墙壁上留一道平时不开启的活门，以便跟后来修建的碉房连为一体。这样，一旦有外敌入侵，整个村子就成了一座巨大的碉堡群，碉房的墙壁上还留有不少隐蔽的射击孔，就像电影地道战里一样。所以，村子里放映那部电影时，外公不屑地说：屄！我们鱼通人的老祖宗就那样干过了！外公所说的鱼通人，是指大渡河中游崩岭山一带的人，分布范围上下只有几十公里，但语言和生活习惯与其他地方迥然不同。据外公说，我们这支人逃到大渡河边时，被汹涌的河水挡住了去路，后面追兵的马蹄声都清晰可闻了，部落首领便叫男人们都拔出刀来，先杀妇女儿童，再集体自杀。一时间，大渡河边哭声震天！正在这时，一条大鱼浮出水面，巨大的身躯在河上搭起了一座浮桥。部落首领仰天长啸：天不绝我呀！遂带领部落的人上了鱼背……后来，为了感谢这条鱼，部落的人就自称鱼通人。家家神龛上都供有鱼的牌位。

黄昏时分，我回到了核桃坪。外公还是坐在门前整治马鞍，尽管他眼睛已经瞎了，但还是听出了我的脚步声。

你的鞋子不合脚。外公说。

我不得不惊讶外公敏锐的听力，我的皮鞋是托人从省城捎回来的，的确大了一码。我说，北京有个教授想了解村里这座古碉的事。

外公抬起头，准确地朝着古碉的方向看着，尽管他那灰蒙蒙的眼珠什么也看不见。

那座古碉挺立在夕阳的余晖中，据令狐教授的研究，这座古碉也是战争的产物，古碉呈六角形，高达数十丈，完全用石头砌成，下大上小，像一柄直插蓝天的利剑。古碉外部光溜溜的，难以攀缘，只在离地两三丈的地方开着一道小门，用一根独木砍出的梯子上下。古碉内部分九层，每一层都有射击孔，并堆放着不少滚木礌石。古碉内还贮藏有充足的粮食，一旦有外敌入侵，全寨子的人都躲进古碉，抽去独木梯，古碉就成了一座易守难攻的堡垒，在冷兵器时代，这无疑是一种极有效的防御方法。这种古碉过去在我们这一代比比皆是，但现在只留下这一座了。其余的在"农业学大寨"时被民兵们炸掉，为的是取石造梯田。核桃坪的这座古碉之所以能保存下来，是因为1974年在上面发生过一件惊天动地的大事，这件有关我们家族的事件历时九个月才平息下来。而平息之后，当时的革委会主任，一个祖籍山西的南下干部说，让它留下来吧，作为阶级斗争的教材。

二　划火看女人

那件惊天动地的大事的主角就是我的小舅舅，对于这个当时让家族蒙受巨大耻辱的小舅舅，我从来没有见到过，只在一张照片上见过。那张照片如今保存在县档案馆里，照片上的小舅舅就站在我面前的这座古碉上，手里拿着一块石头作投掷状，长长的头发被强劲的山风掠起……应该承认，照片上的小舅舅长得十分英俊，挺直的鼻梁和宽宽的肩膀完全继承了家族的传统。用现在时髦的话来说就是长得很"酷"。而我知道，照片上看不见的，而当时肯定站在他身后我应该叫小舅母的那位女子，也长得十分漂亮。据寨子里的老人们说，那位叫盛金花的女子长得空前绝后，有一年公社组织宣传队走村串寨，盛金花让崩岭山九堡十八寨的男人们都睡不着觉。不管是没成亲的还是已经成亲的，为了看她，小伙子们跟着宣传队一个村寨一个村寨地撵，晚上回不去就在打场上睡觉。那时小舅舅也跟着宣传队走村串寨，只是他不是去看盛金花演戏，而是给宣传队背炊具和煮饭。这本来是外公的事，因为外公是被管制分子。但赶了一辈子马的外公眼睛不行了，一到晚上就看不见，所以小舅舅就顶替外公去出这趟差。

事情就发生在宣传队解散的第二年。

那一年，漂亮的盛金花又让崩岭山轰动了，她被评为全国基干民兵的优秀射手，即将去北京参加国庆二十五周年观礼，据说还要奖励她一支半自动步枪。对许多连县城都没有去过的崩岭山人来说，去北京，还要坐火车，无疑是一件让人兴奋得发晕的大事。那段时间，其他寨子的人们都争着来看这个幸福的女子，络绎不绝的人流把进村路上的草都踩死了。当然，最兴奋的还是培养盛金花的武装部长罗二才，就是那个南下的山西人。据说当时他已经向盛金花的爹、村里的贫协主席盛胡子提了亲，要娶盛金花。据说盛胡子也同意了，尽管罗二才当时已经四十出头了。

然而，就在欢送她去北京的前一个晚上，盛金花被人劫持了。

据说那天晚上村里热闹非凡，连区上、公社的人都来参加为盛金花举行的欢送会。崩岭山九堡十八寨的后生们也怀着各种各样的心情来了。生产队保管室的晒场里用玉米秆燃起了一大堆篝火，盛胡子破例将一大背篓洋芋倒进篝火的热灰里烘烤，让大家尽情享用。武装部长罗二才穿着一件洗得发白的军装，腮帮上的胡子刮得黢青，手里拿着一只半导体收音机，收音机里正传出《红色娘子军》的音乐。但那天晚上的主角盛金花迟迟没有露面。当罗二才的收音机里传出嘟嘟的报时声和女播音员的声音：刚才最后一响是北京时间21

点整时，罗二才抬起手腕看了看罗马表，脸上露出了焦急。正在这个时候，小舅舅的妹妹茂英来了，报告了一个让人目瞪口呆的消息：盛金花被富农子弟茂生劫持到了古碉上！

富农子女茂英当时正在争取参加村里的铁姑娘队，这意味着她必须比村里的其他姑娘们付出更多的代价。因此，当全村人都去参加盛金花的欢送会时，她自告奋勇地提出去看玉米地。时值深秋，玉米已经成熟，山上的野猪和老熊也开始下山来享受一年一度的盛宴。一只成年野猪一晚上可以吃掉半亩地的玉米，而老熊更坏，它的智商较低，却又要学人一样站立着掰玉米棒子，并顺势夹在腋窝里。当它去掰第二穗时，原来的玉米又掉在地上。于是，它就不停地掰，不停地掉，火气越来越大……直到累得口吐白沫坐在地上，一头成年老熊一晚上可以糟蹋两亩地的玉米。因此，每到玉米成熟的季节，村里的人们就要去守秋，在地里搭个窝棚，烧一堆篝火，不时向着黑暗深处吆喝一声。

富农子女茂英是在去窝棚的路上发现那一幕的。当时她背着我外公富农分子茂青山的一杆火铳。在经过古碉时，她下意识地抬头看了一眼，突然古碉的射击孔里有火星一闪。她停下来继续看着。接着又是火星一闪，一根火柴划亮了，是一只骨骼粗大的男人的手。那只手举着火柴凑过去，于是富农子女茂英就看见了一个女人雪白如玉的胸脯。男人的另一只手就握住了女人结实丰满的乳房！火柴梗燃到了尽头，男人的手哆嗦一下，灭了。四周陷入一片黑暗。但就在火柴熄灭的一霎，富农子女茂英还是认出了那对丰满结实的乳房和握住乳房的那只骨骼粗大的手！那对让所有男人们想入非非的乳房只有盛金花才有，而握住乳房的那只手，富农子女茂英是再熟悉不过了，那只手虽然骨骼粗大，但灵巧自如，经常给自己削制纺羊毛的纺锤和口弦。村子里只有她哥哥富农子弟茂生才有那么灵巧的手。于是，富农子女茂英立刻转身朝晒场跑去，向人们报告这个爆炸性的消息。

富农子女茂英后来成了我的母亲。我问过她，当年她告发小舅舅那件事后不后悔，她说当时太想参加铁姑娘队了，遗憾的是她一直未能如愿。而外公对这件事却另有看法，他说自己的儿子是个傻瓜，搞女人你就黑地里搞吧，划火柴看什么？女人的奶子还用看吗？捏一把就知道是金奶还是银奶。顺便说一句，外公是个赶马汉，崩岭山的赶马汉以能征服女人为荣，外公自己都记不清曾征服过多少女人。在漫长乏味的冬天，他的那些风流韵事就成了人们在火塘边上消磨时光的故事。外公最精彩的一笔是临解放前，他从打箭炉带回一个娇滴滴的女人，手腕上套着两只粗大的金圈子，据说是一位富商的外室。那个娇滴滴的女人后来成了我的外婆。外公用外婆的两只金圈子买下了破产地主刘双发的几十亩地，同时也买下一顶富农帽子。

三　放枪集合

当怒气冲冲的罗二才带着村里的基干民兵包围了古碉时，富农子弟茂生和贫农子女盛金花的缠绵已接近高潮。盛金花用哽在喉头上的话喊道：茂生！茂生！我要死了……而茂生则更猛烈地撞击着喊道：死吧！死吧！我们一起死吧……

盛金花尖叫一声！

两个人同时瘫软下来。四周一片寂静，黑暗中只听见怦怦的心跳和血液在血管中急促流动的声音。富农子弟茂生听见外面传来罗二才的咆哮：茂生你这个狗崽子，给老子滚下来！

富农子弟茂生脑袋里轰地放了一铳，倏地从盛金花身上撑起来：金花，糟了！盛金花却还沉浸在美妙的余韵之中。

外面传来了拉枪栓的声音和脚步攀上独木梯的声音！

富农子弟茂生再也来不及跟贫农后代盛金花商量，本能地跳过去，抽了那根水桶粗细的独木梯。罗二才从独木梯上滚了下去。手枪摔在地上，发出金属的脆响声。与此同时，富农子弟茂生合上了古碉里沉重的石门。他当时并没有意识到，在关上石门的同时，他也永远把自己关在了古碉里。

罗二才从地上爬起来时，贫协主席盛胡子早已把他的手枪从地上拾起来，在身上擦去尘土后递给他：罗老乡，摔伤没有？（不知什么原因，我们那里管干部都叫老乡。）罗二才没有回答他的话，一把抢过手枪往空中放了一枪：全体基干民兵紧急集合！

核桃坪四十五个后生女子在短时间内就来到了现场，肩上都背着从家里带来的火铳，手里举着用麻秆扎成的火把。

罗二才像电影里的首长一样在队伍前缓缓走过，一把将富农子女茂英从队伍里拖出来。富农子女茂英说：是我先报告的！我要参加这次战斗！罗二才想了想说，给你一个任务，回去看住富农分子茂青山！

富农子女茂英响亮地回答一声，并尽量庄严地敬了一个军礼，转身跑回家去。我外公富农分子茂青山正站在猪圈外撒尿，见她来了，挽好大裆裤问一句：老熊下地了？茂英摘下肩头上的火铳对着自己的爹说：有阶级斗争了！罗老乡要我回来密切监视你！外公说：狗日的，铳是你那样端的吗？我告诉你，火炮儿要取下来放在耳朵里温着，不然露水一下来，火炮儿就放不响了！说完一脚踢开门走进屋去。

富农子女茂英就端着火铳对着富农分子茂青山的门。不一会儿，里面传出茂青山跟那个娇滴滴的女人做爱的欢娱声。富农子女茂英羞红了脸，仇恨地对着门扣动了扳机。谁知铳并没放响，她这才想起，发火的火炮儿还温在耳朵里。于是脸上流下委屈的泪水，恨恨地骂一句：富农分子真狡猾！

正当我母亲端着火铳彻夜监视着外公的时候，古碉前也爆发了一场激烈的争论。罗二才命令全体基干民兵立即向古碉发起总攻，但贫协主席盛胡子不同意，他说这种事算不上什么，也用不着兴师动众，等她回来老子狠狠揍她一顿就是了。

但罗二才不同意，他说这件事绝对是有预谋的，为什么偏偏在盛金花赴京前劫持她？这不是向党、向人民示威吗？盛胡子说，茂生那小杂种懂得个屁！他就是想搞女人罢了。再说，古碉易守难攻，而且他在暗处，我们在明处，又没有那么长的梯子，是要吃大亏的呀！还是等天明再说吧。罗二才说：你就不关心阶级姐妹盛金花的死活了吗？盛胡子说：她再能还是我的女子！干出那种丢人现眼的事，死了才好！

罗二才就说：量他也跑不掉，先围住他，明天天一亮就发起总攻，今天晚上一班的男民兵立即动身去村后的山上砍一棵能做独木梯的树回来，剩下的都留在这里监视敌情，二班守上半夜，三班守下半夜。女民兵们回去拿点儿口粮来做饭，保证后勤。另外，今天晚上的口令是"老熊"，回令是"苞谷"。

四　让我再死一回

而古碉里的两个偷情的人此时一点儿也不知道外面的争论，厚厚的石墙阻隔了一切声音，富农子弟茂生搂着盛金花睡着了。他想得很天真，睡一觉后，等外面的人们走了，他们再趁机逃走。等他再一次睁开眼睛时，天已经大亮了。

茂生看着怀里的女人，一腔柔情涌动：金花，天亮了，快回家去吧。

盛金花在他怀里撒着娇：我身子一点劲儿也没有，让我再睡一会儿。

茂生说：天都亮了，你今天不是还要去北京观礼吗？

盛金花说：我饿了，我现在最想的是喝一口滚烫的酸菜汤。

茂生说：这里哪有酸菜汤，还是回家去吃吧。我去看看人走光了没有。

当他把头从射击孔伸出去时，不由大吃一惊！外面布满荷枪实弹的民兵，几个后生光着膀子用斧子在一棵树上砍出独木梯，另一些女民兵在埋锅造饭……

我们事情闹大了！茂生回过头说。

盛金花说：那就别出去，等他们走了再出去。

茂生说：看来他们是铁了心的，我还是出去吧。

盛金花说：你害怕了？后悔了？

茂生说：不，你爹恨的是我。

盛金花说：你千万不能出去，他们会打死你的！

盛金花说这话是有根据的，村里自古以来就只有茂、盛二姓。两个家族明争暗斗了几辈人，谁也没分出个胜负。传到我外公那一辈时，外公是茂姓的族长，而盛胡子是盛姓的掌门人。而外公茂青山成了富农分子，盛胡子则成了贫协主席。终于分出了胜负。如今小舅舅茂生对盛胡子的女儿干出了这种事，盛胡子自然不会饶过他，就算盛胡子放他一马，盛姓的也咽不下这口气。

沉默一阵，茂生说：我们总不能在这里面住一辈子呀，再说，你今天还要去北京，领半自动步枪。

盛金花走过来抱着茂生说：我不要步枪，我只要你。

茂生一把搂紧盛金花，眼里流下了泪。

盛金花闭上眼说：茂生，让我再死一回吧！

五　解救阶级姐妹

独木梯在太阳出来之前终于砍好了。

罗二才拍拍几个后生的肩头，称赞道：好！有战斗力！现在我命令你们，马上把梯子竖起来！

几个受到称赞的后生喊着号子把沉重的独木梯竖起来，

架到古碉上。

罗二才手一挥：上！

盛胡子背着手来了：没用！狗日的茂生把石门关上了。你们是进不去的。

罗二才没有理会贫协主席盛胡子，说：在革命者面前，没有攻不下的堡垒！你们要时刻想着，你们的阶级姐妹盛金花同志，眼下正在敌人的魔掌之中，随时有生命危险，你们要勇往直前！

几个后生争先恐后地爬上去了，通往古碉的石门紧闭着。几个后生使出吃奶的劲推着，但石门纹丝不动。几个后生把耳朵贴在石门上听着……

石门里传出盛金花欢娱的叫声：茂生！茂生！我要死了……

后生们紧张地向下大声喊道：罗老乡，狗日的茂生要下毒手哩！

罗二才脸变了：把门撞开！

后生们说：撞不动，使不上劲哩！

罗二才铁青着脸说：赶快去保管室！拿炸药！把门轰开！

盛胡子跳了起来：不行！碉一炸塌我女儿就没命了！

罗二才说：对呀，我差点儿中了敌人的奸计了！来，盛胡子，马上召集党团员和积极分子开个会，商量个办法。

会上七嘴八舌，有人说用火烧，有人立刻否定了，说古碉浑身上下都是石头，烧也是白烧。又有人说用烟熏，像熏黄鼠狼一样把他熏出来。但这个方案立即被罗二才否定，罗二才说：里面有我们的阶级姐妹盛金花呀！

盛胡子说：屄！啥也不用，里面没吃没喝，又没有水，他能撑几天！只要守着下面，过两天他就乖乖地出来了！

罗二才说：不行，我们不能掉以轻心，要尽快把盛金花同志解救出来。石头算什么？中国有句古话，绳锯木断，水滴石穿。我们难道连水都不如吗？马上去村里找几个会石匠活的人来！用錾子把石门錾开！

盛胡子说：还是罗老乡有水平，我马上去找人！

而这时，盛金花正躺在富农子弟茂生的怀里，一脸娇慵地说：茂生，你怎么又让我活过来了，就像刚才那样死过去多好啊。

富农子弟茂生则显得有些魂不守舍，他知道自己把事情闹大了。他没有吭声，只是把盛金花紧紧搂在怀里。

盛金花说：现在是啥时候了？是该出工的时候了吧！

茂生抬头望望，古碉顶上是一小块明净的蓝天，几只野鸽子在碉顶上安详地梳理羽毛。

盛金花说：茂生，我饿了，饿极了。

茂生说：我上去看看有没有鸽子蛋。

茂生爬到古碉顶上时，一群野鸽子扑扑地飞走了，几根羽毛掉在他脸上。太阳已经升到了半空中，强烈的光线使他眯缝了一会儿眼。等他睁开眼睛时，他大吃一惊！他从来没有在这么高的地方看过自己的村子，颜色深浅不一的玉米地像一块块难看的补丁，几个妇女在玉米地里打猪草，柔软的腰肢一起一伏……一个女人钻到玉米林深处蹲下去，屁股在阳光下白得耀眼。他把目光移开，在挤成一团的碉房中找到了自家的房子,他爹茂青山在晒台上雕凿马鞍,这个落魄的赶马汉唯一的嗜好就是不停地雕凿马鞍,虽然那些马鞍永远也派不上用场了。家里那只衰老的猎犬在一旁静静地陪着他……

富农子弟茂生感到一阵伤感,他使劲嗅着空气中若有若无的炊烟味道。这时,他听见一阵叮叮当当的声音传来,他埋头一看,古碉周围仍然布满荷枪的民兵,核桃树丛中,乌黑的枪管不时在阳光下闪着蓝光。两个村里的石匠正用錾子叮叮当当地錾着石门……

茂生突然感到一种恐惧,他从墙上抠出一块石头扔了下去。

石头砰地砸在独木梯上!

两个石匠抬头看看,惊恐地嚷道:狗日的在上面扔石头呢!

罗二才喊道:注意!马上进入战斗位置!各就各位,预备……

几个性急的民兵没等他发出命令就兴奋地放响了铳。

两个石匠吓得连滚带爬地下去了。

茂生看着铳口上冒出的一朵朵蓝烟,想道,我把事情闹大了,我把事情闹大了。

盛金花在下面喊:茂生!找到鸽子蛋没有!我饿了!

茂生这才想起自己上来干什么,他四下看看,古碉顶上布满鸽子窝,窝里都有白花花的鸽子蛋。

当富农子弟茂生揣着鸽子蛋下去的时候,罗二才站在古碉下兴奋地说:性质变了!他这一扔就把性质扔变了!今天是9月21号，现在我宣布，九二一事件指挥部正式成立。我担任总指挥，贫协主席盛胡子担任副总指挥。从现在起，男民兵们分班加强监视，二十四小时不离人，女民兵除了搞好后勤，还要加强政治攻势，隔一小时向上面喊一次话，用政策攻心！另外，我马上把敌情向上面汇报，争取上面的支持，我们要打一场人民战争！说完，罗二才掏出工作笔记，垫在膝头上写了一封信，并在信封上贴了三根鸡毛。然后把信交给一个后生，让他连夜送到区上。

太阳出来的时候，两只高音喇叭架在了核桃树上。临时广播站设在盛胡子家晒台上。那个从区上来的广播员先放了一张唱片。雄浑的音乐一完，她就用唱歌一样好听的声音喊道：最高指示，小小寰球，有几个苍蝇碰壁……正告富农子弟茂生，与人民为敌是没有好下场的！你必须悬崖勒马！回头是岸……

村里的人们从来没见过这种阵仗，他们兴奋地围在盛胡子家周围看热闹，村里的孩子们更是兴奋得蹦蹦跳跳，在他们记忆中，过年也没有这么热闹。

盛胡子轰着村民：去去去，该下地了！

罗二才说：老盛呀，让大伙儿留在这儿吧，不能以生产压革命呀。

盛胡子说：苞谷都熟了，不能留给野猪老熊糟踏。

罗二才说：苞谷算什么？要是不打赢这场人民战争，我们就要受二茬罪，吃二遍苦！

盛胡子说：今年天旱，收成本来就不好，玉米棒子半截都是空的，要是那点儿粮食再不收回来，明年春上吃个屎！

罗二才说：这个你不用担心，只要把阶级敌人的嚣张气焰打下去了，哪怕是一颗粮食也收不回来，我保证给全村调返销粮，每人每月三十斤大米！

盛胡子说：你说话能算数吗？

罗二才沉下了脸说：我说话不算数谁还算数？

盛胡子一拍大腿说：那好，罗老乡，我听你的。

六　只要喝水死也愿意

富农子弟茂生和贫农女儿盛金花已经记不清楚他们在古碉里待了多少天了。几天里，他们全靠鸽子蛋填肚子，填饱了肚子就做爱，一次次地死去活来。其余的时间里，俩人就相拥在一起回味他们相爱的过程。茂生说：宣传队里那么多成分好的，你为什么要爱我？盛金花说：有一天晚上我起来上茅房，看见你给母马喂料，你一边喂料一边用手轻轻捋着母马的鬃毛，嘴里还轻轻哼着我们宣传队唱的那些歌，拙腔拙调的。我没想到你还会唱歌，你平时连话都不说……当时，我就想把你抱在怀里，摸摸你的头发……

茂生说：就这么简单？

盛金花点点头：你呢？怎么爱上我的？

茂生说：那天晚上你上茅房，我偷偷跟在后面，那是我第一次看见女人的细白身子……那天晚上的月亮真好……

盛金花笑了：你平时的老实都是装出来的。

茂生也笑了：你后悔了？

盛金花说：我才不后悔，你让我那样死过一回后我就啥都不怕了。

茂生说：你爹不会答应你嫁给我的，我是富农子弟。

盛金花说：那是在村里，在这儿你就只是我的茂生哥。

茂生说：我们可不能一辈子待在这古碉里呀。

盛金花说：有什么不好呢？有鸽子蛋吃，有你能让我死去活来，这就够了。

茂生一把搂住她：我要让你死去活来！

盛金花轻轻推开他：我们有的是时间，现在我饿了，你去掏几个鸽子蛋吧。

茂生爬到古碉顶上时，太阳已经西沉。他感到冥冥之中有一种不祥的寂静。以往这种时候，野鸽子们成群结队地回到了古碉顶上，充满了咕咕的叫声。可是，今天一只鸽子也没有看见，只有血红的夕阳照在古碉上。他在鸽子窝里搜索着，但窝里都是空空的，只有一些掉下的羽毛和满地的鸽子粪。就在这时，他听见一种不祥的声音由远而近。他抬起头来……

成千上万只野鸽子像一团乌云一样席卷而来，领头的野鸽子愤怒地叫着向他俯冲下来，他赶紧抬手去挡，可是更多的野鸽子前赴后继地冲下来，尖利的喙雨点儿一样落在他身上。他的脸上流出了血，衣服也被啄破了，他只好放弃抵抗，连滚带爬逃了下去。

野鸽子愤怒的叫声惊动了罗二才。他正在临时指挥部的帐篷里苦苦思索攻碉的最佳方案。他走出来时，看见一大群愤怒的野鸽子还盘旋在古碉上空。他说，怪不得狗日的能撑到现在，原来是有鸽子肉吃。于是，他吩咐基干民兵们用枪声把野鸽子驱走。

　　守在不同角度的民兵们开了火,野鸽子雨点儿一般纷纷落下,最后几只哀鸣着向远处飞去。

　　空中清静下来时,暮色已经笼罩了古碉。

　　罗二才兴奋地说:这下要不了三天,狗日的就会投降!

　　广播声把茂生吵醒了,干渴像一把火在身体里燃烧。这三天中,他们没有任何吃的喝的,大多数时间都相拥在一起昏睡,以节省体力。

　　广播里有一个唱歌一样的声音在喊着他的名字:富农子弟茂生,你不要错误估计形势,你已经陷入了人民战争的汪洋大海之中,你唯一的出路就是向人民缴械投降,如果继续顽抗,必将是死路一条!

　　茂生看一眼昏昏沉沉的盛金花,站起来朝石门走去……

　　站住!盛金花坐了起来:茂生你想干什么?

　　茂生说:反正都是死,死一个总比死两个好。

　　盛金花说:你死了我活着还有什么意思?

　　茂生说:渴比死还难受,只要能让我痛痛快快喝一次水,我死也愿意。

　　盛金花说:我也想喝水,不过我得先上去跟罗老乡说说,只要他不为难你,我们就出去。

　　茂生说:我把事情闹大了,罗老乡是不会放过我的。

　　盛金花说:那也不一定,我爹是贫协主席,我求求我爹,他只有我这么一个女儿。

　　盛金花爬上古碉顶时,清新的冷风一吹,眼泪一下就涌出来了。天是那么蓝,云是那么白,村子是那么安静,就连村里那条坑坑洼洼的小道都那么亲切……

负责监视的民兵兴奋地喊起来：罗老乡！金花出来了！

人们从四面八方奔过来仰头看着，指指点点。

盛金花朝人们大声喊：我爹呢？我要跟他说话。

罗二才赶紧把麦克风递给盛胡子说：注意政策。

盛胡子对着麦克风大喊一声：老子在这儿！高音喇叭里发出一阵尖啸，盛胡子吓得退了几步。罗二才说：要离远些，不要使那么大的劲儿。

盛胡子推开麦克风说：不要这个东西，以前我喊人出工，站在村子中间一喊，全村都能听见。

罗二才说：那不同，你这是代表组织，必须用这个才有严肃性。

盛胡子只好离开两步对着麦克风喊道：你狗日的还有脸叫我爹！有屁你就放！

盛金花说：爹，这事不怪茂生，是我自己愿意的。你只要答应不为难他，我们就出来。

盛胡子破口大骂：狗日的！丢人现眼的东西！到现在你还帮他说话！我没有你这个女儿！你去死吧！

罗二才急忙过来捂住话筒：盛胡子，要注意政策和策略！

盛胡子一掌推开他，对着麦克风大喊：去死吧！照祖先留下的规矩，在古碉的祖先牌位下碰死吧！

罗二才赶紧叫两个民兵把他拉开：快送盛主席回去休息。

299

七　老熊堵住洞口

盛金花回到古碉里时,通往底部最后一根独木梯已经被茂生抽掉了。茂生正跪在祖先牌位前,牌位只是一块上面雕着一条大鱼的石碑。

盛金花大吃一惊:茂生你要干什么?咋把梯子抽掉了?

茂生笑笑:我都听见了。你爹不会放过我的,我就照他的话在祖先牌位前撞死吧,我死后他们会来救你出去的。

盛金花说:茂生你别犯傻,把梯子给我拿过来,让我下来。

茂生摇摇头:你下来我就没有勇气死了。

盛金花眼里流出泪来:茂生你不能扔下我。

茂生说:金花,我已经打定了主意,你把眼睛闭上吧。

盛金花含泪闭上眼。

茂生一头朝石碑撞去!

石碑轰轰地退开,地上露出一个阴森森的洞。

盛金花胆战心惊地睁开眼睛时,惊呆了,茂生没有死,揉着撞痛的脑袋对着地上的洞发愣……

盛金花喊一声:茂生!

茂生抬起头:金花,这下面有个洞!

盛金花说:快把梯子拿来,让我下来。

茂生搭好梯子,让盛金花下来,俩人趴在洞口往下看着。

盛金花说:我好像听见有流水的声音!

茂生说：我下去看看。

盛金花说：小心点儿！

茂生下到洞里，洞里漆黑一片，他四下摸索着——在墙壁的一个石龛里摸到一只火镰和几块燧石。他拿起火镰敲击着燧石，星星点点的火光中，他看见石龛里还有一团干苔藓制成的火绒和一把松明。他扯一团火绒放在指甲盖儿上，用火镰敲击着燧石，火星溅到了火绒上，冒出一缕淡淡的青烟。他撮起嘴轻轻吹着指甲盖儿上的火绒，火星越来越大，终于燃起了一团火苗，他再用火苗儿点燃一支松明……

洞有一间大堂屋，墙壁上挂着几把生锈的刀和几把弓，旁边有一道石门，另一面墙壁上冒出一股泉水，泉水顺着墙壁下的暗道又渗入了地下……

茂生兴奋地大喊一声：金花！快下来喝水！

盛金花下到洞里，俩人趴在泉眼上狂饮一气……

茂生打个响亮的水饱嗝，说：以前我听我爹说过，古碉里有水，没想到是真的。

盛金花说：这股水是从哪儿来的呢？

茂生说：我爹说，以前祖先们修这座碉的时候，从山上引了一股水，用陶管从地下接到古碉里来，但水口在什么地方，谁也不知道，据说碉修好的前一天，负责引水的几个工匠都自愿喝下了有毒的酒。

盛金花问：为什么？

茂生说：让引水口永远是个谜。

盛金花打了个冷战，说：茂生哥，喝了水我更饿了。

茂生看着墙壁上那道石门：听我爹说，古碉里不但有水,而且有一条通往外面的暗道。

盛金花说:暗道?在哪儿?

茂生走过去推开墙壁上的石门,一股冷嗖嗖的气流迎面扑来,石门后面是一个黑乎乎的洞。

盛金花惊喜地叫一声:真有暗道!

茂生说:你在这儿等着,我先去看看,这条暗道到底通到哪儿。只要找到出口,我们就有救了!

富农子弟茂生在暗道里不知走了多久,暗道曲曲折折很不好走,有许多处仅容一人,得双手着地爬着才能通过。不时会有一两只老鼠从身上蹿过,激起一层鸡皮疙瘩。

暗道的尽头是一个宽大的石洞。茂生坐下来喘着气……这时,他惊奇地发现洞里有一堆新鲜的苞谷!他抓起一穗苞谷撕开,苞谷甜丝丝的气息扑面而来。他啃了一口,苞谷还很嫩,甜甜的浆液从苞谷粒里迸发出来,他大口大口地啃着,眼里哽出了泪……

他不知啃了多少穗苞谷。当他肚子再也撑不下时,他想起应该去洞口看看,这里也许离庄稼地不远了。

他刚走到洞口,蓦地愣了……

一头巨大的老熊伏在洞口,喉咙里发出可怖的咆哮……

茂生这才知道暗道已经被老熊当成了冬眠的窝,怪不得洞里有这么多苞谷。他知道没有铳是对付不了这个庞然大物的,他只好轻轻退回去,脱下一件衣服,迅速装了一大包苞谷,转身朝古碉逃去……

八　为了女儿为了熊掌

古碉上冒出一缕淡蓝色的烟雾。

村民们欢呼起来：狗日的茂生又在做饭了！

罗二才取下四十倍军用望远镜，一脸狐疑：奇怪，他们哪来的柴火？

盛胡子说：罗老乡，你不知道，古碉里有许多滚木，他们肯定是烧那些木头。

罗二才说：可是他们吃什么？野鸽子也赶跑了，总不可能吃火吧？

盛胡子说：野鸽子是赶跑了，可是古碉里有老鼠，还有蛇，你别忘了，茂生狗日的会抓老鼠呀。

罗二才一脸厌恶：就算有老鼠吃，可是水呢？

盛胡子说：听老人们说，古碉墙上的石头夜里都能积露水，他们肯定是舔石头上的露水。

罗二才忿忿地说：盛胡子，你们祖上都是些刁民，早该把这鬼碉炸了。

盛胡子说：去年学大寨就打算炸的，可是村里没钱买炸药。

罗二才说：等战斗解决了，我一定亲自炸掉它！

盛胡子说：罗老乡你放心，狗日的撑不了几天的，老鼠捉光了他们就没辙了。

罗二才说：我肯定有信心，毛主席说过，正义的战争一定会取得最后胜利！

盛胡子打个哈欠说：罗老乡，我昨天夜里站了一宿的岗，我回去睡会儿。

罗二才说：你去吧。

盛胡子刚走，富农子女茂英就来了：报告罗老乡，发现了敌情！

罗二才一振：什么敌情？

茂英说：老熊下山了，我去看了，几块地里的苞谷都被老熊擗了。

罗二才一脸失望地摆摆手说：老熊并不可怕，顶多损失点儿苞谷嘛，人才是最可怕的，你不是正在争取加入基干民兵吗？回去把你爹监视好！在这场斗争中，你一定要站在人民一边。

富农子女茂英响亮地回答：是！

茂生把一穗烧好的苞谷递给盛金花：吃！

盛金花说：我再也撑不下了，我吃了一大堆了。

茂生也打个饱嗝说：我也撑不下了。

盛金花叹口气说：咱们真不该偷老熊的苞谷。

茂生说：它还会去地里擗的，我爹说，老熊要擗够一冬的口粮才开始冬眠。

盛金花说：那我们赶快逃走吧，不然它一冬眠我们就出不去了。

茂生说：你说错了，听我爹说，冬眠前的老熊像只虎，冬眠后的老熊像只兔。我们只有等它冬眠的时候再逃出去。

盛金花说：茂生哥，我们逃到哪儿去呢？

茂生一脸茫然：不知道。

盛金花说：其实只要有苞谷啃，我真不想出去……

茂生一愣：为啥？

盛金花笑道：这儿不出工，不开会，还可以死去活来。

茂生一把抱住她：我让你死！让你死！

洞里又响起了盛金花欢娱的叫声……

富农分子茂青山刚开门出来，吓了一大跳，茂英端着铳正站在门口。

茂青山说：死女子，你站在黑地里干啥？吓死我了。

茂英说：站岗。爹你去哪儿？

茂青山火了：我上茅房！你也跟着呀？

茂英说：不，我想跟你商量件事。

茂青山冷笑一声：你该不是想让我改口叫你爹吧？

茂英说：爹，你想哪儿去了，你知道吗，老熊下山了。

茂青山说：老熊下山关我屁事，你手里不是有铳吗？

茂英说：爹，你又不是不知道，我连铳都不会放。

茂青山说：村里有会放铳的呀，盛胡子不是挺能的吗，你让他放呀。

茂英说：爹，你帮我一回，我想参加基干民兵，只要打死那头老熊，罗老乡肯定会让我参加基干民兵的。谁不知道村里就你枪法好，爹，你帮我一回嘛。

茂青山说：你就不怕我拿着铳去找盛胡子算账？

茂英说：你不敢，你就一儿一女，我哥已经把事情闹大了，是死是活也不知道，你要是敢那样，你女儿也保不住了，你就不想想，你死后谁给你哭灵举幡。

茂青山怔了……叹口气：你真还把我拿住了，你就那么想参加那劳什子基干？

茂英说：爹，我今年都快二十五了，要是再不参加基干，没有谁敢娶我。

茂青山说：这倒是个大事，把铳给我吧。

茂英说：爹，你还算是明白人。

茂青山恨恨地说：我明白个屎！我是想弄对熊掌回来补补身子。

九　披熊皮的人

外公说他是在大地里发现那头老熊的。在此之前，他已经跟踪了它三夜。他发现那头老熊简直成了精，它不像其他老熊那样认准一块地里的苞谷掰，而是花着掰，这块地里掰几穗，那块地里掰几穗。而且，一块地里它也是隔几行掰一穗。外公说那一年的苞谷不好，原因是下种时，驻队干部罗老乡要求密植，以增加产量，结果是苞谷秆长得又细又高，大部分苞谷秆上挂的都是空穗。但让人吃惊的是，那头老熊似乎能判断出哪些苞谷是空穗，哪些是满穗，它专挑满穗的掰。掰掉苞谷棒子后还会把苞谷皮留在苞谷秆上，像一个精明的贼，不细心的人根本发现不了。但这些却瞒不过跟老熊打了一辈子交道的外公，他从老熊行进的路线发现，那头老熊总是由西向东绕着圈子掰，这说明它知道苞谷成熟的规律是由西向东。发现这一点很重要，外公断定第二天晚上它要到刚刚成熟的大地来掰，于是早早地就埋伏在一条土埂后面。外公说那天晚上没有月亮，也没有星星，四周很安静，他伏在土埂后面时，能听见古碉前守卫的基干民兵换岗时喊的口令声和男女民兵嬉戏打闹的声音。到了后半夜，当男女民兵的嬉戏声小下去时，外公听见前面传来一声轻微的响声！凭经验，那是苞谷穗子从苞谷秆上断裂下来的响声。他知道那头老熊已经来了！

外公把食指伸进嘴里吮吮，然后把沾着唾沫的食指竖在空中，判断出自己所处的地方是逆风，自己的气味不会吹到老熊的鼻子里，于是，他轻轻顺过铳，从苞谷秆间伸出去……

外公从准星的缺口上看见那头老熊就在离他十来米的地方，于是他轻轻扳起机头。但他没有安上火炮儿，火炮儿还温在他耳朵里。有经验的猎人都知道，打熊必须一枪致命，否则，受伤的老熊比老虎还凶。而老熊只有一个致命的地方，那就是胸前的那团白毛，必须一枪从白毛中打进去。但那头老熊侧面对着他，看不见胸前的那团白毛。要让那头老熊一枪毙命只有一个办法，他必须在极短的时间内扣动两次扳机，第一次是空响，使老熊一惊，转过身来露出胸前那团白毛，第二次才安上火炮儿实弹射击。但这中间的时间极短，必须身手敏捷，否则会被狂怒的老熊撕个粉碎。外公年轻时这算不了什么，但他现在已经老了，吃不准自己能不能在短时间内安好火炮儿准确射击，但他打算冒一次险，因为他太渴望那对熊掌了。于是，外公轻轻扣下扳机。

啪一声脆响。那头老熊一愣，转过身来，外公迅速从耳朵里掏出温暖的火炮儿安在发火口上，又扳起机头，就在他第二次扣下扳机的一霎，他听见那头老熊在叫他的名字：住手！茂老大！

外公傻了，手里的铳垂了下来：盛胡子！

盛胡子揭开披在身上的熊皮骂道：狗日的茂老大，你想搞阶级报复吗？

外公说：狗日的盛胡子，你居然也干这种偷鸡摸狗的下作勾当！

盛胡子说：你说的话有人相信吗？人家宁愿相信是我逮住了偷苞谷的富农分子茂青山。

外公端起铳对着盛胡子：我一铳轰了你。

盛胡子冷笑一声说：那你的宝贝儿子也就死定了。实话告诉你，老子偷的苞谷是送给古碉上两个人吃的。

外公说：我知道是你给两个娃指了逃跑的路，那天我在广播里听你喊让你女子在祖先牌位上撞死，我就知道你还是护犊子的，那个机关只有你跟我才知道。可我不明白，两个娃咋就不逃走。

盛胡子说：是我不让他们逃走的。

外公说：盛胡子，你狗日的究竟打的啥主意？

盛胡子叹口气说：茂老大，你狗日的是不当家不知道油盐柴米贵，你看看地里这庄稼，像尿个啥？苞谷苗倒长得好，可都他妈是空秆，连种子都收不够。明年一村人吃个尿？

外公说：这还不是怪你，搞啥鸡巴合理密植，又不是种喂牛的草。

盛胡子说：我犟得过罗老乡吗？他是上面派来的督军，他喊东我敢往西？

外公说：这事跟两个娃有啥关系？

盛胡子说：罗老乡说了，眼下全村人都参加这场斗争，只要秋收后两个娃还不出来，他就给村里调返销粮，每人三十斤。

外公说：可就是苦了两个娃。

盛胡子说：顶多再苦一个月。等返销粮到手，我就让他们跑。

外公说：这事瞒得过罗老乡吗？

盛胡子说：这事只有天知地知，你知我知，我们跪下来向祖宗发个毒誓。

那天晚上，在远离村子的苞谷地里，贫协主席盛胡子和富农分子茂青山双双跪下来，对着古碥发誓：谁说出去天打雷轰！

之后，外公问盛胡子：今天晚上的事咋办？

盛胡子说：我早想好了。只有委屈你了。说完把几穗苞谷挂在外公胸前，押着外公去见罗老乡。

第二天，在古碥前召开了全村的现场斗争会，富农分子茂青山胸前挂着他偷的苞谷站在高台上。罗二才说：乡亲们看到了吧，可怕的不是老熊，而是披着人皮的狼！这件事充分表明，阶级斗争必须月月讲、天天讲！一抓到底！

愤怒的乡亲们冲上去吐外公的口水。

我母亲茂英也冲上去扇他的耳光。气愤地说：你把我毁了！

而外公始终一言不发，神态坦然。

罗二才宣布：除了地富分子，全村人都要投入这场人民战争。

从那以后,白天黑夜都有人围着古碉喊话,敦促富农子弟茂生投降。连村小的老师也带着学生来现场教学。全村人都不做饭了,罗二才专门安排了几个妇女做饭,每天从保管室里调粮。那段时间,全村跟过年一样热闹,每到开饭时间,扶老携幼,喜气洋洋。大家都希望这种幸福的生活永远继续下去,都巴望富农子弟茂生永远不要投降。因此,每天一看到古碉上冒出蓝色的炊烟,人们就欢呼起来,都知道茂生还活着,吃大锅饭的日子会继续下去。

而茂生和盛金花也习惯了古碉的生活,他们每天吃完烧苞谷后,就会爬到古碉顶上看热闹。这时村里的后生们就朝茂生喊:茂生你狗日的是高碉上搞女人,色胆包天哩!

盛金花就说:是我自愿的,关你们屁事!

后生们就说:盛金花,你是个骚婆娘!

茂生火了:不许你们瞎说她!

后生们更来劲了,像逗猴子一样逗茂生:富农儿子贼茂生,假装老实蒙骗人,夹着一根臭鸡巴,高碉上头搞女人……

茂生就从古碉墙上抠出石头往下砸,人们就崩山一样往后跑,边跑边操铳对着古碉上面。

罗二才就急喊:不许开枪,会误伤阶级姐妹盛金花同志的!

于是,后生们就站得远远地朝古碉上骂。

茂生就发疯似的往下扔石头。

我看见的那张照片就是那时拍的。拍照片的是县革委宣传组的一名干事，那段时间，上至县上，下至各区乡都组织人来参观，用罗二才的话来说，就是现场进行阶级斗争的教育，而罗二才也因此荣升为县革委会主任。

地里的庄稼已经无人关心了。

十 小舅从古碉上飞落下来

小舅舅茂生的爱情在霜降那天画上了句号。

外公至今还记得，霜降那天很冷，地上铺了一层白头霜。吃过早饭，盛胡子就找到罗二才说：罗老乡，地里的庄稼是没有指望了，你还是把返销粮批了吧。

罗二才看了一眼高高耸立的古碉说：看来短时间是不能解决战斗了。好吧，你带人去粮站运大米，我给你写个条子。正当罗二才掏出钢笔把本子垫在膝头上写条子时，古碉上传来茂生的喊声：罗老乡，我要跟你商量件事！

罗二才抬起头，口气严厉：奉劝你还是赶快投降，争取宽大处理！

茂生说：我愿意投降，只要你给我一碗酸菜，我就把石门打开。

罗二才说：你不许耍花招！

茂生说：我说话算话。

盛胡子急了：罗老乡，他是哄你的，快把返销粮条子写了吧。

罗二才插上钢笔：先等一下，要是今天真的解决了战斗，条子就不写了。说完他又吩咐一个民兵去村里拿酸菜。

盛胡子对着古碉上破口大骂：狗日的茂生，你还想吃酸菜哩，老子让你吃枪子！

茂生说：大叔，我就想吃口酸菜。

酸菜拿来了。茂生说：把酸菜放在门口，你们都走开。

那个民兵就从独木梯上爬上去，把一碗酸菜放在古碉门口，然后离开了。

盛胡子说：罗老乡，你上小狗日的当了！

罗二才面无表情。

这时，沉重的石门缓缓打开了，茂生从古碉里出来，刚刚端起盛酸菜的碗，枪响了。小舅舅茂生像只大鸟一样从古碉上飞了下来……

人们惊讶地回过头……

外公提着铳站在自家碉房的晒台上，铳口还冒出淡淡的硝烟。

人们把盛金花救出来时，由于长期缺盐，头发都白了。她挺着大肚子，嘴里不停地说：我想喝口酸汤，我想喝口酸汤……

几个月后，盛金花生下一个男孩，男孩刚断奶，盛金花就不见了。一年后，几个掏鸽子的孩子在古碉里发现了她的尸体。从此，再没有人敢上古碉去了。

外公被关了很长一段时间，对于他的处理争论激烈，如果判他有罪，那么茂生就无罪，如果茂生有罪，外公就应该无罪。最后还是罗二才说了句话：还是把他交给群众监督吧。

我母亲茂英收留了小舅舅的孩子，从此终身未嫁。后来，全村人供这个孩子上了大学，这个孩子就是我。

我问过外公：你当时为什么要开那一枪？

外公没有正面回答我，他给我讲了一个家族的故事：乾隆三十四年，鱼通人造反，乾隆派大将征讨，激战数月，大渡河沿岸的村庄相继投降，只有核桃坪的茂、盛二姓还坚守在古碉里，整整三年！当清兵攻破古碉时，全村人都饿死了，只剩下一个刚从母亲肚子里爬出来的婴儿，身上还留着带血的脐带……后来，乾隆皇帝知道了这件事，亲笔下了一道诏书：人身易摧，人心难征。将此子好好抚养，成人后送回长河。钦此！

我问外公，那个婴儿后来回来没有？

外公没吭声。我转过身去看他时，外公已经睡着了。

图书在版编目(CIP)数据

崩岭规则 / 高旭帆著. —— 成都：四川文艺出版社，2023.1

ISBN 978-7-5411-6538-2

Ⅰ.①崩… Ⅱ.①高… Ⅲ.①中篇小说—小说集—中国—当代②短篇小说—小说集—中国—当代 Ⅳ.①I247.7

中国版本图书馆CIP数据核字(2022)第235938号

BENGLING GUIZE

崩岭规则

高旭帆　著

出 品 人	张庆宁
责任编辑	周　轶
封面设计	阴　乐　刘玲利
内文设计	史小燕
责任校对	蓝　海
责任印制	崔　娜

出版发行	四川文艺出版社（成都市锦江区三色路238号）		
网　　址	www.scwys.com		
电　　话	028-86361802（发行部）　028-86361781（编辑部）		
排　　版	四川胜翔数码印务设计有限公司		
印　　刷	成都蜀通印务有限责任公司		
成品尺寸	145mm×210mm	开　本	32开
印　　张	10	字　数	210千
版　　次	2023年1月第一版	印　次	2023年1月第一次印刷
书　　号	ISBN 978-7-5411-6538-2		
定　　价	48.00元		

版权所有·侵权必究。如有质量问题，请与出版社联系更换。028-86361795